UNE ADORATION

W0409951

© Nancy Huston, 2003

© ACTES SUD, 2003
pour l'édition française
ISBN 2-7427-5154-8

Illustration de couverture :
Leonor Fini, *Heliodora* (détail), 1964
© ADAGP, Paris, 2003

NANCY HUSTON

UNE ADORATION

roman

BABEL

à Nora
à Linus

Le réalisme est une illusion de réalité, le personnage est toujours l'auteur, l'objet est personnage, il est l'auteur, cet arbre que je regarde et décris est touché par la culture, il est Jeanne d'Arc et la retraite de Moscou, nos ancêtres les Gaulois, la Joconde, il est mon œil.

ROMAIN GARY

Toi seule es réelle.

RAINER MARIA RILKE
à Lou Andreas-Salomé

LA ROMANCIÈRE *(au lecteur)*

CECI est une histoire vraie, je vous le jure. Oh, j'ai changé les noms, bien sûr ; j'ai changé les lieux, l'époque, les métiers, les dialogues, l'ordre des événements et leur signification ; et pourtant, tout ce que je vais vous raconter est vrai. C'est une audition comme toujours, une fantasmagorie comme toujours : les témoins vont converger ici et s'efforcer un à un de vous convaincre, de vous éblouir, de vous mener en bateau ; je leur prêterai ma voix mais c'est sur vous qu'ils comptent pour les comprendre, de vous qu'ils dépendent pour exister, alors faites attention, c'est important ; vous êtes seul juge... comme toujours.

PREMIÈRE JOURNÉE

FIONA

La première fois que j'ai vu Cosmo, Votre Honneur, c'est dans les yeux de ma mère. Beaucoup de gens habitent les yeux de ma mère il faut dire, ma mère se laisse pénétrer par n'importe qui, vous comprenez dans quel sens j'emploie le mot *pénétrer*, n'est-ce pas, c'est surtout au sens psychique du terme, elle permet à l'âme des autres de venir se mêler à la sienne, ça me donne envie de gerber Votre Honneur je vois pas pourquoi je suis obligée de partager ma mère avec le premier plouc borné qui s'accoude au zinc de *La Fontaine*, elle regarde les gens au fond des yeux et ils se rendent compte, ravis, qu'ils auront le droit de déverser dans son oreille leurs gémissements, leurs geignements et leurs jérémiades, ils font que ça les gens d'ici, se plaindre et dire du mal les uns des autres, c'est leur activité préférée, tout leur porte sur les nerfs, leur vie, la vie, le temps qu'il fait, le temps qui passe, leurs voisins et le reste. Ma mère bavarde volontiers avec les clients de *La Fontaine*, son patron M. Picot l'y encourage, ça les pousse gentiment à la consommation puis en partant ils lui laissent un pourboire parce que, dit maman, ils sont heureux d'avoir été écoutés et c'est toujours ça de pris sur le malheur du monde. Non seulement ma mère écoute, elle *retient* toutes les histoires qu'on lui raconte alors que moi je trouve ça assommant, triste et monotone, monotone, monotone, si je dis monotone cent cinquante mille fois m'interromprez-vous, Votre Honneur, ou me laisserez-vous faire ma déposition jusqu'au bout ? Qu'est-ce qu'on a le droit de faire et de dire ici, je le sais pas encore, il s'agit de faire éclater la vérité certes mais où commence et où se termine la vérité d'une histoire comme celle-ci ? Vous avouerez que c'est pas une question facile ; pour vous dire *toute la vérité*, il faudrait qu'on remonte à l'homme de Cro-Magnon et vous risqueriez de perdre le fil.

Le fil pour ce qui me concerne, le voici : ce matin-là, un dimanche matin, quand je suis venue me blottir contre maman dans son lit, dès qu'elle a ouvert les yeux, j'ai compris qu'un nouvel habitant d'importance venait d'y élire domicile. Ils se sont mis à briller, ses yeux. Vous l'avez remarqué, n'est-ce pas ? Regardez-la, tout le monde. Allez, maman, tu en es fière alors te gêne pas, lève-toi, montre-leur.

Vous voyez ?

Ces étincelles dans les yeux de ma mère, c'est Cosmo.

Où est mon père, vous voulez savoir. Ah que vous êtes prévisible, ça me désole, ça me déçoit. Evidemment j'aurais dû commencer en déclinant mon état civil en bonne et due forme, debout et au garde-à-vous, après m'être laissé photographier de face et de profil et prendre mes empreintes digitales, oui Votre Honneur je m'appelle Fiona, je mesure tant de centimètres et pèse tant de kilos, je suis née tel jour de tel mois de telle année, en tel endroit, fille de M. et Mme Trucmuche mais tout de même, vous devriez être au courant, les choses ne sont plus aussi simples de nos jours, si tant est qu'elles aient jamais été simples, ça n'existe plus la famille nucléaire, elle a explosé comme la bombe du même nom, de nos jours tout le monde se sépare et divorce et déménage et se quitte et se poignarde dans le dos et se trompe et se dispute et s'adopte et s'adapte et se clone et sème de petites graines à droite à gauche et, si vous permettez Votre Honneur, je doute que même *vous* ayez grandi de la naissance à la majorité avec votre mère et votre père biologiques ou alors ce serait un miracle – oui je sais que c'est pas moi qui pose les questions ici mais c'était juste pour dire…

Bon. Alors allons-y, mon père…

Non je peux pas. Ça me ferait pleurer et je refuse de pleurer ici. Vous n'aurez *rien du tout* de l'intérieur de mon corps pendant cette audition – il y a des limites, heureusement, à ce que je suis obligée de déballer devant vous. Ce que contient mon corps est à moi, c'est ma solitude et mon orgueil. Maman dit que la solitude c'est la plus grande illusion de notre espèce, elle dit que notre esprit n'est pas à nous, qu'on parle avec les mots reçus des autres, on n'y peut rien, on peut pas les garder pour soi ; impossible de faire comme si on les comprenait pas, comme s'ils étaient de la pure musique ou des dessins géométriques, ce serait beau pourtant, n'est-ce pas Votre Honneur, ce serait magnifique de pouvoir aimer les mots pour leur beauté musicale ou visuelle et ne pas les autoriser à se donner la main, à former des phrases, des paragraphes, et à entrer dans la ronde, à danser les uns avec les autres, c'est trop bête, voyez-vous, c'est trop dommage… Les seuls mots que j'aime c'est les mots longs ou difficiles – *anticonstitutionnellement*, par exemple – parce qu'ils sont lourds, opaques, presque des objets, je les collectionne…

Bon. Je laisse Frank vous raconter notre père.

FRANK

Frère de Fiona. Son aîné de cinq ans. Certes, ma petite sœur est une peste mais on s'entend à merveille tous les deux... Je sais pas si vous avez vous-même une petite sœur, Votre Honneur... Pardon.

Notre père s'appelait Michael. Il était photographe animalier. Je dis *était* parce que ça fait belle lurette qu'on ne le voit plus mais il est sûrement photographe animalier encore, quelque part. Fiona supporte pas de parler de ce que faisait notre père mais moi je peux vous le dire tranquillement, entre hommes n'est-ce pas, vous avez sûrement pendu un chat ou coupé un lézard en deux ou disséqué une grenouille vivante quand vous étiez petit, allez, tous les garçons le font, c'est normal, il y a pas de quoi fouetter un chat, ha, ha, donc notre père Michael, l'ex-mari de notre mère Elke, du temps où il était encore son mari, est devenu étrange. Il s'était jamais bien adapté à cette région. C'était, c'est, un étranger. Il vient d'un pays de falaises vertigineuses et de lacs bleus, un pays de neige aveuglante et de vastes ciels clairs, un pays d'élancements et d'ambitions et de prières visant haut. Quand il se livrait, ici, à son passe-temps préféré – marcher pour marcher, courir pour courir – les paysans le regardaient de travers : un homme qui sort rien que pour prendre l'air est un homme suspect. En plus, le climat de la région le désespérait. Savez-vous, Votre Honneur, qu'il est possible d'être *désespéré* par un climat ? L'hiver dans ce pays – l'humidité pénétrante, le brouillard et la boue, le ciel bas, terne et lourd, les champs incolores... tout ça le rendait fou, le mettait hors de lui. Il supportait sans problème un vrai froid mordant, moins quarante avec un ciel bleu vif et du soleil, mais cette bruine et cette grisaille glaciale lui coupaient les jambes, l'appétit, la joie de vivre. Chaque année au mois d'avril il disait à maman que c'était terminé, qu'il refusait de passer encore un hiver ici, mais l'année d'après il se trouvait encore plus démuni, encore moins capable de prendre des initiatives, des décisions. Sa carrière stagnait ; il souffrait de l'hostilité instinctive des gens d'ici envers toute forme de changement : *La plus grande force de cette région*, disait-il aux visiteurs, *c'est la force d'inertie* ; ou encore : *La devise des gens d'ici ? On tire sur tout ce qui bouge et on se rendort*. Au début il disait ça en riant, puis en riant jaune, et au bout de quelques années il ne riait plus du tout. Sa rage a glissé vers nous, vers maman surtout. Il lui faisait des scènes pour des vétilles : parce que le repas du soir n'était pas prêt à dix-neuf heures, ou parce qu'elle m'avait raconté une histoire au-delà de mon heure de coucher, ou parce qu'elle se roulait sur le tapis du salon en riant aux éclats avec Fiona. Mon père est un homme qui aime l'ordre et la ponctualité, il a été élevé ainsi, c'est pas un crime. La pente que suivait sa vie le rendait sombre et renfrogné ; à la maison on le voyait presque plus, il partageait son temps entre la forêt et la chambre noire.

Je lui cherche pas d'excuses : on est là, n'est-ce pas, pour comprendre tous les tenants et aboutissants de ce qui s'est passé, alors sans remonter à Cro-Magnon comme l'a suggéré facétieusement ma sœur, je crois utile de faire entendre dans ma déposition que l'exil avait rendu mon père malheureux. On peut s'installer dans un pays parce qu'on est amoureux, mais au bout d'un an ou deux on commence à être rongé par son enfance, c'est exprès que j'emploie le mot *rongé*, vous verrez dans un instant pourquoi. Oui c'est bien beau l'amour, mais cela suffit rarement pour remplacer les souvenirs d'enfance, la langue de l'enfance, les amis, les parents et le ciel de son pays d'origine... C'est surfait, l'amour, si vous voulez mon avis. Il est nettement moins puissant qu'on le dit.

Notre père se sentait coincé et oppressé par la vie qui s'était accumulée autour de lui. On parle comme si les gens construisaient leur vie à partir d'une série de choix clairs et réfléchis, mais pour le commun des mortels le mot *accumuler* serait plus juste : la vie s'amasse autour de nous comme de la merde par nous excrétée, elle nous colle à la peau et nous empêche d'avancer – ou, pour prendre une autre image, chaque choix est comme un pieu dans la palissade qui peu à peu se dresse autour de nous, nous empêchant de voir le reste du monde et même de regretter les choix abandonnés… Les exilés, eux, savent qu'il y a un autre monde, et qu'ils y ont renoncé. Les pieux de leur palissade sont fichés dans leur cœur. La nostalgie leur donne la rage. Il avait la rage, mon père ; voilà ce que j'essaie de vous dire.

Je l'aime. Vous aussi aimez votre père, je m'imagine, c'est quand même difficile de faire autrement. Je suis content de pouvoir le faire exister ici un tant soit peu. Bon, je le dis : donc, à cette époque, en matière de photographie animalière, au lieu de s'ingénier à surprendre le chardonneret au bord de l'étang ou l'orvet glissant furtivement à la lisière du champ, notre père a commencé à leur poser des pièges, aux animaux… le but de l'opération n'étant plus d'immortaliser l'instant magique où le regard de l'animal rencontre celui de l'homme, de capter la beauté fugace d'une grue ouvrant ses ailes pour décoller du marais ou le regard vif et curieux d'un lapin… mais d'imprimer sur la pellicule la peur panique des animaux, leurs soubresauts, leur mort. Fouines en sang, la gueule ouverte dans un hurlement sans bruit, rats musqués se tordant frénétiquement sur le sol, renards et castors aux pattes écrabouillées, jeunes biches à la colonne vertébrale fracassée... yeux que quitte la lumière. Plus la souffrance des animaux était visible, plus elle donnait à notre père de la joie. Non, je ne sais pas à qui il vendait ces nouvelles images. Mais notre mère, quand elle les a découvertes un jour en faisant le ménage dans sa chambre noire, en a été révulsée. Elle s'est mise à pleurer et à vomir en même temps, Votre Honneur, et je vous épargne la description de ses cris. Pardon, chère mère : tu n'étais pas belle à voir, ce jour-là.

C'est peu après qu'ont commencé les disputes qui, au cours de l'année suivante, allaient conduire au divorce. Je regarde les choses froidement, Votre Honneur, et je les dis froidement. Même si je ne torture pas les animaux, je suis le fils de mon père. J'assume. Les femmes peuvent pas comprendre. Excusez-moi : je vous parle comme si vous étiez un homme alors qu'au fond j'en sais rien ; il se peut que vous soyez femme après tout, je sais que de nos jours les magistrates se font de plus en plus nombreuses. Mais dans l'exercice de vos fonctions au fil des ans, vous en avez forcément vu des vertes et des pas mûres ; vous suivez l'histoire de notre espèce dans ce qu'elle a de moins reluisant et vous savez comme moi qu'en règle générale les garçons tiennent à voir les choses en face alors que les filles se pincent le nez et détournent les yeux et pouffent de rire. Fiona est une exception. C'est moi qui l'ai pour ainsi dire élevée, ma petite sœur, et j'ai fait attention à pas la laisser devenir bêtasse. Notre mère, elle, vit la tête dans les nuages, mais Fiona et moi on pense aux choses réelles.

On meurt, oui ou non ? On meurt. C'est passionnant, oui ou non ? Personnellement, Votre Honneur, je comprends qu'on soit fasciné par la flamme fragile et vacillante dans les yeux d'un être qui glisse vers la mort. Comment est-ce possible qu'il y ait quelqu'un… et puis, l'instant d'après, plus personne ? C'est un scandale, non ? Tout le monde le sent. Même une limace proteste si on approche une allumette de sa peau orange et caoutchouteuse ; elle se rétracte, indignée, se rebiffe de tout son être minuscule : Hé ! que se passe-t-il ? Arrêtez ! j'ai le droit d'exister !

Mon père devait partir, il le savait. Il devait nous quitter. Pour se libérer, il a dû ronger sa propre patte, comme les renards par lui piégés. Il nous a laissés ici, Fiona et moi. Il me l'a dit un jour : je suis estropié mais libre. Je boite, mais je vais où je veux. Et pour le reste…

J'ai vu les dernières planches-contacts de mon père, elles sont bouleversantes. La biche vous dévisage, les yeux arrondis, immenses, on peut plonger le regard jusqu'au fond de sa pupille et ce qu'on y apprend est extraordinaire… Les Brigitte Bardot de ce monde peuvent aller se rhabiller, vous voyez ce que je veux dire ?

Cosmo ? Toujours détesté. Frimeur, fripon, faux jeton. Foutreux fatraque. Clown fornicateur, le pire des clowns. Je maudis le jour où notre mère l'a rencontré.

Je le maudis, Cosmo. Oui, le greffier a bien entendu, il peut noter : Cosmo, je le maudis. Ha !

ELKE

Mes enfants sont encore trop jeunes pour comprendre, Votre Honneur. Ils comprendront plus tard, j'ai confiance, je ne m'inquiète pas. Simplement, je vous prie : en prenant leur déposition, n'oubliez pas de tenir compte de leur extrême jeunesse. La jeunesse est toujours extrême, n'est-ce pas ? On se souvient de la nôtre… C'est drôle…

J'ai énormément de choses à vous raconter au sujet de Cosmo, vous vous en doutez, mais puisqu'il faut commencer quelque part, j'aimerais commencer par la sensation de ses mains sur ma peau. Elles me faisaient fondre, Votre Honneur.

Partout où il posait les mains c'était comme la neige fondant au printemps, de petites rigoles se précipitant pour remplir à ras bord chaque creux, chaque brèche, chaque fosse et chaque ravine du paysage, ou comme du sang, vous comprenez, du sang suave qui se serait mis à couler de ma bouche ou de mon creux intime, oui le toucher de Cosmo était comme du sang ou de la neige, de la neige sanglante fondue et ruisselante… Il ôtait un de mes vêtements, un seul, et appuyait ses lèvres contre la partie de moi ainsi dénudée, puis aux parties encore vêtues, me réchauffant de son souffle à travers le tissu… Ensuite, lentement, il ôtait un autre vêtement, chaque partie du corps une révélation, une chose jamais vue ni sentie auparavant, et je m'exclamais, tout étonnée de découvrir que mon corps possédait une nuque, ou un genou ! Oh, j'avais connu le plaisir avant Cosmo, Votre Honneur, mais jamais cette joie fondante et confondante qu'il donnait sans compter, jusqu'à ce que je me mette à gazouiller comme un ruisseau…

A ma connaissance il n'a jamais été filmé, photographié, enregistré ni interviewé en train de faire ces gestes-là – d'explorer de sa langue, par exemple, la crête d'une omoplate ou d'une clavicule – et pourtant, cela aussi, il le faisait admirablement.

Non, biffez *admirablement*… Ou alors, puisqu'on ne peut rien biffer, inscrivez plutôt : *la performance et l'amour, ça fait deux*. C'est ce que je lui répétais sans cesse, lorsque…

L'EXPERT PSYCHIATRE

L'expression *explorer de sa langue* est significative, je me permets de le relever. En effet, le comédien avait vis-à-vis du langage une attitude pour le moins spéciale : tout se passe comme s'il avait tenu à préserver indéfiniment le côté maternel de sa langue maternelle, notamment en refusant de la faire quitter le domaine de l'oralité pour l'écrit. C'est bien connu : Cosmo ne transcrivait jamais ses délires verbaux et refusait leur publication sous quelque forme que ce soit. Il improvisait, réinventait son spectacle chaque soir – car, disait-il, sa parole ne devait pas être séparée de sa voix vive.

Il m'a semblé important, Votre Honneur, que vous soyez au courant d'entrée de jeu de cet étrange blocage.

ELKE

Je peux poursuivre ? Après tout, je suis le témoin clef de cette audition… Des millions de gens ont vu Cosmo à la télévision, des centaines de milliers l'ont vu sur scène, des milliers sont fiers de lui avoir serré la main ou d'avoir recueilli son autographe… Plusieurs ont connu, comme moi, l'immense privilège d'être aimés de lui mais personne au monde – *personne, vous m'entendez, Votre Honneur ?* – n'a connu Cosmo comme moi je l'ai connu.

FRANK

Ah ! ah ! Permettez-moi de rire. Elles sont plusieurs dizaines de femmes à se bercer de la même illusion que ma mère. Elles piaffent et piétinent, là, derrière la porte, pour venir faire leur déposition, chacune convaincue d'être l'Elue exclusive du cœur cosmique… Ne vous y trompez pas, Votre Honneur : Cosmo était un séducteur insatiable, un don Juan invétéré ; vierges, mariées ou veuves, belles ou moches, jeunes ou vieilles, les femmes succombaient à ses charmes par grappes, que dis-je, par essaims. Et vers la fin… les mots se coincent dans ma gorge mais mon serment me contraint de les recracher ici, en public : vers la fin, le clown fornicateur ne limitait même plus aux seules femmes ses appétits de conquérant…

Ça me choque, Votre Honneur, je vous l'avoue. Il n'est pas agréable de voir sa propre mère comme un objet sexuel – mais le fait est que Elke est tombée dans le panneau après bien d'autres, et avant bien d'autres encore. Même aujourd'hui, après tout ce qui s'est passé, elle continue, comme la biche de la photo, à contempler son bourreau avec des yeux éperdus d'amour...

DON JUAN

Non, franchement, Votre Honneur, il faut que cela cesse, faites quelque chose ! Avec la plus grande indignation et la plus grande fermeté, je m'inscris en faux contre ce qui vient d'être dit. Il m'est intolérable de voir invoquer mon nom, encore et encore, à propos du premier petit dragueur venu. Voilà des siècles que cela dure et mon image, à force d'être servie à toutes les sauces, ne cesse de se dégrader, de se banaliser...

Comme vous le savez, mes ambitions à moi étaient hautes, nobles, métaphysiques : je lançais un défi à Dieu, je m'en prenais à l'hypocrisie des conventions sociales ; loin d'être un mec qui se gratte chaque fois que sa braguette le démange, je suis l'une des incarnations les plus marquantes de la liberté individuelle en Occident !

Quant à l'amour inverti... à cette seule idée, mon cœur frémit et se rétracte, comme la limace brûlée par Frank.

LA BICHE

Si je regarde ainsi mon tortionnaire en mourant, Votre Honneur, c'est parce que c'est lui qui, armé de son Nikon, se penche sur moi à ce moment pour m'observer – lui qui remplit tout mon horizon – lui, donc, qui par la force des choses incarne le monde, ce monde que j'aime tant et dont je m'éloigne à regret… Ah ! déchirement ! Assassin que j'aime, par le simple fait que tu vis encore, que le sang court encore dans tes veines, tandis que les battements de mon cœur à moi s'espacent, faiblissent et cessent…

ELKE

Vous avez raison, Votre Honneur, ça commence à faire désordre. Chacun et chacune de nous doit essayer d'aller le plus loin possible dans son temps de parole, sans quoi vous allez y perdre votre latin. Taisez-vous, mes enfants, je n'ai encore rien dit, laissez-moi parler.

Toutes sortes de scènes pourraient servir, en effet, de début à cette histoire, mais en tant que témoin clef je me réserve le droit, je dirais même le luxe, de choisir pour entrée en matière la scène de ma rencontre avec Cosmo. C'est un début d'histoire on ne peut plus naturel – car, voyez-vous, quand un homme et une femme tombent amoureux, le monde renaît...

FIONA ET FRANK

Arrête, maman ! Tu nous fais honte !

ELKE

Je parle pour le juge maintenant, mes enfants. Si cela ne vous plaît pas, vous n'avez qu'à vous boucher les oreilles. C'est tout de même comique, Votre Honneur : on passe les vingt premières années de sa vie à se cacher de ses parents, et le reste à se cacher de ses enfants !

Imaginez, donc, une scène digne d'Edith Piaf : *Moi j'essuie les verres / au fond d'un café...* Je suis serveuse à *La Fontaine*, Votre Honneur, vous ne connaissez pas ce café particulier mais vous en connaissez des dizaines de semblables, un banal bistrot de village, glauque ou accueillant selon l'humeur des clients et le temps qu'il fait. Mais, à la différence de la femme dans la chanson, moi j'ai toujours le temps de rêver, c'est mon activité préférée. Mes mains travaillent toutes seules, elles plongent les verres dans l'eau savonneuse puis dans l'eau claire, secouent les gouttelettes, s'emparent du torchon et frottent les verres, puis les glissent dans leur rainure au-dessus du zinc.

J'aime à les regarder à travers mes cils en me brouillant la vue exprès pour admirer la manière dont les lueurs dorées s'insinuent par mes pupilles et dansent sur ma rétine, suspendus la tête en bas les verres ressemblent à des chauves-souris transparentes, ou à une rangée de danseuses au Moulin-Rouge, ou à ces poupées en papier que me façonnait jadis ma mère : elle les découpait avec ses ciseaux de couture dans du papier brun d'emballage, je les coloriais et puis, ensemble, nous les accrochions aux murs de ma chambre en de longues guirlandes bariolées ! J'habitais la capitale à l'époque, Votre Honneur… c'était une autre époque.

JOSETTE

Elle fait de la littérature. Mon fils est mort et elle fait de la littérature.

ELKE

Votre fils aimait la littérature, Josette ; je ne saurais lui témoigner plus de respect qu'en l'entourant de beauté verbale.

Donc, ce soir-là, un samedi soir du mois de mai, je travaillais à toute vitesse parce que le café était bondé et l'ambiance, électrique, pour ne pas dire explosive. Les clients étaient beaucoup plus animés que d'habitude, plusieurs d'entre eux imitaient Cosmo en attendant son arrivée à *La Fontaine*, citant ses phrases, ses gestes et ses grimaces les plus hilarants, rappels du spectacle qu'ils venaient de voir à la salle des fêtes. Un seul mot suffisait parfois pour ressusciter tout un numéro : *Amour*, disaient-ils par exemple, ou *Tolérance*, et ils se laissaient emporter par une lame de rires qui venait échouer sur la plage dans une écume de halètements...

FRANK

Objection, Votre Honneur. Notre mère n'a jamais vu l'océan.

ELKE

Si si, je l'ai vu ! Je l'ai vu à la télévision et c'est ainsi que je me le représente, bruyant et exaltant, avec des rafales de vent qui fouettent les vagues et les éveillent, comme un chef éveille les membres de son orchestre – c'est grandiose ! Ce soir-là, même les villageois me semblaient beaux en raison de l'attente dans leurs yeux, alors que la majorité d'entre eux est dépourvue des qualités que l'on associe généralement à la beauté, ils ne sont ni jeunes ni riches ni lisses ni élégants, et quand, les jours ordinaires, je les regarde depuis ma place derrière le comptoir, ils me semblent avoir poussé sur la grisaille et la difficulté aussi spontanément que des champignons sur leur tronc d'arbre.

Sur le mur derrière le bar, les bouteilles multicolores de sirop et de liqueur formaient un trésor complexe et rutilant. Elles semblaient refléter la lumière plus pleinement, plus intentionnellement que d'habitude, comme pour prendre part à cet événement exceptionnel : *Cosmo allait venir*. Oui, Cosmo en chair et en os était sur le point d'arriver, il avait promis de nous rejoindre ici après le spectacle, le premier qu'il ait donné dans son village natal, pour fêter son trentième anniversaire. La moitié du village était venue s'entasser à *La Fontaine*, cent personnes au bas mot se bousculaient et s'interpellaient, médecins et journalistes se frottant pour une fois aux paysans. Même les parents de Cosmo étaient là, quoique visiblement gênés, eux qui ne mettaient jamais les pieds dans un débit de boissons…

JOSETTE

On serait gêné à moins ! Vous imaginez, Votre Honneur, être invité à la fête d'anniversaire de votre propre fils ! Organisée, qui plus est, par des gens que vous ne connaissez pas ! On ne savait pas où se mettre !

SANDRINE

Je m'appelle Sandrine, Votre Honneur, je suis infirmière diplômée, spécialisée dans les soins à domicile. D'autre part je suis la meilleure amie de Elke et je me permets d'intervenir parce que, le soir en question, même si tout le village était présent à *La Fontaine* comme elle vient de le dire, j'étais assise au comptoir tout près de mon amie et... j'ai *vu* la chose se produire.

Il faut préciser que Elke n'était installée ici que depuis son divorce l'été précédent. Cosmo, lui, était connu dans les parages comme le loup blanc. C'était un gamin du pays, la moitié des filles du village (dont moi, je ne vous cache rien) avaient subi ses avances pendant l'adolescence ; un bon quart (pas moi) avaient couché avec lui ; à vrai dire nous avions l'impression de si bien le connaître que nous méprisions un peu les foules de ses fans... Vous comprenez ? En quelque sorte : s'il vient de chez nous, il ne peut pas valoir grand-chose... N'empêche que, malgré notre flegme légendaire, malgré nos airs de légumes ahuris, pour rien au monde nous n'aurions manqué son spectacle ce soir-là. Les autres serveuses de *La Fontaine* auraient fomenté une émeute si on les avait empêchées d'y assister, mais le patron savait qu'il pouvait compter sur la placidité de Elke. C'est pourquoi, de toutes les personnes présentes, elle était la seule à n'avoir jamais vu Cosmo.

ELKE

Si si, je l'avais vu : comme l'océan ! Des particules d'encre, des ondes sonores enregistrées, des lumières et des ombres vacillantes sur un écran… Grâce à la télévision, grâce aux journaux et aux magazines, l'image de Cosmo était déjà imprimée dans mon cerveau. Je connaissais ses cheveux couleur de paille, perpétuellement ébouriffés, ses yeux qui semblaient fixer un point juste au-dessus ou au-delà de vous. Et sa voix… ah ! sa voix, comment vous décrire sa voix ? Cassée et pourtant douce… Mais là, l'inimaginable allait se produire : Cosmo lui-même allait entrer, physiquement, à *La Fontaine.*

Je continue de faire mon travail sans y réfléchir, me délectant de mon propre sentiment d'attente joyeuse, tout en servant du vin dans des verres à pied, de la bière dans de lourdes chopes, des doses de liqueur et de porto dans de petits verres à fond épais. Qu'est-ce qui peut bien retenir le comédien ? Voilà quarante minutes que le spectacle est terminé, il avait à se doucher, à se changer et c'est tout, les aiguilles de l'horloge approchent de minuit et minuit c'est tard par ici, nous ne sommes pas à la capitale, les gens qui ont des bêtes se lèvent entre quatre et cinq heures du matin, *les bêtes ne connaissent pas le dimanche* comme ils disent toujours, les paysans ne se lassent pas de répéter les mêmes phrases au sujet de la dureté et la monotonie de leur existence : puisque celle-ci reste la même, il n'y a aucune raison que leur sagesse évolue...

Quelque chose dans l'air s'accélère, son arrivée doit être imminente, le niveau sonore monte d'un cran puis baisse soudain, comme si un invisible balayeur de sons était venu préparer le chemin pour son arrivée, faisant valser dans les coins de la pièce tous les bruits superflus – vite, vite, écartez-vous ! La porte s'ouvre et, précédé par son équipe, Cosmo entre dans le café : oui, le voici, réellement, pleinement, enfin, *lui*.

LA ROMANCIÈRE

Pour vous, Votre Honneur, ce ne sera malheureusement que des mots, encore et toujours. Je m'efforcerai de vous rendre Cosmo aussi réel que possible mais en matière de littérature, je le constate chaque jour à mon dépit, le possible a des limites qui sont celles de la page imprimée. Pourtant, réfléchissez : cela ne vaut-il pas mieux ? Si Cosmo, tout chaud, tout palpitant de vie, devait jaillir de la page et atterrir dans votre giron, tel le héros du film de Woody Allen dans *La Rose pourpre du Caire*, qui crève littéralement l'écran pour rejoindre dans la salle une spectatrice amoureuse... que diable en feriez-vous ? Vous seriez horrifié et impuissant car cela vous obligerait à exister, vous aussi. Renonçant à votre rassurant anonymat de juge, il vous faudrait cesser de lire, poser le livre et faire la conversation avec ce parfait inconnu, lui permettant de vous dévisager, de s'intéresser à votre vie privée et de formuler à votre sujet des jugements hâtifs... Non, croyez-moi, c'est mieux ainsi. Quand mes mots en auront fini avec lui, vous aurez de Cosmo une connaissance plus profonde et plus intime que si vous receviez soudain sur vos genoux le poids et la chaleur de son corps matériel.

ELKE

S'ensuivent trois secondes de silence parfait. Puis, se rappelant que ce n'est pas seulement une possibilité mais pour ainsi dire une obligation, la foule se met à acclamer bruyamment le héros du jour. De virils *Bravo !* s'élèvent au-dessus de la clameur générale, laissant dans nos oreilles des traces de leur trajectoire comme les feux d'artifice laissent des traces visuelles sur notre rétine. Une voix de femme, suraiguë et mal placée, se lance dans *Happy Birthday* et la chanson est vite reprise par tous ; après un ajustement de ton, les gorges s'enhardissent et se mettent à gueuler les paroles avec une violence croissante, comme si ce café était un baraquement militaire, comme si chacun des clients était un marin ivre en permission. Certains pressentent qu'ils se comportent de façon grossière et se demandent si Cosmo s'offusquera d'être accueilli par un tel boucan... Mais non, apparemment pas ; le visage de Cosmo affiche son sourire bien connu, timide et asymétrique ; du coup les villageois s'époumonent de plus belle ; arrivés à la fin de la chanson ils applaudissent à nouveau, puis, honteux de leur propre enthousiasme, se détournent et font semblant d'être indifférents à la présence parmi eux de l'acteur de théâtre le plus célèbre du pays.

Maintenant Cosmo traverse la salle pour étreindre ses parents, qui se sont levés entre-temps et se tiennent là, mal à l'aise, n'osant lui tendre les bras mais ne sachant, à défaut, quoi en faire, les tenant donc à un angle d'une trentaine de degrés de leur corps jusqu'à ce que leur fils arrive enfin à leur hauteur. Les joues de sa mère rosissent quand il la presse contre sa veste en cuir. Puis, mettant un bras autour de son père, Cosmo se retourne vers la salle, c'est-à-dire vers moi, et je peux enfin le contempler tout mon soûl : il est aussi petit que son père et plus fluet, son corps est presque celui d'un adolescent ; je vois sa chevelure fauve, ses lèvres épaisses et comme tuméfiées, son front haut et ses sourcils douloureusement froncés ; il me fait penser à Montgomery Clift ou à James Dean, un de ces héros mauvais garçons du cinéma américain des années 1950.

Ses parents, je l'ai dit, sont gênés tous deux, mais chez André (je ne sais pas encore qu'il s'appelle ainsi) on devine un malaise supplémentaire et comme… permanent. Il semble incapable de lever les yeux… Il regarde le sol et marmonne dans sa barbe, ses mouvements sont saccadés et mal coordonnés…

JOSETTE

Mon mari n'est pas là pour se défendre, Votre Honneur ; je ne le laisserai pas ainsi calomnier par une étrangère.

ELKE

Ah ! Vous entendez ? J'habite cette région depuis l'âge de six ans et elle me traite encore d'étrangère !

Croyez-moi, Josette : personne n'était plus étranger que vous-même à feu votre mari ; la suite de l'audition me donnera raison.

ANDRÉ

Euh… si don Juan et la biche ont le droit de donner leur point de vue, euh… je ne vois pas pourquoi moi je…

JOSETTE

Tais-toi, André ! Vu la manière dont tu as choisi de mourir, tu n'as plus qu'un seul droit : celui de te taire !

SANDRINE

Voici ce qui se passe alors…

Les deux autres serveuses entrent en action. L'une, Berthe (qui, soit dit en passant, a des cors aux pieds : en tant qu'infirmière à domicile je connais les bobos de tout le monde), apporte le gâteau d'anniversaire, une pièce montée à la limite du mauvais goût, aux fioritures bleu et blanc. L'autre, Solange (qui souffre du syndrome prémenstruel) arrive en brandissant deux magnums de champagne. Puis c'est à Elke de se frayer un passage à travers la foule, avec un plateau où une vingtaine de flûtes se dressent en équilibre précaire. Au moment de poser le plateau sur la table d'honneur, elle lève les yeux vers Cosmo, son regard attrape le sien et le reflète involontairement dans un sourire.

ELKE

Elle a bien vu, Sandrine. C'est exactement comme ça que ça s'est passé.

Ainsi autorisé, le regard de Cosmo glisse un instant vers le bas et je le sens qui me caresse comme une main, passant chaudement sur mes seins, mon ventre et mes hanches avant de revenir à mon visage. Bien qu'elle ne dure qu'un instant, cette caresse immatérielle me fait chavirer. Maintenant on verse le champagne et les gens s'écartent pour ouvrir la voie aux notables... Avec sa grâce légendaire, Tabrant, l'obèse reporter du journal local, pousse tout le monde pour faire des photos au flash – et enfin le maire, levant sa flûte, propose un toast si banal, si prévisible, si désespérément imprégné de conventions et de prétentions et de clichés provinciaux que j'en rougis.

JOSETTE

Voyez bien, Votre Honneur, ce n'est pas une femme d'ici, elle le dit elle-même. C'est une femme de la capitale, une dévergondée, une bâtarde qui s'arroge le droit de nous juger...

ELKE

Oubliant que Cosmo est largement rompu aux us et aux coutumes du coin, je le regarde d'un air consterné en le suppliant avec mes yeux de pardonner la balourdise du maire – et cette fois-ci, non content de me rendre mon regard, il me fait un clin d'œil et je me dissous intérieurement en un fou rire.

Ce fut là, Votre Honneur, ma première expérience de ce que j'appelle *la fonte*.

Félicité inouïe : toutes les flûtes se lèvent et le champagne est sifflé, le champagne pétille, mousse et déborde, des jets de champagne jaillissent à la verticale pour retomber en gouttes, en rigoles, en ruisseaux, le champagne pleut sur nos têtes en une averse étincelante, nous sommes arrosés par un million de gouttelettes d'écume enivrante, les gens se mettent à patauger dans les flaques de champagne en s'éclaboussant joyeusement, le champagne leur monte aux chevilles, aux genoux, les mères doivent attraper leurs petits dans les bras pour les empêcher de se noyer dans le champagne, brusquement tous les villageois se retrouvent jeunes et beaux et entièrement nus, ils ont le corps lisse, luisant et souple, ils sont gracieux et pourtant musclés, vigoureux, tels des satyres et des nymphes de la forêt, ils se mettent à s'élancer, à danser, à sauter et à tournoyer sous la pluie de champagne...

JOSETTE

Mais enfin, Votre Honneur, vous ne l'arrêtez pas ? Vous la laisserez poursuivre combien de temps comme ça ? Elle est complètement folle ! Elle n'est pas fiable comme témoin, c'est évident ! Comment faire confiance à une femme qui invente pareil galimatias ?

ELKE

Je sais très bien que ça se passait dans ma tête. Mais, Votre Honneur, vous en conviendrez j'espère, ce qui se passe dans la tête est réel aussi.

FRANK

Calme-toi, ma pauvre maman.

Voilà, Votre Honneur, vous avez vu : notre mère est une exaltée. Elle n'y peut rien, elle est ainsi faite. Une tragédie survenue dans l'enfance (on vous expliquera ça plus tard) l'a rendue à jamais accro de l'imaginaire. On ne peut pas lui en tenir rigueur ; simplement, il ne faut pas prendre ce qu'elle dit au pied de la lettre.

Au fond, elle et Cosmo étaient faits pour se rencontrer. L'amour fou à distance : ça lui allait comme un gant, à notre mère. Ou comme le chausson de Cendrillon. Tiens ! Je n'y avais pas pensé, c'est un peu l'histoire de Cendrillon pour de vrai : une orpheline souillon rencontre par hasard le prince charmant, et comme il n'est pas du genre épousailles, marmaille et boustifaille, elle se contente de rêver de lui jusqu'à la fin de l'histoire.

ELKE

Frank, laisse-moi parler.

Je reviens à ma place derrière le comptoir mais Cosmo est toujours dans ma ligne de mire et, tout en passant d'un client à l'autre, je me rappelle l'errement de ses yeux sur mon corps, ça me fait jubiler et je joue avec ma propre jubilation, la repoussant à l'arrière-plan et la sentant revenir irrésistiblement en avant. Il est là, me dis-je tout bas, il est encore là, le moment de la présence de Cosmo à *La Fontaine* est encore maintenant et c'est un maintenant très long, presque infini, je peux y faire tout ce que je veux, mon esprit peut gambader et caracoler, partir rejoindre la chouette immobile dans le chêne ou dessiner des boucles dans l'air avec les chauves-souris, puis revenir ici dans la chaude lumière bruyante et toujours ce sera maintenant, maintenant, avec Cosmo près de moi. J'essuie les verres… et soudain, là sous mes yeux, je vois un poing fermé. C'est le poing d'Asimon le maréchal-ferrant. Je l'interroge du regard : *quoi ?* Son visage se craquelle et ses lèvres s'écartent en un grand sourire édenté... Le poing s'ouvre alors et je vois, plié tout petit dans le creux de sa paume crasseuse, un bout de papier. A nouveau je fronce les sourcils : *quoi ?* Ses yeux décrivent un arc qui se termine sur Cosmo, le bout de papier glisse de sa paume dans la mienne et il repart. J'ai les mains mouillées, elles mouillent le papier, j'ai peur de faire couler l'encre...

SANDRINE

Elle n'a pas rougi, pas une seule seconde, Votre Honneur, je peux en témoigner. Avant de déplier le papier, je l'ai vue reculer d'un pas et essuyer hâtivement ses mains sur son tablier et je me suis dit : à sa place je rougirais, toute femme normalement constituée ne pourrait que rougir. Mais Elke, non.

ELKE

Voici ce qu'avait griffonné Cosmo à mon intention : *Avez-vous une voiture, et viendrez-vous me voir après la fermeture, levez les yeux, regardez-moi, dites oui.* Au-dessous de ces mots il avait esquissé un plan avec une flèche indiquant la maison de ses parents, que je connaissais déjà, et un X sur la grange à l'arrière. J'ai levé les yeux, et les yeux de Cosmo étaient sur moi.

SANDRINE

Elle n'a toujours pas rougi.

ELKE

En faisant oui de la tête, j'ai eu la même drôle de sensation que lorsque, dans l'état de flottement qui précède le sommeil, on quitte le bord d'un trottoir pour faire un pas dans le vide. Vous voyez ce que je veux dire, Votre Honneur ? Ça s'appelle tomber, ce n'est pas pour rien que ça s'appelle *tomber* amoureuse. Je suis amoureuse de Cosmo et j'irai le voir tout à l'heure, oui, cette nuit, après la fermeture ; de ma vie je n'ai été aussi heureuse.

C'est vrai, cela a été. Et j'espère que vous le savez, Votre Honneur : *ce qui a été n'est d'aucune manière inférieur à ce qui est.*

Entendez-vous alors, à trois heures du matin, le crissement de mes pneus sur les graviers de sa cour ? Bruit d'une netteté exquise, se découpant sur fond de silence tout comme, en cette nuit de la mi-mai, le croissant de lune se découpe sur la noirceur du ciel. Sentez-vous le suspense poignant de cet instant solitaire tandis que, d'un pas lent, je franchis les quelques mètres qui me séparent encore de la porte de la grange ? Entendez-vous le raclement de mes chaussures sur les graviers, le léger bruissement de ma jupe sur mes jambes, le faible toc toc de mes phalanges sur le bois gris ?

Comme par magie, la porte s'ouvre et Cosmo me fait entrer ; il est là, il est seul ; nous sommes seuls, ensemble. On se dévisage longuement sans rien dire.

LA ROMANCIÈRE

Je reconnais qu'à ce rythme-là l'audition va nous prendre cent cinquante ans.

ELKE

Ecoutez ce silence, Votre Honneur, c'est tout ce que je vous demande. C'est vertigineux. Appréciez le silence entre deux êtres qui s'aiment déjà à la folie sans se connaître, sans connaître les détails du passé particulier qui a fabriqué pour chacun ce corps-là, ce visage-là, cette promptitude à répondre *oui* à un appel...

Les faits pèsent si lourd, comprenez-vous. Si lourd.

C'est comme dans la prostitution, peut-être. Nous pourrions mentir, adopter n'importe quelle identité, nous raconter n'importe quelle histoire. Moi je connais son nom, lui ne connaît pas encore le mien, du reste nous portons l'un et l'autre un faux nom, en réalité il ne s'appelle pas Cosmo ni moi Elke – mais que veut dire *en réalité,* en l'occurrence ? Les papiers de l'état civil ? Elke c'est le prénom que m'a donné mon ex-mari Michael – car, disait-il, j'étais lente et placide comme l'élan, *elk*, cet animal des montagnes de son enfance. Le nom m'a plu ; dans le village on ne m'en connaissait pas d'autre ; lors de cette nuit dans la grange je le portais depuis longtemps, donc à toutes fins utiles je m'appelais Elke.

Je suis émue.

FRANK

Laisse-moi prendre le relais, pour faire avancer les choses. Voici, Votre Honneur, dans ses grandes lignes, à peu près telle que Cosmo a dû l'entendre au cours de cette nuit blanche, l'histoire des débuts dans l'existence de ma maman. L'histoire d'une grande passion adultère, romantique à souhait – oh, embellie, sans aucun doute ! – histoire-diamant dont chaque facette a été frottée et polie par sa mémoire jusqu'à atteindre une sorte de perfection… Mais chacun de nous n'en fait-il pas autant ? On fait ce qu'on veut, ce qu'on peut, n'est-ce pas, avec les souvenirs qui nous constituent…

Elle est née dans la capitale avant la guerre. Sa mère s'appelait Yvette ; elle était chapelière. Eh oui, Votre Honneur ! Nous sommes dans les années 1930, c'est la grande époque des Yvette et des chapelières. A ce qu'il paraît, Yvette avait un vrai génie pour la confection des chapeaux. A vingt-trois ans, elle était déjà réputée. Elle pouvait prendre n'importe quel bout de soie, de feutre ou même de carton et le transformer en une coiffe élégante ou amusante. Pour la décoration, elle se servait de tout ce qu'elle trouvait dans les poubelles de son quartier : plumes, breloques, boutons et sequins, bribes de fourrures, rubans en dentelle. C'était une femme assez épatante. Mignonne, avec des cheveux châtains et de jolies joues rondes, elle se coiffait avec un accroche-cœur au milieu du front. Elle avait le cœur léger, le pas léger, elle était pleine de grâce et de vivacité…

Quoi d'autre, Fiona ? J'oublie rien, concernant notre grand-mère ?

FIONA

Elle est morte.

FRANK

Elle est morte, ça oui, bien sûr ! Tout de suite après le mot *vivacité*, il faut préciser qu'elle est morte – mais pour l'instant, dans mon histoire, elle est encore jeune et pleine d'entrain, elle ne sait pas ce qui l'attend, ne sait même pas que l'homme de sa vie est sur le point de frapper à sa porte…

Ainsi, Votre Honneur, tout en continuant d'imaginer la nuit que notre mère et Cosmo passent ensemble dans la grange après la fête d'anniversaire à *La Fontaine*, je vous demande d'imaginer la rencontre entre Yvette et un certain M. Denain. Il n'a pas de prénom, ce monsieur. C'est un riche banquier, un homme fort élégant selon les critères de l'époque, un peu ridicule selon les nôtres : il porte des moustaches noires, une canne et un chapeau melon, s'habille dans des costumes trois-pièces, se parfume au lilas, se fait conduire partout par un chauffeur. A cela, il faut ajouter qu'il est marié et vit avec son épouse et leur jeune fils dans une somptueuse villa de la banlieue ouest de Paris.

Donc. Un jour de l'été 1935, M. Denain vient frapper à la porte d'Yvette parce que sa femme voudrait un chapeau spécial pour le thé auquel elle est invitée la semaine suivante. Assis dans l'appartement exigu au rez-de-chaussée de la rue au Maire, à discuter des détails du chapeau de son épouse (velours rouge avec liseron en brocart noir et triangle de perles blanches), le banquier tombe fou amoureux de la chapelière. Ce n'est peut-être pas très original. Ce qui l'est plus, c'est que M. Denain continuera d'aimer Yvette pendant sept longues années, qu'il lui donnera trois enfants adorables et que, même s'il ne peut les reconnaître, il contribuera à leur entretien et les emmènera, presque chaque dimanche, dans un parc de la capitale.

La famille est pauvre sans être dans la misère. Et Yvette a le don de métamorphoser tout ce qu'elle touche. Entre ses mains un plat de lentilles devient un pur délice, une jupe plissée est du dernier chic… J'oublie quelque chose ?

FIONA

Les histoires…

FRANK

Ah oui ! Oui, Votre Honneur, c'est pareil avec les mots : Yvette sait prendre n'importe quel événement minuscule et le gonfler en une histoire merveilleuse ou hilarante. Tout en cousant, assise près de la fenêtre dans son fauteuil en rotin, les jambes croisées – non, pas croisées, elle est si mince et souple qu'elle peut *nouer* littéralement ses deux jambes ensemble –, les mains voletant çà et là comme des libellules, dessinant dans l'air d'invisibles motifs, Yvette raconte des histoires à ses enfants médusés…

Et puis, intempestive et incroyable, neutre, injuste et indifférente comme toujours, la mort frappe deux grands coups. D'abord M. Denain s'effondre, victime d'une crise cardiaque ; trois semaines plus tard, Yvette se fait écraser par une voiture en faisant une livraison boulevard Arago. La vie des enfants bascule. Tout s'évanouit à la fois : leur mère, leur père, les histoires, les chapeaux, l'appartement, les lentilles, les jupes plissées… Le seul objet que Elke parvient à sauvegarder, c'est une paire de gants en fine soie rose, cadeau d'amour de M. Denain à Yvette ; elle les possède encore, ces gants, elle en est fière…

Les trois orphelins sont pris en charge par l'Assistance publique. Nous sommes en 1942 et les foyers d'accueil sous l'Occupation, Votre Honneur, j'ai pas besoin de vous faire un dessin. Au bout de quelques mois les trois enfants sont séparés : Elke et son grand frère Maxime sont envoyés dans des familles d'accueil dans deux provinces différentes ; vingt ans s'écouleront avant qu'ils se revoient. Quant à Yves le petit dernier, qui n'a qu'un an et demi, il est adopté, il change de nom et disparaît dans la nature.

On dirait un roman d'Hector Malot. Je m'en rends compte, Votre Honneur, et je m'en excuse. Autant me laisse dubitatif la grande passion adultère entre un banquier et une chapelière, autant ce que je vous raconte là, l'envoi par l'Assistance de ma mère dans cette région à l'âge de six ans, j'en ai des preuves.

Il est probable qu'elle ait fait ce récit à Cosmo, le premier soir. Je ne sais pas, par contre, si elle lui a parlé de nous, ses enfants. Que raconte au juste une mère de famille de trente-six ans à un homme dont elle rêve de devenir l'amante ?

ELKE

Je lui ai raconté une histoire.

C'était une des histoires d'Yvette, justement : l'histoire d'une petite fille nommée Alice qui est enlevée par une fée. A son grand étonnement, Alice découvre qu'au royaume des fées il suffit de penser à une fleur pour qu'aussitôt celle-ci paraisse devant vos yeux. Ainsi se trouve-t-elle tour à tour dans un champ de coquelicots brillants, au milieu d'une touffe de lilas au parfum subtil, et allongée dans un pré sous de grands arums blancs luxuriants dont les gouttes de rosée lui tombent sur les paupières.

Et nous, ici ? m'a demandé Cosmo.

Nous c'est pareil, lui ai-je dit.

Pourrais-je avoir du volubilis ?

Le voici. Voici votre volubilis.

Et du mimosa ?

Oui, du mimosa aussi, avec ses petites boules jaunes veloutées. Et du freesia, si vous voulez. Et du fuchsia...

Non, a dit Cosmo. Je ne tiens pas à laisser entrer du fuchsia chez moi. Le fuschia c'est comme les orchidées, ça a l'air artificiel même quand c'est réel.

Je suis désolée, ai-je dit alors. On peut susciter les fleurs à volonté, mais non les supprimer. En revanche, si vous voulez, je peux recouvrir le fuchsia de chèvrefeuille. Regardez ! d'épais buissons de chèvrefeuille, dont les fines fleurs blanc et jaune embaument.

Cosmo s'était lové sur un tapis à mes pieds pour écouter l'histoire et, au bout de quelque temps, j'ai vu qu'il s'était endormi. On se trouvait sur une des mezzanines dans cette grange qu'il avait fait réaménager de fond en comble, supprimant le grenier pour dégager la toiture haute de sept mètres, puis construisant parmi les poutres plusieurs mezzanines reliées entre elles. L'une était aménagée en cuisine et salle de bains, une autre en chambre, et la troisième, celle sur laquelle on se prélassait, en salon avec fauteuils, coussins et rayonnages… Le rez-de-chaussée, son espace de répétition quand il séjournait ici, était un vaste parquet de chêne, nu et bien proportionné, éclairé par des spots…

J'ai contemplé Cosmo dans son sommeil. Il avait l'air si jeune ! à peine plus âgé que mon fils. Il respirait sans bruit, les lèvres légèrement écartées, et je devinais, sous sa lèvre supérieure, la ligne blanche de ses dents. Mon silence a dû le réveiller, ses yeux se sont ouverts directement sur les miens et il a prononcé trois mots que je ne répéterai pas ici, Votre Honneur, parce que les gens risqueraient de s'esclaffer. Je refuse d'exposer ainsi à la moquerie publique les trois mots étonnants que m'a chuchotés Cosmo en se réveillant cette nuit-là, mais je les ai chuchotés aussi, les trois mêmes mots, et mon cœur a fait des culbutes dans ma poitrine.

Je suis repartie vers cinq heures et demie. Il n'était pas pensable que Fiona entre dans ma chambre le dimanche matin et la trouve vide.

Et voici ce que m'a dit Cosmo, sur le pas de la porte : D'abord, a-t-il dit, je regarderai ta voiture quitter la cour, s'éloigner sur le chemin de terre en courbe, et disparaître. Puis, montant à l'étage, je me posterai à la fenêtre et je suivrai chacun de tes mouvements jusqu'au sommeil. Je te verrai te garer devant ta maison, ouvrir ta porte avec une clef et tâtonner dans le noir à la recherche de l'interrupteur. Ensuite, tu ouvriras tour à tour la porte des chambres de tes enfants pour vérifier leur bon sommeil, puis tu iras dans ta chambre à toi, éteindras le réveil sur la table de chevet et te déshabilleras. Oui, un long moment, je te regarderai te déshabiller, encore et encore, ce sera merveilleux. Où habites-tu ?

Je le lui ai dit. Il connaissait la maison. Ça l'aiderait à m'accompagner en pensée.

En guise d'au revoir, j'ai posé une main sur ses cheveux.

LA ROMANCIÈRE

On vient d'entendre évoquer la jeunesse des parents de Elke – qui, malheureusement pour eux mais heureusement pour la suite de notre histoire, fut la seule période de leur vie. Les parents de Cosmo risquent de nous être d'un accès plus ardu, entre autres parce que Josette, ulcérée par le suicide d'André, lui interdit de témoigner ici. Je tiens donc, Votre Honneur, à vous montrer ce document très parlant : une photo d'André quand, à l'âge de vingt-deux ans, après six années passées à Paris, il est revenu à la ferme où son père travaillait comme métayer.

Si l'on étudie la photo de près, on distingue sur le visage d'André, tels des échos remontant à rebours le cours du temps, les traits aujourd'hui célèbres de Cosmo. Pas des traits séduisants, *a priori* : nez et menton bosselés, oreilles légèrement décollées, front haut...

Les yeux, par contre, ne sont pas les mêmes. Cosmo avait les yeux de sa mère, couleur noisette aux paillettes d'or, tandis que les yeux d'André, comme vous le voyez, sont mélancoliques et sombres, un peu comme les yeux des vaches qu'il gardait, enfant.

Il y a toutefois dans les yeux d'André une chose dont Cosmo a bel et bien hérité ; je ne saurais le désigner que par le mot *douleur*.

LE COSMOPHILE

Douleur, oui, il n'y a pas d'autre mot ; la douleur était effectivement le thème central des spectacles de Cosmo, malgré les rires qu'ils déclenchaient. Je pense par exemple à ce petit sketch qu'il a monté à l'âge de seulement seize ans, quand l'horreur de la guerre d'Algérie était à son apogée : deux musulmans se croisent dans une rue de leur village et se lancent dans les salamalecs habituels…

Ça va ?
Ça va, grâce à Dieu, on fait aller.
Et ton père, ça va ?
Mon père il est mort, que Dieu ait son âme.
Et ta mère ça va, depuis hier ?
Ma mère aussi est morte, depuis hier, c'était son destin.
Et ta femme, ça va ?
Elle est morte, mon épouse.
Et tes enfants, ça va ?
Ils ont été égorgés, tous autant qu'ils sont, que Dieu ait leur âme, Dieu est le plus grand, et toi, ça va ?
Oui moi ça va, grâce à Dieu.

Et ton père ?
Ah, mon père il est mort...

LATIFA

A propos de la guerre d'Algérie, je voulais dire, si c'est mon tour...

LA ROMANCIÈRE

Non, Latifa, pas encore. Votre récit appartient au futur de cette histoire.

LE CÈDRE DU LIBAN

Si vous le permettez, Votre Honneur, j'aimerais évoquer un fait qui appartient au contraire au lointain passé de cette histoire, mais qui a radicalement infléchi le cours de celle-ci : il s'agit du culte qu'André le père de Cosmo vouait aux arbres dans sa jeunesse. Il en a parlé à peu de gens et j'ai peur que, si je ne prends pas la parole maintenant, ce fait crucial ne soit passé sous silence.

Dès sa plus tendre enfance, André était cet oxymoron ambulant : un paysan pastoral. C'est une chose presque impossible, vous savez. Les paysans n'ont guère le temps de contempler la campagne ni de chanter ses louanges ; ils la voient en gros plan du matin au soir, tous les jours que Dieu fait. Ils restent cois devant les chicaneries des citadins sur les congés payés, le treizième mois, la semaine de quarante voire de trente-cinq heures ; ils travaillent sans montre et dorment d'un sommeil sans rêves, ils sont incapables de voir un paysage sans penser à tout ce qui reste à y faire ; s'ils lèvent les yeux au ciel le soir, ce n'est pas pour admirer le coucher du soleil mais pour deviner le temps qu'il fera demain ; le sens esthétique ne peut naître dans un corps laminé par le labeur.

Or, à cette règle millénaire, André était une exception. Allez comprendre comment les gènes résignés et répétitifs de ses ancêtres paysans, jouant à saute-mouton d'une vie à l'autre, avaient abouti à ce coup de dés-là : Dédé. Tout petit déjà, il s'est senti une complicité secrète avec les fleurs et les insectes ; au lieu de brûler les limaces ou de disséquer les grenouilles comme l'horrible fils de Elke, il observait leur nature précise et énigmatique, chaque espèce la sienne, il les dessinait dans les marges de ses cahiers et les mentionnait dans ses prières le soir. Il interrogeait son père et ses oncles à leur sujet ; cette curiosité lui valait, les bons jours, des quolibets, et, les mauvais, un horion.

Il m'a raconté tout cela.

A l'âge de seize ans, l'amour que portait André à la nature, de physique, est devenu métaphysique. Immense. Beaucoup plus grand que lui, impossible à contenir. Le jeune homme pressentait que cette vie de boue, de sueur et de bétail n'était pas la seule possible – et que lui, le p'tit Dédé, si improbable que cela paraisse, avait une vocation plus élevée. Cette vocation était au sens propre une *voix*, un appel urgent, l'appel de l'inconnu. Et c'est ainsi qu'une nuit sans lune, les poches vides mais le cœur plein à craquer, André a quitté en catimini la ferme paternelle pour monter en autostop à la capitale. Il s'attendait certes à se sentir minuscule et insignifiant à Paris, mais il avait besoin de temps et de solitude pour réfléchir, deux choses dont il y avait disette chronique à la ferme. Il était petit et gracile mais bien proportionné, la livrée lui seyait à merveille et, cinq années durant, il a gagné sa vie comme serveur, valet ou chasseur dans une série d'hôtels et de restaurants. Ses nuits étaient à lui.

Il ne parlait à personne, ne partageait ses rêves avec personne. Quand le temps le permettait, à la fin de sa journée de travail, au lieu de dîner il s'achetait un billet de train de banlieue et partait errer dans les grandes forêts au-delà des limites de la ville. Des heures durant, la nuit entière parfois, dans un état d'euphorie frôlant l'exaltation, il marchait en se parlant tout haut. C'est là, dans les forêts de Fontainebleau ou de Chantilly, qu'il entendait le plus clairement sa *vocation*. Surtout les nuits de pleine ou de presque pleine lune, il avait l'impression qu'une voix désincarnée s'adressait à lui personnellement. Les branches des grands chênes, des ormes et des marronniers lui paraissaient alors des bras levés vers le ciel dans un geste de louange et de glorification, un immense cri unanime et silencieux mystérieusement noué dans le bois. En ces instants, l'univers entier se mettait en mouvement devant ses yeux écarquillés : non seulement les troncs et les feuilles des arbres mais les nuages eux-mêmes frémissaient, tremblaient et ruisselaient vers le ciel. Souvent, devant cette beauté, André se mettait à pleurer, d'émoi mais aussi d'effroi – car non seulement il était le témoin de cette épiphanie de la nature, mais il lui incombait de la communiquer au reste du monde. Debout dans la luminosité nocturne, amant extatique des arbres, tout son être enlacé avec le leur, son sang leur sève, ses bras leurs branches, ses jambes leurs racines, il se laissait envahir jusqu'à la douleur par cette conscience suraiguë du miracle de l'existence. Comment se pouvait-il que les autres hommes ne ressentent pas ce que lui ressentait si impérieusement, à savoir qu'ils faisaient partie de ce mystère et auraient dû tomber à genoux, plutôt que de sautiller d'une activité mesquine à une autre, de se marcher sur les pieds, de s'occuper de chicanes et de cancans et de chiendent… ? Comparé au silence poignant des arbres sous la lune, le commerce des hommes lui faisait l'effet d'un vacarme de basse-cour. Parfois, approchant d'un arbre dans le noir et glissant les bras autour de son tronc, un cri lui échappait, cri de reconnaissance mais aussi d'angoisse devant l'énormité de sa tâche.

Une fois en hiver, il est venu au Jardin des plantes en fin de journée et s'est caché dans les broussailles au moment de la fermeture. Dans le froid glacial, il a attendu patiemment que la lune se lève et puis, venant près de moi, il s'est mis à écouter mes murmures ombreux. Il n'avait rien mangé de la journée, peut-être avait-il la tête légère, toujours est-il que le spectacle grandiose du labyrinthe dans la douce clarté lunaire, la dentelle des arbres dénudés s'agitant faiblement sur un ciel argenté, les bruits mystérieux du Jardin, la calme et majestueuse grandeur de la nuit, tout cela l'a ému à tel point qu'il a eu une étrange hallucination. S'effondrant en larmes, il a perdu connaissance.

Retrouvé à demi gelé le lendemain matin et transféré à l'hôpital proche de la Salpêtrière, André s'est réveillé en plein délire. On l'a gardé plusieurs jours sous surveillance. Ce fut là, Votre Honneur, son premier internement psychiatrique… et non le dernier.

Vingt ans plus tard, le nouveau coup de dés génétique nommé Charles Philippe, mieux connu sous le pseudonyme de Cosmo, allait hériter non seulement de la structure osseuse de son père, mais aussi de cette soif terrible, inextinguible, d'absolu.

DEUXIÈME JOURNÉE

ELKE

Je n'ai pas connu André jeune homme, Votre Honneur. De certains êtres, on a du mal à imaginer qu'ils aient été jeunes un jour. Le croisant dans les rues du village, il était difficile de soupçonner que ce petit homme crispé aux yeux hagards, marmonnant des mots sans suite, avait pu jadis se prendre pour un guide spirituel...

Mais reprenons le fil des événements. Après m'être séparée de Cosmo à cinq heures et demie du matin, dans la cour où montait déjà la fraîcheur de la rosée, je me suis éloignée en voiture, roulant lentement pour pouvoir le cadrer dans mon rétroviseur. Il est resté là, debout, immobile, sans lever la main, et j'ai photographié dans mon imagination sa silhouette découpée contre le mur éclairé de la grange – une photo que j'allais garder longtemps, longtemps – que j'ai encore, voyez-vous. Ensuite, le chemin de terre a dessiné une courbe et Cosmo est sorti du cadre ; le rétroviseur a fondu au noir comme l'écran à la fin d'un film ; l'épisode était clos. J'ai avancé sur le mince ruban de route jusqu'au village et sur le mince ruban de temps jusqu'à l'épisode suivant : l'arrivée chez moi où, comme promis, Cosmo m'accompagnait. J'ai tout fait comme il l'avait dit, ses mots ont frayé la voie à mes gestes : j'ai tourné la clef dans la porte, tâtonné à la recherche de l'interrupteur, vérifié le sommeil de mes enfants, éteint le réveil… Puis je me suis déshabillée et – vous le croirez ou non, Votre Honneur – le regard de Cosmo absent sur mon corps nu m'a procuré mon premier orgasme depuis trois ans.

FRANK ET FIONA

Maman !!!

ELKE

J'ai juré de dire la vérité et je vais faire de mon mieux parce que la vérité de Cosmo c'est mon soleil ; c'est elle qui, jour après jour, m'apporte chaleur et lumière…

JOSETTE

Il m'est insupportable d'entendre cette femme parler comme si la mort de mon fils n'avait pas eu lieu, ou n'avait aucune espèce d'importance, comme si c'était un détail négligeable !

Il est *mort*, Philippe ! Mon fils unique est *mort*, vous m'entendez ? On me l'a *assassiné*, il n'existe *plus* !

FIONA

Vous devez vous demander, Votre Honneur, pourquoi Josette persiste à appeler son fils Philippe.

C'est une histoire à dormir debout : Cosmo est né en 1943 et sa famille était une mini-France à elle toute seule, son père soutenait le général de Gaulle et sa mère le maréchal Pétain, donc ils ont nommé leur fils, tenez-vous bien, Charles Philippe. Voilà. Sans trait d'union. C'était pas une séquence mais une alternative ; ils ont annoncé à la ronde que leur fils n'aurait de prénom définitif qu'une fois connue l'issue de la guerre. Pour finir, donc, c'était Charles. Mais quand le fils en question a appris l'histoire – seize ans plus tard, au hasard d'une démarche administrative – il s'est dit que si ses parents ne pouvaient même pas se mettre d'accord sur son nom, il aimait autant s'en choisir un tout seul. Il m'en a expliqué l'origine : Cosmo, c'est le nom du personnage dans *Chantons sous la pluie* – pas Gene Kelly, l'autre, vous vous souvenez ? Donald O'Connor. Celui qui chante *Faites-les rire* en tombant du canapé et en dansant avec le balai et en courant sur les murs…

ELKE

Ventre à terre, je me précipite dans un tunnel à l'extrême bord d'une rivière, un tunnel tout blanc et ajouré, presque de la dentelle en calcaire, mes progrès sont ardus, le tunnel devient parfois si étroit que mon corps a du mal à passer mais il le faut, il le faut, je rampe, centimètre par centimètre, et débouche enfin – haletante, éperdue – dans une espèce de grotte, très blanche aussi, et violemment éclairée, dans laquelle je peux à peine tenir debout. Tournant le regard vers le centre de la pièce, je vois quelque chose en train de brûler. Je me précipite pour éteindre le feu mais en vain, l'incendie se propage, la lumière s'intensifie et m'aveugle, me brûle le visage – au loin j'entends des explosions, des détonations – mon Dieu, me dis-je, tout va s'effondrer…

Mais non, ce n'est que le soleil. Le soleil sur mon visage, et, venant du salon à l'autre bout du couloir, le bruit de la télévision. Je prends conscience qu'on est le dimanche matin, que le soleil est déjà haut dans le ciel et que, dans la salle de séjour, Frank regarde des dessins animés... Mais *qu'est-ce qui brûlait dans ce tunnel ?*

Tirant la couverture sur ma tête et refermant les yeux, j'essaie de retourner dans le rêve, mais les cloches de l'église en face se mettent à carillonner et je perds le fil. Perdu à jamais, le fil d'Ariane conduisant à cette grotte tout au fond de mon être et à ce feu si inquiétant. Ne me sentant pas prête à commencer la nouvelle journée, je m'accroche encore quelques instants à la tiédeur de mes draps jaunes et au souvenir de la nuit. Quand Michael et moi étions encore mariés, le dimanche matin était un moment de choix pour l'amour. A moitié endormis, nous n'étions pas encore sur nos gardes et pouvions nous délecter des joies de la peau, des muscles et des hormones, sans nous réciter mentalement toutes nos querelles de la veille ni affûter notre langue pour celles de la journée à venir. Trois mille jours et trois mille nuits j'avais passés avec cet homme, et voilà qu'il avait récupéré sa précieuse solitude, qu'il vivait dans les montagnes à mille kilomètres d'ici et ne communiquait plus avec moi que par l'envoi d'un chèque mensuel...

Est-il *possible* que j'aie caressé tant de fois ce beau visage ? que je l'aie contemplé de si près, d'assez près pour compter les poils noirs de sa barbe ? Ah le durcissement progressif des traits de Michael, les mâchoires qui se serraient de colère... Non ce n'était pas à ça que j'avais envie de penser en m'acagnardant douillettement entre les draps jaunes ! Pas au lent désespoir qui s'est répandu dans mon âme tandis que les mois passaient et que Michael s'éloignait de nous. *On ne vit plus ensemble*, lui ai-je dit un jour, *on meurt ensemble*. Parfois, lors d'une rencontre fortuite de nos regards, jamais tout haut, on se demandait ce qu'était devenue la gaieté de nos premières années de mariage – puis, se détournant l'un de l'autre, on se remettait à lamper l'angoisse comme si c'était de l'eau et qu'on crevait de soif... Mais parfois aussi, le dimanche matin, oubliant notre identité respective, oubliant qu'il y avait entre nous un passé mitigé et un présent sinistre et un avenir sans espoir, on fermait à clef la porte de notre chambre et on se jetait dessus comme des teenagers en rut. Les dernières années, on avait cessé tout à fait de se toucher : entre nous il n'y avait plus d'amour à faire. Dénués de désir et d'énergie, on dormait côte à côte, allongés sur le dos comme des gisants.

Divorce. Pas facile à expliquer aux juges, en 1972 : ni adultère, ni alcool, ni violence, rien qu'une perte, un drainage, une longue et lente saignée de l'amour : cette cause-là n'était pas prévue dans la législation de l'époque.

A quoi est dû ce drainage ? demanda le juge, et je me jetai à ses pieds, espérant l'émouvoir par la beauté de ma longue chevelure blonde.

Tâchez de nous comprendre, le suppliai-je en pleurant à chaudes larmes. C'est une question de neige et de soleil.

De soleil, surtout, précisa Michael...

Mais non ; me retournant, je suis à nouveau réveillée par le soleil qui me frappe en plein visage ; je ris tout haut en me rappelant la longue chevelure blonde de mon rêve. Mes cheveux n'ont jamais été blonds, Votre Honneur. Comme vous le voyez, ils sont de couleur sombre, presque noirs. En revanche, je les ai portés longs jadis ; ma mère me faisait des nattes chaque matin, elle y glissait des fils de couleur et les attachait avec des rubans de velours et me posait un bisou sur le bout du nez quand elle avait fini. Dès le premier soir au foyer, mes nattes ont été coupées et jetées au feu par les dames de l'Assistance ; depuis lors, j'ai toujours gardé les cheveux courts.

Pardon, Votre Honneur.

Je fais mal la différence entre ce qui est pertinent et ce qui ne l'est pas.

J'entre donc dans la chambre de ma mère ce dimanche-là et je vois que ses yeux brillent. Je sais pas encore pour quelle raison mais je pressens que ça n'augure rien de bien pour nous. Je porte une chemise de nuit bleu sombre, j'ai ma panthère noire à la main et en me glissant entre ses draps je devine à quoi pense ma mère : elle pense à mon père et elle se dit *aujourd'hui, cette petite fille, cette personne-là, cette taille-là, comment Michael peut-il s'en passer ?*

Ça m'énerve alors je fais exprès de mettre mes pieds glacés entre ses cuisses, elle pousse un piaillement puis me prend les pieds entre ses mains et les frotte en me disant : Comment va ma petite panthère noire ce matin ?

Et moi je dis : Elle est de mauvaise humeur.

Et elle dit : Ah bon ? Il s'est passé quelque chose ?

Et je dis : Je sais pas…

Et elle dit : Tiens, maman panthère va te lécher la tête… Est-ce que ça va mieux ? Tu veux qu'on fasse un petit saut en Inde pour chasser l'antilope ?

Mais je réponds pas parce qu'elle fait trop d'efforts pour paraître normale et je sens qu'elle est pas normale et ça m'énerve.

Enfin je dis : Je veux pas t'empêcher de penser à quand t'étais petite.

Et elle dit : Quand j'étais une petite panthère, tu veux dire ?

Et je dis : Non, quand t'étais une petite fille.

Et elle me regarde avec des yeux émerveillés et je vois que ça y est, je lui ai encore fait plaisir, je lui ai encore donné une perle pour sa collection de perles et je peux vous dire, Votre Honneur, que c'est ce qui nous énerve le plus Frank et moi chez notre maman : elle est tout le temps en train de nous prendre en photo dans sa tête ou de nous enregistrer avec son magnéto mental pour pouvoir soupirer plus tard à la beauté de ses souvenirs. On peut devenir fou comme ça, vous comprenez ? *On est jamais juste là*, il faut toujours s'extasier devant le fait d'être là. C'est pourquoi avec Frank on fait plein de choses pour être *juste là*, sans pensées ni rien. Comme je vous l'ai expliqué au début, maman dit qu'on n'est rien soi-même tout seul, qu'on est fait de bric et de broc, chacun selon ce qu'il a vu et vécu au cours de sa vie, notre tête est remplie de toutes les phrases des autres qu'on a lues ou entendues et moi j'ai horreur de cette idée, *je veux être seule*, mais d'après maman ça veut rien dire être seul, on peut même pas penser le mot seul tout seul parce que c'est un mot et chacun peut pas inventer le langage pour lui-même, c'est impossible, rien que pour dire *je* il faut appartenir à toute une vieille civilisation. Elle dit qu'on est comme des planètes lancées sur des trajectoires, absorbant et reflétant la lumière les unes des autres, entrant en collision, en interaction et en fusion les unes avec les autres, qu'on le veuille ou non, on est des bouts de matière qui se précipitent à travers le temps en se transformant sans cesse, et la seule différence entre nous et les autres bouts de matière c'est que nous on est conscients de notre voyage et on s'en étonne, du coup on peut le raconter aux autres et ça fait des histoires, de l'Histoire : tu me racontes ta vie, je te raconte la mienne, ta vie fait désormais partie de la mienne et inversement, ce que tu me dis s'intègre à moi, se mélange à moi, aussi intimement que le langage lui-même, qui n'est pas à moi mais sans lequel je ne serais pas moi, je ne serais rien ; il m'est venu des autres, des millions d'autres dans une longue chaîne ou plutôt un dense réseau de chaînes qui remontent jusqu'aux brumes de la préhistoire. Ainsi, dit maman, seconde après seconde et siècle après siècle, depuis les troglodytes jusqu'aux cosmonautes, les mots humains circulent sur la Terre, les idées aussi, les histoires aussi, et tout ça forme la nourriture avec laquelle on fabrique notre esprit, un peu comme on fabrique notre corps avec du lait. Etre humain, dit maman, c'est faire partie de cette prodigieuse circulation de mots et d'idées et d'histoires qui a commencé il y a des millénaires et qui ne s'arrêtera que quand les flammes du soleil seront éteintes, ou quand on aura réussi à pulvériser notre précieuse planète bleue et verte pour en faire un milliard de petites planètes nouvelles et silencieuses.

Moi je dis non. Moi je dis que si l'esprit est squatté par les autres, le corps, lui, est bien seul : la preuve c'est que quand on meurt, c'est soi seul qui meurt et quand on a mal quelque part, c'est soi seul qui souffre, personne d'autre ne peut sentir la douleur que moi je ressens. En plus l'esprit c'est flou, ça flotte, on sait pas où ça commence ni où ça s'arrête, alors que le corps est un objet, une chose réelle, il a des limites qu'on peut toucher et *ça*, ça fait du bien. Maman dit que lorsqu'elle s'est retrouvée au foyer d'accueil après la mort de ses parents et qu'on l'a séparée de ses frères, elle a connu la chute dans le vide alors elle s'est mise à chantonner toute seule la nuit dans le dortoir, elle mettait la tête sous les couvertures et essayait de se rappeler *toutes* les chansons qu'avait chantées sa mère Yvette, elle les enchaînait les unes aux autres, strophes et refrains, strophes et refrains sans s'arrêter, les tissant ensemble en une espèce de filet sonore pour qu'il y ait pas de vide, pas de chute, les chansons se donnaient la main comme les poupées de papier sur les murs de sa chambre, peut-être les gens qui parlent tout seuls dans la rue c'est la même idée, c'est pour se tenir compagnie, mais nous Frank et moi on *aime* le silence, on *cultive* la chute dans le vide, on *aspire* à quitter le langage parce qu'il est pas à nous, parce que c'est toujours quelqu'un d'autre qui parle dans notre tête, alors on se fait mal exprès pour être sûr que dans notre corps au moins, on est seul.

Quand maman part à *La Fontaine* elle nous laisse tout seuls à la maison. Elle dit qu'elle n'oserait jamais faire ça en ville mais qu'ici on risque rien, du moment qu'on joue pas avec les allumettes et qu'on enfonce pas nos doigts dans les prises électriques, ça nous fait rire comme elle part au travail en se disant qu'on risque rien alors qu'on attend son départ justement pour pouvoir risquer quelque chose. On commence avec des exercices faciles. Je m'assieds par terre sur le carrelage de la cuisine et Frank grimpe sur la table au-dessus de moi et attrape une poignée de mes cheveux et commence à me soulever, c'est lent, c'est progressif, l'idée c'est de voir jusqu'où on peut aller, un jour il pourra me tenir suspendue par les cheveux, tout mon poids, et j'en serai fière. Ensuite on descend dans le jardin derrière la maison, Frank s'installe sur la première marche de l'escalier de pierre, moi je prends un caillou et je lui tapote la tête avec, toujours au même endroit, d'abord doucement puis de plus en plus fort. L'idée c'est de produire l'œuf le plus gros possible sans faire couler le sang. Frank s'empare de mon poignet, il le met derrière mon dos puis il commence à le faire monter vers l'omoplate, il contrôle, il est concentré et il ne sourit pas, moi non plus, j'essaie de sentir très précisément ma douleur et d'entrer en elle et de la devenir, d'effacer tout le *moi* qui pourrait encore exister autour. Frank travaille en continu, pas par à-coups, juste un peu plus haut un peu plus haut, et si un jour il me casse le bras ce sera une victoire. Ensuite je prends une cigarette dans la boîte que maman garde au salon pour les visiteurs, je l'allume et je commence à brûler Frank, je le brûle sous les aisselles parce que la peau à cet endroit est très sensible et aussi pour que les ampoules et les plaies et les croûtes ne se voient pas après, Frank entre bien dans la brûlure, et quand il ne veut plus qu'elle aille plus profond il fait un petit hochement de tête et je m'arrête. Chacun s'arrête dès que l'autre hoche la tête mais on se parle pas du tout pendant le jeu, c'est la règle, il faut pas dire un seul mot. On a le droit de crier parce que les cris ne sont pas des mots, mais c'est rare qu'on crie. Papa dit qu'elles crient pas, les bêtes, quand elles tombent dans ses pièges. Parfois juste un couinement de surprise et c'est tout.

Des yeux de pierre un corps de pierre un cœur de pierre, c'est notre but et notre devise.

ELKE

Tout ça je l'apprends avec vous, Votre Honneur. Ça me coupe un peu le souffle, je l'avoue.

Cela s'est passé, alors. Cela a eu lieu. On ne peut faire en sorte que ça n'ait pas eu lieu.

Je reprends…

Il était onze heures passées, ce dimanche-là, et je devais me dépêcher pour arriver au marché avant la fermeture ; vite j'ai avalé un café et me suis précipitée dehors. Sous la halle, tout en passant devant les étals de charcuterie et de volailles, tout en examinant les pintades suspendues la tête en bas, les oreilles et les pieds de porc en gelée, les guirlandes de boudin, j'étais de nouveau sur la mezzanine avec Cosmo, confortablement assise dans un fauteuil en velours rouge, à contempler son visage dans le sommeil. *Je l'ai vu dormir !* me suis-je dit tout bas : le souvenir du rebord de ses dents entraperçu sous sa lèvre supérieure m'a fait tressauter intérieurement – et, du coup, j'ai salué le boulanger beaucoup plus chaleureusement que d'habitude.

Assises derrière de longues tables en Formica, des paysannes remballaient les bûches et pyramides et crottins de fromage de chèvre non vendus. Je les ai regardées. Elles avaient mon âge mais on aurait dit de petites vieilles, leur corps était dissimulé par une robe informe et une veste d'homme en gros drap, malgré le beau temps elles portaient des bonnets en laine et des bottes en caoutchouc, leurs cheveux étaient ternes et grisonnants, leurs joues sans trace de fard, leur peau toute grignée, ridée, usée par les soucis, je n'avais pas envie de les voir compter leurs maigres gains de la matinée avec leurs doigts rougis et gercés, j'avais envie d'entendre les gens parler de Cosmo.

Sa voix résonnait-elle encore dans leurs oreilles ? Leur cerveau crépitait-il encore de sa pyrotechnie verbale ? Je voulais suivre la manière dont l'humour caustique de Cosmo se propageait ici en vagues successives, se déformant et se diluant, se transmettant et se transformant, *les* transformant, eux, serait-ce de façon infime. Son amour en moi était une graine nouvellement plantée qui allait grandir et se ramifier ; je me sentais comme une femme enceinte, forte et invincible, presque insolente. Dans mon insolence j'ai acheté les premiers avocats et les premières fraises de la saison, tout en sachant qu'ils ne pouvaient être que décevants, les fraises étaient pâles et maigrichonnes et les avocats durs comme du bois, mais j'avais besoin d'un symbole festif, serait-il dérisoire, à partager avec mes enfants.

Au déjeuner, entre les avocats et les fraises effectivement immangeables, j'ai fait de mon mieux pour intéresser Frank et Fiona à la soirée de la veille à *La Fontaine* : j'ai décrit le suspense pendant l'attente de Cosmo, le brouhaha lors de son arrivée, l'exécution chaotique de *Happy Birthday*, le toast absurde du maire... Mais les enfants restaient distraits et comme absents ; mes mots tombaient à plat, ils échouaient à devenir des choses. Fiona regardait par la fenêtre en jouant avec ses cheveux tandis que Frank grignotait des croûtes de pain en attendant ostensiblement que le repas se termine. J'étais navrée. Le beau bourdonnement manquait – ce que j'appelle pour moi-même *le beau bourdonnement*, Votre Honneur, et qui a à voir non avec le bruit et le silence mais avec le chevauchement des présences humaines dans une pièce. Ce jour-là, nous étions trois êtres solitaires autour de la table. Malgré le soleil qui entrait à flots dans la cuisine, j'ai senti une ombre tomber sur nous et s'épaissir. Le silence est devenu lourd. Je n'ai aucun souvenir de silences lourds pendant les repas quand j'étais petite – pourtant mon père aussi, comme Michael, était perpétuellement absent. Yvette nous a-t-elle parfois regardés, moi et mes deux frères, en se disant que nous lestions son âme ?

Ah ! ma jubilation d'hier ! Comment la communiquer à mes enfants, s'ils n'en voulaient pas ? On n'a aucun contrôle, Votre Honneur, sur ce qui se passe dans la tête de nos enfants. Quelle que soit l'intensité de notre amour, on ne peut leur y tenir compagnie. Dès qu'ils jaillissent hurlants du tunnel ensanglanté, ils commencent à nous devenir étrangers…

Non, je m'égare à nouveau.

FRANK

Plus tard ce même jour, quelqu'un a sonné à la porte et c'est moi qui suis allé ouvrir.

C'était un inconnu. Un blond. Plus jeune que notre mère, de plusieurs années. Du premier coup d'œil, je l'ai pas aimé, Cosmo. Il a demandé si Elke était à la maison et, le précédant dans le salon où elle attendait, j'ai vu ma mère faire un geste pour lisser ses cheveux devant la glace, comme les femmes dans les films, vous voyez ? quand l'homme qu'elles aiment débarque à l'improviste. Et j'ai compris. Et je l'ai lapidée du regard. Sans réagir, elle a conduit son jeune blond à travers la cuisine où Fiona prenait son goûter. Elle a murmuré des présentations en passant, mais Fiona n'a même pas levé la tête de son sandwich au Nutella, je l'ai bien élevée ma petite sœur.

Maman était inquiète – son blond l'aimerait-il encore, oh là là, l'aimerait-il encore ? – affublée d'un fils hostile et d'une fillette apathique, était-elle toujours la même femme que la veille ?

Ils sont allés s'asseoir sur l'escalier derrière la maison, et moi, tout en regardant la télévision d'un œil, j'ai écouté leur conversation d'une oreille. Ils en étaient encore à la phase exposition. Maman racontait à Cosmo les quinze années qu'elle avait passées chez les Marceau, sa famille d'accueil, dans un village pas loin d'ici. Cette histoire-là aussi, Votre Honneur, je la connais par cœur. Par cœur.

S'il y a autant de familles d'accueil dans notre région, ce n'est pas, vous vous en doutez, que les gens soient plus charitables ou plus généreux ici qu'ailleurs ; c'est qu'ils sont plus pauvres, et qu'un enfant de l'Assistance rapporte. Pendant la guerre surtout, même la pension dérisoire (deux mille francs anciens par trimestre !)

faisait une différence, sans parler des mains supplémentaires à la maison et aux champs... Les Marceau traitaient Elke – qui ne s'appelait pas ainsi à l'époque – comme leur propre fille, c'est-à-dire avec fermeté et sans chichis.

Ils étaient métayers de père en fils sur la même ferme depuis le début du siècle. Une famille élargie et stoïque : les grands-parents et les parents trimaient, les enfants s'apprêtaient à prendre leur place. Les hommes passaient la journée dans les champs, seuls avec les bêtes de somme et semblables à elles par leur silence résigné ; le soir, n'ayant plus de force avec laquelle produire du langage, ils avalaient quelques verres de pastis et une assiettée de ragoût et s'en allaient tanguant au lit. Du coup les femmes tenaient, en plus des cordons de la bourse, le crachoir.

La petite Elke a eu vite fait de comprendre les principes auxquels souscrivaient ces dames, principes peu nombreux mais irréfragables : Dieu et l'Eglise sont des balivernes, l'au-delà n'existe pas, il y a que la vie sur Terre et le sens et l'essence de cette vie-là c'est le travail. Pour survivre il faut travailler à la sueur de son front ; un point c'est tout. (Une bonne moitié de leurs phrases se terminaient par *un point c'est tout.*) La petite orpheline parisienne s'est donc mise à trimer elle aussi. Elle a appris à tuer et à plumer les poulets, à traire les vaches, à coudre des édredons et à les remplir de duvet ; en juillet, elle aidait même aux foins. Elle n'était pas malheureuse – désarçonnée, plutôt, par le pragmatisme taciturne de cette famille. Comme l'a fait remarquer tout à l'heure le cèdre du Liban, il est rare que les métayers aient le loisir de s'émouvoir devant un paysage. Or la jeune Elke, élevée à la ville, avait une vraie passion pour la nature – passion enseignée par sa mère dans la petite enfance et exacerbée, plus tard, par les romanciers du XIXe siècle.

Autant mon père a exécré cette campagne, Votre Honneur, autant ma mère y a trouvé mille bonheurs. Elle aimait tout. Les plongeons vertigineux des hirondelles en juin, les grands sauts des poissons dans les étangs, la basse-cour où bourdonnaient les insectes et où glissaient subrepticement les lézards, le rauque concert nocturne des grenouilles et des criquets, les soirées pleines et sensuelles de l'été tardif, le chatoiement argenté des peupliers dans le vent, les colloques de corbeaux en novembre, la glace qui, tous les quatre ou cinq ans à la mi-hiver, entourait la moindre branche et brindille des arbres, transformant le paysage en féerie scintillante. Par-dessus tout, elle aimait l'accélération des changements vers la fin octobre : le départ vers le sud des grues cendrées, l'apparition subite du jaune dans les fougères et du rouge dans les sorbiers, le toc distinctif des châtaignes chutant au sol, l'odeur des poires mûrissantes, le goût du jus de pomme qu'on vient de presser, les motifs artistiques en vert et orange sur les différentes espèces de cucurbitacées, l'agréable flic flac des bottes dans la boue…

L'indifférence esthétique de sa famille d'accueil jetait le trouble dans l'esprit de la petite fille. Les dames Marceau voyaient les mêmes choses qu'elle, mais on eût dit que ces choses restaient sans impact sur leur âme. Pire, elles n'entendaient pas les mots. D'après elles, de même que la terre existait pour qu'on en tire notre subsistance, le langage servait à désigner des faits, *un point c'est tout.* Un jour, Elke leur avait dit que le mot nénuphar était beau et elles avaient haussé les épaules d'impatience : Les nénuphars sont une plaie, lui avaient-elles dit. D'abord ils attirent les grenouilles, ensuite ils bouchent la surface des étangs et empêchent les poissons de trouver de l'oxygène, il faut donc s'en débarrasser.

Elke ne comprenait pas qu'on puisse vouloir rester ainsi collé au réel. La contemplation, la rêverie, tout ce que la petite chapelière fantasque lui avait fait aimer au début de sa vie était nul et non avenu ici, une forme abâtardie de religion. *Idem* pour la lecture. Les romans étaient une perte de temps ; ils décrivaient un monde qui n'existait pas et vous distrayait de vos *vrais problèmes*. Pour le commun des mortels les problèmes ne font que ponctuer la vie courante, mais pour ces gens-là, qui ont perdu Dieu sans rien trouver pour le remplacer, ils en constituent la trame, la substance, le thème prédominant. Les problèmes peuvent être majeurs ou mineurs, potentiels ou déjà advenus, les nôtres ou ceux des autres ; ce sont les accidents, le grand mauvais temps, la maladie et la mort des gens et des bêtes et des récoltes, on en parle tout le temps, on en rêve la nuit, on peut les tenir provisoirement en échec mais ils finissent par survenir et alors là on est presque soulagé ; ce sont eux qui donnent un sens à l'existence.

Quand on entend parler ce genre de personne, Votre Honneur, on se demande ce qui pourrait la rendre heureuse, de quels succès elle pourrait éventuellement se réjouir. Mais en fait elle n'aspire *pas* au bonheur ni au succès, ça fait si longtemps qu'elle s'est identifiée à ses problèmes que, sans eux, elle ne saurait de quoi parler, à quoi penser, *qui être* ; la vie perdrait tout contenu et tout intérêt. Autant que le climat de la région, c'est cette philosophie paysanne qui a découragé et, à la longue, fait fuir mon père ;

il n'est donc pas surprenant que j'y aie longuement réfléchi. Le maître mot de cette philosophie, Votre Honneur, c'est la méfiance.

ELKE

Ecoutez vous-même avec méfiance, Votre Honneur ! A défaut de pouvoir embrasser leur père, mes enfants ont embrassé ses préjugés et ses obsessions, c'est tout ce qu'il leur a laissé, je ne pouvais pas les priver de cela aussi ! Ainsi, sans mentir à proprement parler, ils ont tendance à exagérer les travers des gens d'ici, et il faut prendre ce qu'ils en disent avec des pincettes. Ce n'est pas vrai, comme l'a prétendu Fiona au début, que les clients de *La Fontaine* ne font que se plaindre – ni, comme l'affirme Frank en ce moment, que ma famille d'accueil eût manqué totalement de bonté et d'humour.

FIONA

Si si, il a raison, mon frère ! Dès leur plus jeune âge, on apprend aux enfants d'ici à se méfier de tout et de tout le monde : il faut bien se tenir à chaque instant, jamais attirer l'attention sur soi, jamais *s'écouter* quand on souffre, au physique ou au moral, jamais trahir le moindre besoin d'autrui ni la moindre curiosité à son égard. *La vie des autres, ça ne nous regarde pas*. Afin que personne ne doive rien à personne, l'idéal c'est qu'il se passe rien, qu'il s'échange rien entre les êtres. Si on vous fait un cadeau, il faut susurrer *fallait pas* et le planquer vite fait – surtout ne pas l'ouvrir devant la personne, car elle risquerait de voir la joie qu'elle vous a donnée, et vous seriez alors son débiteur. Nul ne sait de quoi demain sera fait, et si l'on aime trop ostensiblement son mari, si l'on couvre son enfant de baisers, si l'on fête trop bruyamment une bonne récolte, la source de notre joie pourrait se tarir et on aurait l'air de quoi ?

La vertu pour ces individus consiste à prouver qu'on *travaille beaucoup* mais qu'on *gagne peu*, juste assez pour rester en vie. Ainsi, quand notre mère, à vingt ans, est tombée amoureuse d'un beau brun nommé Michael, sa famille d'accueil a fait la moue – non, comme on pourrait le croire, parce que l'homme était un étranger mais parce qu'il *travaillait peu* et *gagnait beaucoup*. S'enrichir en photographiant les animaux ! Les bras leur en tombaient. Il y avait donc des imbéciles qui... *achetaient*, et... *cher*, la... *photographie* d'une... *bête* ? Chaque membre de cette phrase les laissait pantois.

A vingt et un ans, Elke était toujours amoureuse de Michael mais elle était majeure. Le jour-même de la majorité de l'enfant, l'Assistance publique cesse d'envoyer de l'argent à sa famille nourrice, et la responsabilité de celle-ci prend fin. L'enfant est désormais un adulte ; il doit prendre ses propres décisions et en subir les conséquences, *un point c'est tout.* Ainsi, se sont dit Mmes Marceau, les choix et les préférences de Elke ne nous regardent plus. Elle veut épouser un photographe animalier ? Ha ! Qu'elle l'épouse ! Elle comprendra bientôt de quoi la vie est faite...

FRANK

Bien sûr, en parlant à Cosmo de sa famille d'accueil ce jour-là, notre mère n'a pas eu besoin de fournir autant de détails qu'on vient de le faire ici ; Cosmo connaissait la mentalité locale, c'était un fils du pays, son propre père venait d'une famille de métayers. Mais il n'est pas sûr que *vous*, Votre Honneur, la connaissiez aussi bien. C'est du reste une espèce en voie de disparition ; les mœurs locales, inamovibles depuis le Moyen Age, ont été perturbées vers la fin du XXe siècle par plusieurs facteurs nouveaux : l'arrivée massive des téléviseurs diffusant des images du monde entier, le dépeuplement et le remembrement, le rachat des fermes par de riches Hollandais, Allemands et Belges, le caprice de certains Parisiens à transformer des maisons de ferme en de pittoresques résidences secondaires, et le retour à la terre d'une flopée de néo-ruraux babas écolos pour y élever abeilles ou chèvres en grattant de la guitare.

Mais… Cosmo lui-même ? vous demandez-vous probablement. Il n'a pas pu garder le silence pendant tout ce temps ; lui aussi avait besoin de s'exposer. Quels mots a-t-il choisis pour se présenter à cette femme qu'il avait le projet de séduire, et qui le regardait déjà avec des yeux adorateurs ? Eh bien, Votre Honneur, ne vous en faites pas : je me rappelle ses paroles à lui aussi.

Il ne faut pas croire, lui a-t-il dit, que je mène une vie palpitante. Tu ne t'imagines pas la quantité de vide qu'elle contient. Une quantité incalculable, honteuse. Des heures gaspillées à voyager, à arpenter les salles d'attente des aéroports entre deux avions, ou des gares entre deux trains, à regarder des émissions de télévision insipides dans des chambres d'hôtel hideuses, à ne pas dormir la nuit, à signer des autographes pour des gens sans intérêt, à répondre aux questions débiles des journalistes, toujours les mêmes, à sourire alors que je n'ai pas la moindre envie de sourire…

Mon Dieu, a dit maman, impressionnée par ce tableau pour le moins inattendu de la vie de l'artiste. Pourquoi le fais-tu, alors ?

Pourquoi je le fais ? a dit Cosmo. C'est évident, non ? Je le fais pour les rares instants où je suis sur scène. Même ces instants-là doivent être préparés par d'autres heures fastidieuses avec mon équipe technique, tous ces individus doués et dévoués et encombrants qui tournent autour de moi, se baissent, se relèvent, prennent des marques, s'envoient des signaux, installent lumières, micros et musiques, vérifient les moindres détails de mon costume et de mes accessoires... Mais ensuite ils s'effacent, se fondent dans l'obscurité... Tout est prêt, enfin... et *c'est maintenant*. Soudain l'univers se concentre, se rassemble. Je suis seul dans la lumière. Rien d'autre n'existe. Chaque cillement, chaque souffle est saturé de sens. C'est pour ces instants-là que je vis, Elke. Et, à partir d'aujourd'hui, pour toi.

Voilà ce qu'a dit le clown fornicateur.

Puis il s'est barré.

ELKE

Dès le lendemain, Cosmo m'a téléphoné.

L'EXPERT PSYCHIATRE

Permettez-moi, Votre Honneur, de souligner la fréquence avec laquelle revient, dans le récit du témoin clef, la racine grecque *têle*, loin. Dans un premier temps, elle ne connaissait le jeune acteur que par l'intermédiaire de la télévision ; elle va désormais le connaître par celui du téléphone, l'important étant que leur amour reste à distance, qu'il ait le moins de chance possible de se mesurer à l'épreuve du réel…

ELKE

Le réel, le réel, on croirait entendre les Marceau ! Et ce serait quoi, le réel ? La vie conjugale qu'elles avaient, elles, peut-être ? Ou le mariage d'André et de Josette – qui, quarante-quatre ans durant, ont été arrachés à leur sommeil par un réveille-matin et se sont levés sans échanger un mot ni un regard, pour vaquer toute la journée à leurs occupations respectives ?

Ecoutez-moi.

La voix de Cosmo au bout du fil, c'était la voix réelle de Cosmo. S'il avait été dans la pièce avec moi, et que j'avais eu les yeux fermés… et encore maintenant, quand j'ai les yeux fermés… vous comprenez ?

Je poursuis donc.

Il était à l'aéroport d'Orly, en partance pour Lausanne, et il m'appelait parce qu'il avait vu dans la navette un couple singulier : l'homme devait avoir une cinquantaine d'années et la femme, trente-cinq, quarante. Etaient-ils amants ? mari et femme ? actrice et imprésario ? Difficile à dire... Ils étaient vêtus avec une élégance ostentatoire, presque agressive. Au moment où ils se sont assis, l'homme a tendu une main pour empêcher la jupe de la femme de se froisser et elle a protesté d'une voix de stentor, comme si elle tenait à ce que tout le monde l'entende : Non, non, ce n'est pas la peine. Si je me penchais en arrière dans le siège elle se froisserait, mais comme ça, ce n'est pas la peine. Heureusement, je ne me penche jamais en arrière dans mon siège. C'étaient ses mots exacts, Elke, m'a dit Cosmo, je te le jure. *Heureusement je ne me penche jamais en arrière dans mon siège.* Je les ai regardés de plus près, a-t-il ajouté, et j'ai vu qu'ils étaient sérieusement sapés dans le genre rue du Faubourg-Saint-Honoré, du daim et du cachemire dans des tons crème et havane – et pourtant leur apparence avait je ne sais quoi de vulgaire. Ils se sont mis à parler de la jupe de la femme. Oui, a-t-elle fait, avec une moue de mécontentement, elle a *l'air* jolie, mais le tissu n'a pas été assez travaillé. Vu ce qu'elle m'a coûté, elle devrait être de meilleure qualité. Puis elle a ajouté, toujours de la même voix sonore : Va savoir pourquoi, j'ai envie de chanter *Bandiera rossa*. Qu'est-ce que c'est ? a demandé poliment l'homme. Aussitôt, la femme a entonné le refrain bien connu : *Avanti popolo, tralala la lala, bandiera rossa, bandiera rossa !* C'est tout ce que je connais, a-t-elle soupiré alors d'un air triste, avant d'ajouter : Tu devrais apprendre les paroles, ce serait chouette de le chanter ensemble. Mais je ne parle pas l'italien, a dit l'homme. Eh bien, t'as qu'à prendre des leçons, a dit la femme. C'est pas si difficile ! Elle a passé un long moment à examiner soigneusement ses gants beiges sans rien dire ; quand elle a parlé à nouveau, c'était pour informer l'homme (et, partant, tous les passagers de la navette) que le chewing-gum qu'elle mâchait avait été conçu exprès pour nettoyer les dents après le repas. Ça n'a *rien* à voir, a-t-elle insisté, avec le chewing-gum banal et stupide que j'ai utilisé pour cesser de fumer. L'homme écoutait gentiment en opinant du chef ; de temps à autre il tendait une main pour lisser l'étoffe de son manteau ou ajuster l'ourlet de sa jupe.

LE COSMOPHILE

Cet épisode allait rapidement devenir un nouveau numéro, *Crème et havane* : moins de quinze jours après le coup de fil que vient d'évoquer Elke, des foules se rouleraient par terre en regardant Cosmo lisser sa jupe, retoucher son rouge à lèvres et se lancer dans cette version nouveau riche de la chanson révolutionnaire italienne.

Malheureusement, il n'existe aucun enregistrement audio ni vidéo de ce sketch, du moins à ma connaissance. En revanche, j'ai en ma possession un bout de film amateur tourné en 1965, qui montre un fragment de répétition d'un des premiers spectacles de l'artiste. Cela ne dure que quelques minutes ; si vous êtes d'accord, Votre Honneur, je propose que nous en fassions tout de suite la projection. Eteignez les lumières... Merci.

Voilà. Il a vingt-deux ans. Comme vous le voyez, il est grimé en clown, il a la peau du visage badigeonnée d'une épaisse pâte blanche. Ses sourcils peints en noir en deux V inversés, ainsi que ses cheveux figés et dressés sur sa tête par la gomina, lui donnent un air d'effroi ; sa bouche est invisible sous le cercle rouge d'un O étonné. Il parle d'amour. C'est un numéro qu'il reprendra et retravaillera tout au long de sa carrière, au gré des événements politiques et des conflits sociaux, un numéro qui deviendra de plus en plus grinçant avec le passage des années...

Malgré la mauvaise qualité de la pellicule, tout Cosmo est déjà là : le corps si fin, si mince, presque arachnéen, vêtu d'un justaucorps aussi blanc que son fard ;

sous le tissu élastique du costume on voit le moindre muscle et tendon de ses membres, on en distingue presque les veines. C'est comme s'il était non un corps nu mais l'idée même de la nudité – comme si l'on voyait loin, loin à l'intérieur du corps, jusqu'à l'essence, jusqu'à l'image que chacun de nous se fait de soi, avant les déterminations de sexe, de classe, de race et d'âge, une sorte de corps-esprit électrifié et frémissant.

Le film étant muet, il nous est impossible de savoir quel était le contenu précis du numéro en 1965, mais l'idée générale n'a jamais varié : une demi-heure durant, Cosmo s'entraîne à aimer l'humanité.

Personne n'est indigne de mon amour, proclame-t-il avec son air effaré, et de décliner la liste des êtres qui en sont dignes, êtres d'une disparité paniquante.

Le film commence au milieu du numéro et s'interrompt au bout de quatre minutes sur Cosmo en train de caresser, maladroitement mais avec une bonne volonté obstinée, un énorme mafioso hérissé de revolvers. Pour ma part, lorsque j'ai vu ce spectacle au milieu des années 1980, il s'agissait d'aimer un jeune yuppie américain obsédé par les fluctuations de la Bourse, un gosse du Yémen plongé dans la stupeur du *das*, un homme d'affaires gros et gras qui lâchait des pets pendant les réunions et s'achetait des cravates à trois mille francs, un prof de lycée agité qui se curait le nez en classe et humiliait ses élèves pour le plaisir de les voir se tortiller sur leur siège, un psychanalyste bardé de diplômes et de titres ronflants, pérorant dans un jargon impénétrable... M'est également resté en mémoire ce jeune soldat à la frontière pakistano-chinoise qui, à l'âge de dix-neuf ans, a déjà appris à ne pas sourire, à ne pas broncher, à ne surtout jamais rencontrer le regard de ses semblables... C'était impressionnant, Votre Honneur, de voir Cosmo devenir ce gamin à la mâchoire figée et aux yeux de glace, de même qu'il devenait chacun de ses personnages... puis, reprenant sa mimique de clown effaré, il s'exclamait : *Ah comme je l'aime, l'espèce humaine, comme elle est attachante !*

Les spectateurs, d'abord méfiants (oui, préférant toujours se méfier au début), se laissaient peu à peu emporter, transporter, tirer deçà delà à travers le monde ; pour finir, ils étaient contraints d'admettre que non seulement ces individus-là existaient bel et bien mais qu'ils les connaissaient, les reconnaissaient... Et comment s'empêcher de rire devant l'expression de ce Dieu ahuri qui, débarquant pour la première fois parmi sa création, découvre ces échantillons affligeants d'une espèce qu'il s'est promis d'aimer ?

SANDRINE
Oui, c'est tout à fait ça ! Moi qui ai vu ce numéro le jour de son trentième anniversaire, je peux vous dire que c'était beau à voir, le décollage silencieux du public qui se produisait toujours, dix ou quinze minutes après le lever du rideau. Peu à peu les gens se détendaient ; ils cessaient d'être eux-mêmes (car en tant qu'eux-mêmes les propos de Cosmo les eussent froissés, offusqués) et se glissaient subrepticement dans la peau de l'acteur. A partir de ce moment, bien en sécurité dans l'anonymat du noir, ils se livraient à Cosmo, épousaient chacun de ses mots et gestes, buvaient la lumière de ses traits car il leur conférait une liberté fabuleuse – liberté qu'ils expérimentaient dans leurs rêves la nuit mais qu'aucun d'entre eux n'osait s'arroger dans la vie diurne. Le maire du village, par exemple, ou Cottereau le riche notaire (le propre grand-père de Cosmo), ou Tabrant le journaliste obèse qui se targuait d'être aussi persifleur que ses collègues parisiens… Grâce à ce petit bonhomme solitaire aux cheveux de blé qui se démenait là-haut sous la poursuite, ils avaient le droit de reconnaître cette part féroce et enfantine d'eux-mêmes qu'ils comprimaient et refoulaient le reste du temps.

On retient son souffle. On quitte le quotidien pour se hisser sur un autre plan, plus haut, plus haut, on désire aller plus haut encore. Les rires fusent. Ils déferlent sur la scène par vagues, par rafales, et s'effacent aussitôt. Le silence est pur silence. C'est bon. Les spectateurs sont ouverts désormais, grands ouverts, yeux, oreilles, cœur, âme, ouverts, accueillants, ils guettent le moindre souffle de Cosmo, son moindre battement de cils, ils s'abandonnent à lui, s'offrent à lui, le laissent les posséder. Maintenant le comédien peut jouer sur toute la gamme de leurs sentiments, les conduire vers des extrêmes de violence ou de douceur, il sait avec certitude qu'il sera suivi. C'est un pouvoir inouï, Votre Honneur, d'imposer au public cette possession et de l'y faire consentir, vouloir qu'elle ne s'arrête jamais. La salle remet sa volonté entre les mains de l'acteur. Et l'acteur se donne : il se donne de façon extravagante, de façon presque impossible, il défonce toutes les frontières et au bout de trois heures on n'est même plus sûr qu'on a affaire à un être humain, tant on l'a vu exécuter de prouesses et subir de métamorphoses ; sa sueur nous aveugle, son cœur cogne dans notre poitrine et son sang court dans nos veines, c'est une chose violente – corrida, orgie, rituel primitif – et quand on applaudit à la fin, c'est encore pour participer à cette violence en frappant de toutes nos forces, pour dire cette chose qui est montée en nous, qui frappe et claque et nous dépasse,

Cosmo a fait exploser les limites de notre moi, il nous a sauvés, nous a plongés dans de l'or fondu, et on ne sait plus ce qui se passe, c'est génial et terrifiant de se sentir ainsi hors de soi, une chose très intime a été échangée et on se sent presque mal après, parce qu'on a laissé cet inconnu nous faire rire et jouir comme on ne s'autorise pas à le faire dans la vie réelle, et que vaut notre vie réelle si elle exclut cette intensité-là, si on est plus authentique comme spectateur que comme personne ? Sortis d'ici, il ne restera rien de l'échange qui a eu lieu entre lui et nous parce que ce n'était ni vraiment *lui* ni vraiment *nous*, et on sera bien obligés de réintégrer notre existence polie normale et mesquine, on en a le ventre noué, mais en attendant on continue d'applaudir et de crier *Bravo ! bravo !* différant le plus longtemps possible le départ de l'acteur et le retour dans la salle des tristes lumières du réel…

Cosmo incarnait la liberté, Votre Honneur. C'est aussi simple que ça. Voilà pourquoi on l'aimait, l'adulait… le haïssait aussi, parfois.

VÉRA

Je ne puis me taire plus longtemps.

JOSETTE

Ah non ! Ce n'est pas vrai ! Que fait-elle ici, celle-là ?

VÉRA

J'ai le droit de parler, Votre Honneur, parce que j'ai… bien connu André, le père de Cosmo.

JOSETTE

Bien connu ! Ah, je rêve ! Bien connu…

VÉRA

J'ai des choses importantes à dire, Josette, ne vous en déplaise. Et puisque nous touchons là à l'essentiel, puisque nous évoquons enfin le caractère si particulier de la victime, il faut bien faire comprendre ceci : *la vocation de Cosmo lui venait d'André*. C'est de son père silencieux qu'il a hérité ce besoin insensé de parler aux autres, de les réveiller, les secouer… Le cèdre du Liban a décrit tout à l'heure le culte qu'André vouait aux arbres, la découverte de sa mission sacrée dans les forêts de Chantilly et de Fontainebleau, mais il ne nous a pas dit comment a pris fin son séjour parisien.

André se sentait seul, affreusement seul. Dans les hôtels et les restaurants où il travaillait, personne ne semblait s'intéresser à son message de beauté et d'harmonie universelles. De plus en plus souvent, même en plein jour parfois, pendant ses heures de travail, il était sujet à de courtes syncopes au cours desquelles il tombait par terre, gesticulant et enchaînant des phrases sans suite. Même au pire de la crise il gardait sa raison, m'a-t-il dit plus tard, mais il était impuissant à s'en servir. Ces crises étaient suivies par une prostration plus ou moins longue, accompagnée de violents maux de tête. Handicapé par ces syncopes, il n'arrivait plus à garder un emploi et pour finir il n'arrivait même plus à payer le loyer de son misérable meublé près de la gare Saint-Lazare. La mort dans l'âme, il a dû reconnaître son échec et rentrer chez lui, fils prodigue accueilli sans joie et sans commentaire.

D'avoir ainsi failli à sa mission le torturait ; il était dévoré par un sentiment cuisant de culpabilité... Et puis un jour il a rencontré la fille du notaire, et s'est amouraché d'elle. A la voir maintenant, on a du mal à le croire, Votre Honneur, mais à l'époque Josette était une beauté. Et André... vous comprenez, dans son innocence, il était convaincu que la beauté physique de la jeune femme, comme celle des arbres, dénotait une plénitude spirituelle.

JOSETTE

Vous vous permettez...

VÉRA

Il m'a expliqué tout cela longuement, Votre Honneur, et à plusieurs reprises.

Quand j'ai rencontré Josette, m'a-t-il dit un jour, il m'a presque semblé la reconnaître. Je me suis dit qu'elle serait pour moi ce que les bois avaient été jadis. Une petite flamme dans sa pupille m'a fait penser à la pleine lune dans la forêt de Fontainebleau et c'était comme un signe secret entre nous, je me suis dit mon Dieu, *elle en est* ! Voilà la partenaire que je cherche depuis si longtemps ! Elle m'épaulera, elle me donnera les forces qui m'ont fait défaut à Paris ; avec une telle complice à mes côtés, j'irai jusqu'au bout de ma mission.

Mais il a eu vite fait de déchanter, Votre Honneur. Sourde et aveugle aux messages cosmiques qui bouleversaient son mari, Josette s'intéressait moins à sa vie intérieure qu'à son intérieur tout court.

JOSETTE

Parlez, gitane ! Allez-y, parlez ! avec l'intérieur en porcherie qu'on vous connaît !

VÉRA

Je suis sous serment comme tout le monde, Josette, et je répète mot pour mot ce que me disait mon amant.

Quand je lui parle, me disait-il, les mots restent en dehors. Je les vois glisser sur son visage et tomber sur le sol en petites flaques. Elle ne sait pas les prendre en elle comme le cèdre du Liban. Elle a beau sourire pour me donner le change, je sais qu'elle n'a rien compris au fond de ma pensée…

Ça le désespérait, Votre Honneur. Mais André était un homme bon. C'était aussi, du moins alors – avant le geste criminel, irréparable de son épouse –, l'homme le plus doux du monde. La mesquinerie des gens le déroutait ; il n'arrivait pas à s'y faire… Et que des yeux aussi beaux que ceux de Josette, noisette aux paillettes d'or, puissent receler un esprit étriqué et matérialiste… il ne s'en remettait pas. Son mariage l'a cruellement déçu.

JOSETTE

Faites-la taire, Votre Honneur ! Son témoignage ne vaut *rien* !

VÉRA

Mais il ne s'en plaignait pas. Il ne voulait surtout pas critiquer la femme qu'il avait épousée. Elle n'est pas méchante, me disait-il, encore et encore. Elle tient bien sa maison, elle fait tout comme il faut, je n'ai pas à me plaindre... Ce n'est pas sa faute si elle ne ressemble pas aux arbres. C'est moi qui me suis trompé...

Il ne se pardonnait pas cette erreur, ce mariage dans lequel il se retrouvait plus seul encore que dans sa mansarde parisienne.

Mais Charles Philippe. Mais Charles. Leur fils. Si le petit Charles, lui, était à même de déchiffrer son message précieux... et de le transmettre ?

Bien sûr que je le connaissais aussi. Il est venu plusieurs fois chez moi avec son père... Et quand il a commencé à grandir, l'espoir est rené dans le cœur d'André.

Toute la carrière de Cosmo est à comprendre ainsi, Votre Honneur, comme un hommage à son père. Chacun des numéros qu'il a inventés était une tentative, directe ou indirecte, parfois maladroite mais toujours bien intentionnée, pour racheter, rattraper, réparer la déchirure dans l'âme d'André.

ELKE

Qui peut dire d'où vient le génie ?

Il est vrai qu'André a évoqué devant Cosmo ses grandes nuits de révélation spirituelle au milieu des arbres, qu'il lui a décrit ses auras et ses migraines. Aux yeux de Cosmo petit, ces choses étaient nimbées de beauté et de mystère mais de danger aussi. J'ai compris le message, m'a-t-il dit, plus par l'urgence dans les yeux sombres de mon père que par ses paroles...

Permettez que je revienne à la chronologie.

Après sa visite dominicale chez nous, donc, plus de trois mois se sont écoulés avant que je ne revoie Cosmo. Mais il me téléphonait...

FRANK

Maman se rendait même pas compte de la banalité criante de sa situation : l'homme actif, la femme passive, l'homme mobile, la femme inerte, l'homme qui choisit son heure, son jour, la femme perpétuellement disponible... On était scandalisés, Votre Honneur – enfin, Fiona était encore petite mais *moi* j'étais scandalisé de voir notre mère, jusque-là une femme plutôt non conformiste, se transformer en cliché ambulant.

ELKE

Tout comme André, Votre Honneur, j'ai fait de mon mieux pour transmettre mes valeurs à mes enfants ; force m'est de reconnaître que j'ai moins bien réussi que lui. Mais ici il ne s'agit plus de mes enfants ; c'est vous seul qu'il m'incombe et m'importe de convaincre. Croyez-moi : si je n'ai pas un seul instant souffert de l'absence de Cosmo, c'est que *je ne l'ai pas ressentie, cette absence.* Quand il m'appelait au téléphone, il n'était ni plus ni moins là que d'habitude ; affleuraient, simplement, par sa voix, de nouveaux détails. Il me racontait ce qu'il faisait avec une grande générosité – de sorte que, loin d'être inerte, je l'accompagnais dans ses voyages. Depuis les fenêtres de sa chambre d'hôtel à Marseille, je contemplais les bateaux bleu et blanc dans le port, les toits aux tuiles orange disposés en triangle sur une colline et culminant en une basilique baroque. A Besançon, je l'accompagnais dans une journée pluvieuse, harassante et métallique, scandée par des contretemps et des embouteillages, une journée si lugubre qu'elle en est devenue quintessencielle – et du coup, m'a-t-il dit, presque agréable.

Une fois, il m'a appelée de l'aéroport de Genève à neuf heures du matin pour me faire part d'une scène à laquelle il venait d'assister : à une table près de la sienne dans la salle d'attente, deux hommes et une femme buvaient du Coca-Cola en fumant des cigarettes. Les hommes étaient vêtus de cuir noir bon marché, la femme avait les cheveux blond oxygéné et portait une écharpe à motif léopard ; tous trois étaient jeunes, la trentaine à peine, mais il émanait d'eux quelque chose de sale et de déprimant. Près d'eux, deux petits garçons faisaient de leur mieux pour s'amuser, courant çà et là, s'inventant des jeux et des concours, mais le bruit qu'ils faisaient tapait sur les nerfs des grandes personnes : Eh, les mômes, disaient-ils, asseyez-vous, merde ! La ferme ! On vous a dit de ne plus bouger !

Et là, à l'instant, m'a dit Cosmo, la femme vient de traverser la pièce, cigarette au bec, pour les frapper tous les deux – *vlan !* – sur la tête, sans un mot. Puis elle est retournée s'asseoir avec les hommes. Maintenant les garçons sont effondrés sur le sol, ils sanglotent...

Grâce aux oreilles de Cosmo, j'entendais les pleurs des minuscules martyrs de Genève, victimes de l'arbitraire maternel ; grâce à ses yeux je les voyais rougir de rage, submergés par un sentiment d'injustice, et je sentais naître en eux l'amertume qui les transformerait, un jour futur, en client sadique auprès d'une prostituée ou en père et mari tabasseur – et maintenant vous aussi voyez la scène, n'est-ce pas, Votre Honneur ? La jeune femme aux cheveux oxygénés, son écharpe à motif léopard, ses jambes maigres enduites de cuir, ses bottes bon marché à talons hauts... Flapie par on ne sait quels excès de la nuit, horripilée par le bruit que font les garçonnets, vous la voyez se lever et traverser la salle d'attente pour délivrer à chacun une torgnole, frappant l'oreille exprès, fort, du dos de la main, et vous en ressentez le choc dans votre tête, vous y sentez réverbérer les ondes de douleur... C'est tout ce que j'essaie de vous faire comprendre, ce miracle qui fait le tissu même de notre existence, au point que nous ne le voyons même pas : *des images qui étaient dans la tête de Cosmo sont venues dans la mienne, des fragments de sa vie sont devenus fragments de la mienne*... et, désormais, de la vôtre.

Au long de cet été, il m'a appelée de façon irrégulière, imprévisible, souvent au milieu de la nuit. Ce n'était jamais le mauvais moment pour l'entendre. Cosmo au bout du fil, je tenais le combiné avec la même tendresse que s'il se fût agi de la courbe de son crâne... De longues minutes durant, je laissais couler en moi sa voix douce et rauque, déjà si familière. Il me posait mille questions et, si je lui répondais par des généralités, il s'en agaçait : il voulait des *détails*, le plus de détails possible. Savoir où je me tenais, ce que je voyais par la fenêtre, à quoi ressemblaient le jardin et le ciel, ce que faisait Frank, ce qu'avait dit Fiona le matin, les derniers potins de *La Fontaine*, comment se passait la grossesse de mon amie Sandrine...

Alors je cherchais les mots, Votre Honneur, et je les trouvais. A pleines brassées, sans compter, j'offrais à Cosmo les phrases qui enserraient et reflétaient ma vie du moment. Nos conversations pouvaient durer trente secondes ou une heure. Je savais que celles d'une heure lui coûtaient cher, l'équivalent d'une journée de mon salaire – mais si j'exprimais de l'inquiétude à ce sujet, Cosmo me rabrouait : Mes notes de téléphone ne te regardent pas, et j'éprouvais une bouffée de reconnaissance. Michael avait été un homme frugal : même présent, il traitait ses mots comme de l'argent et s'efforçait d'en gaspiller le moins possible ; au téléphone, il était économe jusqu'à la grossièreté. Depuis le divorce, il n'avait appelé les enfants qu'*une* fois chacun, le jour de leur anniversaire. L'idée de passer au téléphone une heure entière pour ne dire que des vétilles, voire… rien du tout ! Des silences, *longue distance* ! Rester reliés par les airs, par les fils immatériels, s'écouter respirer, et *ne rien dire*… scandale !

Parfois Cosmo me disait qu'il me caressait la joue, ou l'épaule… qu'il posait un baiser à la base de mon cou, dans le creux entre mes clavicules… et je frissonnais en l'écoutant… D'autres fois il me demandait : Comment es-tu vêtue ? et je lui disais la vérité, qu'elle fût flatteuse ou non : vieux pull rouge, blue-jean, uniforme de serveuse, peignoir défraîchi… Alors, ses mots venaient me caresser à travers mes habits… Une fois, à deux heures du matin, alors que j'étais lovée somnolente dans mon lit, le combiné délicatement serré entre l'oreille et l'épaule, Cosmo m'a demandé la permission de me frôler les seins à travers le tissu bleu de ma chemise de nuit, et j'ai répondu en étouffant un bâillement : D'accord, mais dix secondes seulement.

Mes mains étaient ses mains, Votre Honneur. Je me pâmais sous son toucher.

TROISIÈME JOURNÉE

ELKE

Frank et Fiona se sont-ils aperçus du changement qui s'est opéré en leur mère cet été-là ? Je suis devenue plus attentive à leur égard…

FIONA

Attentive, elle était. Attentive. Ha ! Permettez-moi de rire.

Notre père nous manquait, Votre Honneur. C'était le premier été qu'on passait sans lui et, dès qu'on ouvrait les yeux le matin, son absence nous anéantissait. Il avait écrit au mois de juin en promettant de nous envoyer l'argent des billets de train pour venir le voir, et on était sur les nerfs, chaque matin on attendait le passage du facteur mais les semaines passaient et jamais il y avait d'enveloppe de notre père. Il nous aimait pourtant, *il nous aimait*, je le sais je le sais, si quelqu'un dit que notre père nous aimait pas je le tue.

Nos exercices pour devenir douleur se sont intensifiés. On a trouvé dans la cave plusieurs pièges à souris et un piège à renard et on a commencé à jouer avec ça, quand maman partait à *La Fontaine*. Au moment où le piège à souris se refermait sur mon index la douleur était spectaculaire, elle éclairait tout mon cerveau et je devais respirer très fort pour pas bouger, il fallait surtout pas que je secoue la main pour me libérer. Alors, d'une voix douce et aimante, Frank me parlait de la biche dans la photo de papa et j'essayais de l'imiter, de regarder mon frère avec, dans les yeux, la même imploration muette.

Parfois on invitait d'autres garçons à jouer avec nous, les camarades de classe de Frank. On descendait au bord de l'Arnon en début d'après-midi et on rentrait à la nuit tombée. Maman nous laissait des sandwichs. Attentive, elle était. J'étais la seule fille de la bande, j'avais que six ans alors qu'eux en avaient dix, douze, treize, mais quand les jeux devenaient gratinés c'est eux qui avaient peur. J'étais plus forte qu'eux à l'intérieur et ils le savaient, j'étais la fille la plus forte de la Terre, une vraie furie, j'aimais sentir la rage bouillonner dans ma poitrine et voir dans leurs yeux qu'ils en étaient abasourdis. Rien ne pouvait m'arrêter, rien. Dans nos bagarres je les mordais, les griffais, leur arrachais des touffes de cheveux et ça les rendait dingues, ils s'emparaient de moi à trois ou à quatre et me cognaient la tête contre les galets, ils pouvaient bien me tuer, ça m'était égal, jamais je leur aurais dit pouce. Parfois Frank me disait de me déshabiller et je lui obéissais parce que j'obéis à tous les ordres de mon frère, je me tuerais sans hésiter s'il me le demandait, alors je me tenais nue devant les garçons mais eux n'osaient pas se déshabiller parce que ce qu'ils avaient entre les jambes leur faisait honte, c'était minuscule et ça pendouillait et même les rares fois où ça se raidissait ça ne durait pas, c'était pas encore une arme valable, alors le plus souvent ils prenaient leurs ceintures et m'attachaient à un arbre, quand je me débattais le cuir me brûlait la peau et les boucles me rentraient dans la chair, ça par contre j'adorais, l'idée qu'il n'y avait rien à faire, que de toute façon les muscles des garçons résisteraient aux miens, qu'ils étaient en acier, que leur cruauté était sans bornes et sans raison et sans appel. Alors Frank sortait son canif et chacun des garçons avait le droit de me menacer avec, tour à tour ils avançaient sur moi, la lame étincelant au soleil, et glissaient la pointe le long de mon ventre, de ma poitrine ou de ma gorge, mais pour finir c'est dans la peau de l'arbre qu'ils incisaient profondément leurs initiales, juste à côté de mes yeux. Et quand ils défaisaient enfin mes liens j'étais épuisée, pantelante, heureuse.

LE COUTEAU

Comme dans du beurre, Votre Honneur.

Ce n'est pas mon tour ? Ah ! c'est à cause du canif, j'ai cru...

Je vous demande pardon.

FIONA

Un jour où on faisait une tête d'enterrement Frank et moi parce que le facteur était encore passé sans lettre de papa, maman nous a dit : Tiens j'ai une idée, il fait un temps superbe, si on allait à la pêche ?

Nous on a dit bof : avant, c'était toujours papa qui allait à la pêche avec Frank.

Pourquoi pas ? elle a dit. C'est pas écrit que la pêche est réservée aux hommes. Ça ne doit pas être sorcier ! Tu ne veux pas nous apprendre, Frank ? On a encore tout le matériel, il suffit d'acheter des asticots et on y va.

Elle s'imaginait que j'allais être pimbêche, dire berk et m'enfuir dès qu'il faudrait enfoncer l'hameçon dans la tête d'un ver, alors pour me rassurer elle m'a expliqué qu'ils ont pas mal, les asticots, qu'ils ont même pas à proprement parler un cerveau pour enregistrer la douleur, mais moi j'ai pris l'hameçon et je me suis débrouillée du premier coup, les goujons en veux-tu en voilà, ça frétillait et ça sursautait au bout du fil et je me régalais à l'idée que j'allais les bouffer qu'ils le veuillent ou non, qu'ils n'avaient plus le droit de nager libres et heureux dans l'eau fraîche de la rivière parce que MOI j'en avais décidé autrement, je les avais sortis de l'eau et maintenant ils étouffaient parce qu'ils avaient pas de poumons pour respirer l'air et là j'allais leur déchirer la gueule en arrachant l'hameçon puis les jeter dans un seau à agoniser dans une pile comme la pile de cadavres juifs à Auschwitz qu'on a vue dans un documentaire à la télé, je serais dure et froide comme un officier nazi et après je les flanquerais dans de l'huile brûlante et je les broierais avec mes dents, je les réduirais en bouillie, je les avalerais et les transformerais en moi, moi, *moi* !

En rentrant à midi avec notre seau à demi rempli de goujons morts, on a vu de loin quelqu'un assis sur le perron devant la maison et au bout d'un moment on a compris que c'était Cosmo. Il nous attendait, une bouteille de vin entre les pieds.

C'est ce même homme, ai-je dit à maman tout bas.

Aussitôt, elle a trébuché sur un truc invisible au milieu de la chaussée et a failli s'étaler de tout son long.

Pour une surprise, c'est une surprise ! a-t-elle dit en riant pour se moquer d'elle-même.

Frank n'a rien dit ; il s'est contenté de serrer les lèvres.

Alors… combien de baleines ? a crié Cosmo quand on était assez près pour l'entendre. Maman a rigolé mais moi j'aime pas quand les adultes font des blagues pour se mettre dans les bonnes grâces des enfants.

Tu déjeunes avec nous ? a demandé maman.

Jetant un coup d'œil à l'intérieur du seau, Cosmo a fait une grimace.

Je viens de me lever, a-t-il dit.

Là il a commencé à m'intéresser un petit peu, parce que *personne* ne se lève à midi par ici, les gens sont fiers de se lever à l'aube, j'ai jamais compris où était le mérite.

Entre, a dit maman, et tout le monde est entré.

Cosmo s'est assis à la table de la cuisine et il s'est mis à ne rien faire. Ça aussi, c'est rare. Il disait pas des choses bêtes du genre est-ce que je peux t'aider ; il fumait pas, il tapotait pas la table de ses doigts ; il cherchait pas un journal à lire ; rien. Il était là et c'est tout. Maman s'affairait à préparer le déjeuner. Ses yeux brillaient comme les peaux argentées des goujons qu'elle venait de faire glisser dans l'évier et qu'elle rinçait maintenant à grande eau. Ça se voyait qu'elle était heureuse, elle chantonnait un peu et me disait même pas de mettre la table. Puis elle a mis la poêle à chauffer pour la friture et elle est descendue ramasser une laitue au potager – pas n'importe laquelle, la plus belle...

ELKE

Oui, j'ai choisi la plus jolie de mes laitues : des froufrous vert pâle aussi parfaits que ceux de la Pompadour, me suis-je dit, et je l'ai déchirée dans l'évier avec les mains de Casanova déchirant avidement les jupons de sa maîtresse...

FIONA

Et quand elle est ressortie pour essorer la salade sur l'escalier en pierre, elle a fait tourner le panier métallique avec tout son bras dans de grands tourniquets énergiques, pas des arcs de cercle comme d'habitude...

ELKE

En volant, les gouttelettes attrapaient le soleil et se transformaient en pluie de diamants...

On a déjeuné. Cosmo n'a rien mangé mais il a bu, à petites gorgées, deux verres du vin qu'il avait apporté, tout en nous racontant ses propres expéditions de pêche quand il était petit. Je trouvais pas qu'il en rajoutait, mais Frank était fermé comme une huître, il a mangé sans lever les yeux de son assiette et dès qu'il a eu fini il a demandé la permission de quitter la table.

Moi j'étais partagée. Loyauté envers mon frère, curiosité envers cet homme qui faisait briller les yeux de ma mère et qui ne ressemblait pas aux autres hommes de ma connaissance. J'ai décidé de rester un peu pour voir. Comme ça, je me disais, voulant garder le beurre et l'argent du beurre, je pourrai être l'espionne de Frank ; je lui rapporterai toutes les conneries que dira Cosmo. Mais au lieu de dire des conneries, Cosmo s'est mis à faire de la magie. Pas comme un type qui sort un jeu de cartes de sa poche pour te montrer les tours débiles qu'il a appris – non, de la vraie magie, comme ça, sans accessoires, pendant que maman débarrassait la table. Par exemple il souriait puis il perdait son sourire et le cherchait partout et le retrouvait sous mon pied gauche et le reprenait en s'excusant et se le remettait sur le visage mais d'abord à l'envers, ce qui lui donnait un air mécontent, et enfin à l'endroit. Des trucs comme ça. Je riais malgré moi. J'ai beau avoir un penchant pour la torture, je suis aussi une petite fille ordinaire qui aime bien qu'on l'enchante.

Ensuite, prenant une pomme dans le bol de fruits, il l'a frottée sur sa manche et me l'a tendue en disant : Tu vois qui, là-dedans ?

Fiona, j'ai dit.

Et il a dit : Alors il faut surtout pas qu'on la morde de ce côté-là, n'est-ce pas, on voudrait pas manger Fiona ! Il a frotté la pomme à nouveau et il me l'a tendue · Et de ce côté-là tu vois qui ?

Fiona, j'ai dit.

Voyons, il a dit, tu ne peux pas être *partout* dans la pomme !

Et j'ai dit, toute contente : Si si, je suis *partout* dans la pomme !

Voyons ça, a dit Cosmo, plissant les paupières et froissant tous ses traits comme un petit vieux pour regarder la pomme de près. Mais qu'est-ce que tu racontes ? il a dit. C'est pas Fiona du tout, c'est une vieille *sorcière* qui est là-dedans !

J'ai éclaté de rire, puis il a retourné la pomme pour la regarder de l'autre côté.

Dieu du ciel ! il s'est exclamé. Une *autre* vieille sorcière ! Je suis navré, mademoiselle, mais je ne vous trouve *nulle part* dans cette pomme !

Il est resté tout l'après-midi et j'étais contente parce que quand on jouait ensemble je pouvais être moi-même, j'avais pas besoin d'être sage. Vers quatre heures maman s'est mise à équeuter des haricots alors Cosmo a suggéré qu'on joue à *Jacques et le haricot magique*, lui était Jacques et moi, après avoir été la femme du géant, je suis devenue le géant lui-même dans toute sa splendeur sanglante. *Fi, fa, fo, foum*, ai-je crié en marchant d'un pas lent et lourd, puis tout est devenu vrai et ça a été fantastique, j'ai tapé du poing et la table s'est fendue en deux, j'ai tapé du pied et des dizaines de souris ont détalé dans tous les coins de la pièce, j'ai poussé un mugissement de fureur et les vitres se sont mises à trembler et les fenêtres à claquer ; les femelles ont caché leur visage dans leurs mains en piaillant de peur. *Je sens le sang d'un Français !* ai-je fulminé, les yeux lançant des éclairs meurtriers, et Cosmo pendant ce temps, accroupi dans la malle où la femme du géant l'avait planqué, tremblait de tous ses membres en balbutiant des prières incohérentes. Au lieu d'éclater de rire, je n'ai fait que devenir de plus en plus menaçante, de plus en plus sinistre et furibarde, les yeux injectés de sang je hurlais de toutes mes forces : *Mort ou vif, vieux ou frais, Pour faire mon pain, ses os je moudrai !* Je parlais le plus sérieusement du monde et Cosmo, blême, défaillant de peur, s'est fait tout petit comme une souris, il s'est écrasé contre les parois de la malle en essayant de se confondre avec elles car il savait parfaitement de quoi il s'agissait, il s'agissait de mon père qui, d'un instant à l'autre, pourrait revenir à la maison et trouver un autre homme avec ma mère.

L'EXPERT PSYCHIATRE

En effet, pour un enfant de cinq, six ans, le divorce n'a rien de définitif ; la séparation réelle et irréversible de ses parents relève de l'ordre de l'impossible.

FIONA

Mon père était simplement sorti, il était dans la forêt, il était allé vérifier ses pièges pour voir quelles bêtes s'y étaient prises et capter leur agonie sur la pellicule mais il allait revenir bientôt, son pas ferait trembler la maison et à la vue de Cosmo – *Fi, fa, fo, foum* – son corps deviendrait tumescent de rage, ses biceps enfleraient, sa poitrine gonflerait, ses yeux jailliraient de leurs orbites et son cri résonnerait, assourdissant, tel un coup de tonnerre entre de hautes montagnes…

SANDRINE

Elke était ravie de voir l'entente entre Cosmo et sa fille ; elle s'est dit que, côté

Frank, les choses s'arrangeraient avec le temps.

On se dit toujours ça, n'est-ce pas, Votre Honneur ? Il vaut mieux être optimiste, de toute façon, car les pessimistes souffrent à deux reprises : d'abord à l'avance, puis quand le malheur arrive.

En fin d'après-midi ce jour-là, Cosmo a accompagné Elke à son travail et je les ai croisés dans la rue. Je me dirigeais vers la pharmacie et, comme d'habitude en été (pour ne rien dire de l'hiver ni du printemps ni de l'automne), le village avait l'air mort, muet et triste ; les gens étaient claquemurés chez eux. Les rues étaient presque vides, et les volets fermés – blancs, gris, bleu pâle – me faisaient penser à des paupières de cadavres, j'étais enceinte et, comme toutes les femmes enceintes, je me demandais dans quel monde j'allais jeter mon enfant... Bref, soudain j'ai vu Elke et Cosmo qui avançaient dans ma direction, côte à côte sur le trottoir, même taille, même allure – comme des jumeaux, me suis-je dit, ou comme des amants... Et, alors qu'ils ne se tenaient pas par la main, et que leurs corps ne se frôlaient même pas, j'ai compris qu'ils étaient ensemble. Au sens profond, je veux dire.

Ça m'a fait drôle.

Voyez, Votre Honneur, Elke était ma meilleure amie et Cosmo... eh bien, sans vouloir déranger inutilement don Juan à nouveau, Cosmo était Cosmo, comme je vous l'ai déjà dit.

ELKE

Cosmo est entré avec moi à *La Fontaine* et il est resté prendre un verre au comptoir. Avions-nous envie que les villageois se lancent dans des spéculations croustillantes à notre sujet ? Malgré ce qu'a dit Frank tout à l'heure sur le quant-à-soi des gens d'ici, entre hommes au troquet ou entre femmes sur le pas de la porte il faut bien parler de quelque chose, et les coucheries viennent juste après les problèmes d'argent comme sujet de prédilection.

En lui servant son petit gris, j'ai dit tout bas : Et… si les gens se mettent à jaser ?

Voici ce qu'il m'a répondu, en souriant : On ne va quand même pas les priver de cette occasion de rêver ?

Puis il a ajouté : Viens ici, Elke.

Je me suis penchée vers lui par-dessus le comptoir et il m'a dit dans un murmure : Tu les vois, dans leur lit la nuit, se projetant des films pornos avec nous comme vedettes ? Nos deux corps en sueur, glissant l'un sur l'autre, faisant tout ce qu'ils n'ont jamais osé faire ? Oh ! ils nous en sauront gré, je t'assure…

Quelle aubaine, en effet ! ai-je dit en me redressant. Et, jetant un coup d'œil à la ronde, je n'ai pu m'empêcher de glousser à l'idée de nous deux en train de forniquer furieusement dans la tête de ces pauvres paysans aux corps vieillis et fatigués.

Mais ensuite j'ai été prise de tristesse, car je soupçonnais qu'en fait ces hommes ne savaient plus rêver. Je pensais à Frank et à Fiona, le matin même au bord de l'eau : en lançant leur hameçon dans la rivière et en attendant que le poisson morde, ils avaient eu la tête toute bourdonnante de rêves, je les entendais presque… Tous les enfants rêvent… mais ensuite ? Que deviennent les rêves non réalisés ? Les femmes d'ici restent à la maison du matin au soir et s'épuisent dans de petites corvées, jamais elles ne se détendent ni n'explosent. Les hommes partent le matin aux champs, travaillent dur, transpirent et jurent, viennent au bistrot pour se défouler, fument des Gitanes maïs, boivent sec et tapent le carton ; au bout de dix, quinze ans de ce régime ils ont le corps difforme, le regard vitreux, le nez et les joues couperosés, et dans leur tête… *oh, Cosmo, est-il possible que dans leur tête il n'y ait plus le moindre rêve ?*

Connais-tu Véra ? m'a-t-il demandé de but en blanc, interrompant la question que je lui posais à part moi.

Véra ? ai-je dit, déroutée. Oui je la connais…

Connaître, c'était beaucoup dire. Je ne savais rien de Véra, hormis le fait qu'elle tenait le magasin de journaux sur la place et aimait, sur le coup de onze heures du matin, venir à *La Fontaine* pour faire des mots croisés et boire un petit crème. Il était rare, à l'époque, qu'une femme entre seule au café. Je dis rare ; en fait cela n'existait pas. Même une Parisienne de passage n'aurait pas été à l'aise... Mais Véra était une exception : les hommes la saluaient avec chaleur et elle avait un sourire pour chacun.

JOSETTE

Ha ! pas qu'un sourire...

ELKE

Bien sûr, les femmes du village la considéraient comme une pute : à cinquante ans passés, elle se teignait encore les cheveux au henné, se mettait du rouge à lèvres et portait des habits aux couleurs vives... A ce moment-là, c'est tout ce que je savais d'elle. Mais au cours des jours qui ont suivi, Cosmo m'a raconté des bribes de son histoire.

C'était une *étrangère* : née dans la ville moyenne à soixante kilomètres de là, elle était venue au village avec son mari pendant la guerre. Tous deux travaillaient pour la Résistance ; c'était un couple jeune, ardent et communiste ; déjà Véra était rejetée par les villageoises en raison de sa beauté flamboyante et de son franc-parler politique. Mais quand son mari avait été abattu par les Allemands, en juillet quarante-quatre, et qu'elle s'était retrouvée veuve à vingt-cinq ans, elle avait été non seulement rejetée mais crainte. C'est par pur défi qu'elle avait décidé de rester au village. Seule, elle avait pris l'initiative d'ouvrir un magasin de journaux ; en l'espace de quelques mois elle s'était attiré une clientèle nombreuse, fidèle et entièrement masculine. Elle avait la langue bien pendue, elle riait facilement et les hommes aimaient converser avec elle : sans être un bas-bleu rébarbatif, elle semblait en savoir long sur mille sujets, depuis la guerre d'Algérie jusqu'au prix de la ficelle.

LATIFA

A propos de la guerre d'Algérie, je voulais dire, parce que mon mari Hassan ne pourra pas venir témoigner, il ne parle pas assez bien le français et de toute façon depuis longtemps même en arabe il ne parle plus, et si vous voulez mon avis c'est un peu votre faute, enfin, quand je dis vous je veux dire vous les Français, à vrai dire je ne sais pas si vous êtes français Votre Honneur mais je le suppose, et français de souche qui plus est, oui à mon avis vous avez la peau blanche comme la romancière, ça m'étonnerait que vous soyez basané ou noir, c'est possible remarquez, de nos jours on voit de tout dans la magistrature mais franchement ça m'étonnerait, où en étais-je, oui, sans vouloir présumer de rien, je disais que c'était en partie votre faute... Non ? Je ne dois toujours pas parler ? D'accord je continue d'attendre mais j'espère qu'on va me prévenir quand ce sera mon tour parce que j'en ai gros sur le cœur, vraiment, j'en ai gros sur le cœur...

ELKE

Année après année, Véra a semé la zizanie parmi les femmes du village, flirtant ouvertement avec leur mari tout en prouvant par son mode de vie, de façon enrageante, qu'une femme pouvait être autonome.

André, lui aussi, s'est mis à acheter le journal tous les jours. Déçu par Josette, affamé de compréhension, affolé par le passage du temps, il a éprouvé pour la belle rousse une attirance irrésistible. Et Cosmo, tout gamin, a compris qu'il y avait entre Véra et son père un lien spécial.

C'est si loin que mes souvenirs ressemblent à des rêves, m'a-t-il dit un jour, et je n'ai jamais osé aborder le sujet avec mon père. Mais j'ai l'image nette des mains de Véra encadrant mon visage, je me rappelle la douceur de ses paumes, je vois ses ongles peints en rouge et je sens le parfum à ses poignets… des mains si différentes de celles de ma mère, toujours occupées à faire des choses *utiles*. Pas une seule fois, je crois, je n'ai vu ma mère faire un geste pour *s'exprimer*…

Nous marchions ensemble dans la rue et, tout en continuant de marcher, Cosmo a esquissé avec ses mains plusieurs mouvements où se devinaient, de façon fugace, un flamant rose, une flamme léchant un rondin, un arpège de harpe.

Véra prenait mon visage entre ses mains, a-t-il répété alors, et me contemplait longuement de ses yeux saphir. Il y avait dans son regard quelque chose d'inquiétant. Encore maintenant d'ailleurs, quand je la croise dans la rue…

Je n'ai d'elle qu'un seul souvenir précis – et encore, c'est plutôt de sa maison que d'elle-même… Je devais avoir quatre, cinq ans et mon père m'avait amené là-bas… Voilà : je suis seul dans son salon, et je fixe un cendrier dans lequel se consume une cigarette. Véra avait dû l'allumer et l'abandonner aussitôt, ils avaient dû passer ensemble dans la pièce à côté et refermer la porte… Sur le bout doré de la cigarette il y a une trace de rouge à lèvres et cela me paraît la chose la plus excitante du monde, cette tache de rouge déposée par les lèvres d'une belle femme sur le bout doré, pailleté de blanc, d'une cigarette allumée. Je reste là assis à attendre le retour de mon père et pendant ce temps la cigarette se consume lentement, le tabac devient cendre et, chose étonnante, la cendre garde une forme cylindrique, comme si la cigarette devenait le fantôme d'elle-même... Y avait-il des bruits, venant de la pièce à côté, pour que je me sente obligé de fixer ainsi la cigarette ? Mon père se servait-il de moi comme alibi pour rendre visite à sa maîtresse ? Je me pose la question maintenant, je ne me la suis pas posée à l'époque. Avait-il dit à Josette qu'il m'amenait acheter une paire de chaussures, et lui et Véra étaient-ils en train de s'embrasser passionnément voire de faire l'amour dans la pièce à côté tandis que je restais là, immobile, à fixer la lente et parfaite métamorphose de la cigarette et à me demander à quel moment le cylindre de cendres, vaincu par son propre poids, se désagrégerait enfin ? Le souvenir s'arrête là...

JOSETTE

Tout cela n'est que digression et diversion, Votre Honneur, sans le moindre rapport avec l'histoire qui nous intéresse ! Nous sommes là pour comprendre la mort de mon fils, non pour déterrer tous les vieux ragots du village.

J'exige que toute allusion à Véra soit biffée des minutes.

On ne peut rien biffer, Josette, vous le savez aussi bien que moi. Véra est là, incontournable : elle fait partie de cette histoire et, tout à l'heure, elle apportera un témoignage de la plus haute importance. Car il s'est produit un drame, Votre Honneur… Mais à l'époque dont nous parlons pour l'instant, Cosmo en ignorait tout. Il ne l'a appris que bien plus tard, après la mort d'André…

Pour l'instant, donc, voici le dernier épisode de la vie de Véra qu'il m'a raconté cet été-là : à quarante-deux ans passés, elle a donné naissance à un petit garçon nommé Jonas. Scandale ! Le scandale était double : d'abord, le père de l'enfant était tsigane ; ensuite, et autrement plus grave… Véra lui a abandonné leur fils !

Là, les femmes du village ont littéralement étouffé d'indignation. Leur ressentiment à l'égard de *l'étrangère* s'est transmué en haine. Non contente de s'amuser impunément avec leurs maris, elle esquivait ses responsabilités maternelles. Véra ne pouvait ignorer les implications de son choix : son fils, au lieu d'être scolarisé, serait élevé dans la crasse et l'immoralité comme un petit sauvage… N'étant pas croyantes, les villageoises n'avaient même pas la consolation de se dire que plus tard, tandis que Véra rôtirait en enfer, elles trouveraient au ciel leur récompense pour les décennies de sacrifice stérile auxquelles elles avaient consenti en serrant les dents. Non ! Ni récompense des vertueuses étriquées qu'elles étaient, ni punition de Véra la pécheresse ! Rien n'est plus amer, Votre Honneur, que l'amertume des mécréants.

Véra a continué de vivre comme par le passé, vendant ses journaux et passant faire ses mots croisés à *La Fontaine* ; plusieurs fois par semaine, elle allait au campement des Tsiganes en bordure du village pour rendre visite à son fils... Quand Jonas a eu trois ou quatre ans et qu'on lui a découvert un don pour le violon, elle a commencé à mettre de l'argent de côté.

JONAS

Ma mère et son père avaient été amants, Votre Honneur, et nous étions amants, Cosmo et moi.

Il y avait cela de mystérieux dans nos étreintes, que nos parents s'étaient aimés et que nous étions frères en quelque sorte, que nos chairs avaient été mêlées avant même que nous ne nous soyons rencontrés.

LE COUTEAU

Comme dans du beurre, Votre Honneur. Je suis entré dans le corps de Cosmo, traversant la peau de son abdomen sans rencontrer de résistance. Je veux dire, il y avait la résistance de la peau elle-même, bien entendu, et celle des muscles et des viscères, mais non de l'homme, non de l'individu à qui appartenaient ces organes. D'autre part, on m'avait soigneusement préparé pour la tâche : j'étais affûté, effilé, très, et comme il n'y a pas eu de lutte, on aurait dit que Cosmo me cédait en se pâmant comme une femme cède à son amant, c'est donc avec facilité, avec prestesse et allégresse que j'ai avancé dans son corps, loin, loin à l'intérieur, en un rien de temps j'avais atteint son intimité la plus intime, l'endroit le plus sombre et sanglant du ventre et j'ai pu m'y immobiliser...

C'est un souvenir extraordinaire, Votre Honneur, unique dans mon expérience, je vous assure, pourtant je suis un vieux couteau, j'ai vécu dans les hauts plateaux algériens où, pendant pas loin de cent cinquante ans, on m'a transmis de père en fils, toujours dans la même tribu, certes ce n'était pas la première fois que par mon truchement un homme passait de vie à trépas – mais, je le répète, jamais je n'ai participé à meurtre plus calme, plus sensuel et si j'ose dire consensuel, oui en toute honnêteté il me semblait qu'il y avait consentement de la part de la victime, que ce n'était pas sans son accord, voire son approbation, que la vie le quittait en même temps que le sang écarlate giclant du ravin par moi creusé…

Quand Jonas nous a trouvés, j'étais encore profondément enfoncé dans le corps de son amant… Je m'excuse, Votre Honneur. J'ai du mal à me retenir, et puisque tout le monde fait des entorses à la chronologie…

LA GLYCINE

Cela fait sans doute un bon moment, Votre Honneur, que vous vous posez la question des amours entre Elke et Cosmo.

Il la caresse au téléphone ; bien.

Il l'accompagne à son travail ; d'accord.

Ils ont l'air d'un couple ; admettons.

Les paysans les imaginent en train de forniquer ; parfait.

Mais enfin jusque-là, hormis une main que Elke aurait posée sur les cheveux de Cosmo il y a trois mois, il ne s'est échangé entre eux que des mots. Malgré ses dithyrambes au sujet de la fonte des neiges (métaphore plutôt galvaudée, soit dit en passant, du plaisir féminin), Elke est visiblement réticente à aborder le sujet ; je me permets donc de prendre la parole.

J'ai été, j'en suis certaine, l'unique témoin de leurs premiers ébats. Et cela, en raison de mon emplacement stratégique : la pergola sur laquelle je suis étalée se trouve devant la fenêtre de la chambre de Elke – fenêtre qui, je le précise, était grande ouverte cette nuit-là en raison de la chaleur estivale. Je suis belle et mauve et romantique et parfumée à souhait, Votre Honneur, je suis propice à l'érotisme, maints poètes l'ont dit ; mais à l'impossible nul n'est tenu.

Cela s'est passé la veille du retour de Cosmo à la capitale. Ce soir-là, enfin, il a demandé à Elke s'il pouvait la raccompagner après la fermeture de *La Fontaine*, et elle a acquiescé sans hésiter. Ils ont glissé enlacés à travers le village, portant leur silence parmi le silence des rues endormies, et, ayant contourné la maison pour passer par le jardin, ils se sont assis sous la pergola, juste au-dessous de moi. Si aucun mot n'a franchi leurs lèvres, c'est que leurs lèvres étaient enfin occupées à autre chose. Ils se sont embrassés. Ils ont commencé par de petits baisers légers et sans salive. En tant que fleurs, nous reconnaissons instantanément les mouvements et les odeurs sexuels, pistils qui se dressent, sèves qui coulent, enflement, frémissement, engorgement, il ne faut pas oublier que nous ne *sommes* ni plus ni moins que des organes reproducteurs, l'androcée comporte une étamine qui ressemble à s'y méprendre au gland d'un pénis, le gynécée comporte un ovaire garni d'ovules, d'où le fait que, dès leur première soirée dans la grange, Elke avait raconté à Cosmo une histoire de fleurs, *pensez à une fleur, n'importe laquelle, et elle paraîtra devant vous*, ce n'est donc pas sans soulagement que j'ai vu Elke écarter les lèvres pour qu'y pénètre enfin la langue de Cosmo. Elle a défailli, bouleversée, c'est une chose singulière quand on y pense, les lames d'émoi que déclenche le contact muet et mouillé des muqueuses humaines, sa langue en elle était comme son sexe en elle et son sexe en elle serait comme autre chose encore mais quoi, nul ne le sait, de quoi le désir humain est-il la métaphore, nul ne le sait, un peu plus tard les mains de Cosmo sont venues sur les seins de Elke, non pour les frôler comme naguère au téléphone mais pour en découvrir la forme précise ; en proie au vertige, Elke a été contrainte d'ouvrir les yeux pour ne pas perdre l'équilibre, les ouvrant elle m'a vue et je correspondais si parfaitement à ses sensations intérieures qu'elle a retrouvé son aplomb, s'écartant de Cosmo elle a pris ses mains et lui a léché les paumes puis défait, tremblant, les premiers boutons de sa chemise et découvert au niveau du sternum un petit creux triangulaire dans lequel, penchant la tête, elle a glissé la langue. Cosmo a poussé une plainte basse, presque féminine, il a murmuré son nom à plusieurs reprises, elle a murmuré le sien, et même si ce n'étaient pas leurs vrais noms cela a produit de l'effet, j'en suis témoin, ils avaient maintenant tout le corps tendu et battant de désir, une sueur érotique exsudait de leurs pores. Ils se sont éloignés de la pergola pour monter dans la maison par l'escalier de pierre, lui le premier, elle à sa suite, là je les ai perdus de vue quelques instants, le temps qu'ils traversent la cuisine et longent le couloir jusqu'à la chambre de Elke, mais ensuite la porte de la chambre s'est ouverte et ils s'y sont engouffrés, j'ai vu Cosmo refermer la porte à clef, s'agenouiller devant Elke, lui ôter les sandales et poser ses lèvres à la naissance de ses orteils, ils n'avaient pas allumé mais je voyais clair grâce à la lune, je les ai vus se déshabiller l'un l'autre, ça c'était beau, le désir donnait à leurs mains une grande fermeté en même temps qu'une grâce et il n'y avait entre eux aucune fausse pudeur, Elke ne poussait pas de petits gloussements comme si souvent les femmes au moment de quitter leurs vêtements, lorsque, se voyant de l'extérieur, elles sont gênées par ce qu'elles s'apprêtent à faire, n'en percevant plus soudain que l'aspect animal, incongru et donc comique – là pas du tout, on aurait dit que le déshabillage faisait partie d'une chorégraphie antique, immémoriale, inexorable, enfin ils étaient nus l'un contre l'autre et, arrachant les couvertures du lit, ils se sont laissés tomber sur le drap. Tout glissants de sueur, ils ont roulé l'un sur l'autre, haletant, se mordant et se serrant fortement, et puis, de façon imperceptible, cela a ralenti, les halètements se sont espacés et Elke a compris que, dans ses bras, Cosmo dormait.

Elle a remonté le drap sur leurs deux corps. Elle a regardé par la fenêtre, à travers moi, vers la lune, à travers la lune, vers je ne sais quoi. Pour finir, elle aussi s'est endormie.

Le lendemain matin, Cosmo s'est réveillé en sursaut. Il lui a fallu plusieurs secondes pour comprendre où il se trouvait. Puis, enfouissant son visage dans la poitrine de Elke, il lui a raconté le rêve qu'il venait de faire.

On était à la morgue ensemble, a-t-il dit. Toi et moi. Et la police nous montrait des cadavres. Il y en avait des dizaines et des dizaines, alignés sur des lits : de jeunes hommes avec d'affreuses blessures aux tempes, des femmes éventrées, des vieillards bousillés, couverts d'ecchymoses… Peu à peu on a compris que c'était les policiers eux-mêmes qui avaient tué tous ces gens : c'était leur butin de la nuit et ils en étaient fiers, ils n'arrêtaient pas de nous promener parmi les rangées de lits en nous incitant à admirer leur travail… Les corps étaient gris et immobiles – d'une immobilité choquante, excessive.

Même la mort ne peut rendre aussi immobile, me suis-je dit, ils ont dû connaître un sort *pire* que la mort… Et dans cette scène, Elke, nous n'étions pas seulement ensemble, nous étions *la même personne*. Tu comprends ? Notre regard sur les morts était *le même regard*…

Voilà ce que je peux vous raconter, Votre Honneur, au sujet de la première nuit d'amour entre Elke et Cosmo.

FRANK

C'est écœurant. C'est révoltant. C'est *de ma mère* qu'il s'agit.

C'était une *mère de famille*, et ce connard ne trouvait pas mieux que de la promener la nuit au milieu des macchabées.

Un vrai morbide, le mec. C'est *lui* le vrai morbide, pas notre père avec ses bêtes piégées. Michael était fasciné par la flamme fragile alors que Cosmo était tout simplement ignoble. Il a fait des choses ignobles avec ma mère, avec ma sœur, avec son public. Il était attiré par la souffrance comme une mouche par la merde.

D'accord, je me calme.

Je vais vous dire ce qu'il a fait.

Je vais vous dire ce qu'il a fait.

J'ai entendu… Par exemple.

Il est venu chez nous… Ça devait être quelques mois plus tard, parce que Fiona venait de commencer l'école et qu'elle avait un nouvel atlas dont elle était fière. Elle brûlait d'impatience de le montrer à Cosmo – alors voilà, cinq minutes après son arrivée, ils étaient assis côte à côte sur la moquette du salon, adossés au canapé, ils avaient l'atlas sur les genoux, Fiona tournait les pages et Cosmo lui lisait le texte à voix haute. Moi j'ai filé dans ma chambre et fermé la porte, mais la voix de Cosmo me parvenait par bribes ; rien que d'y penser, ça me soulève le cœur.

Regarde, disait-il. Ça c'est un volcan dans le Sud de l'Italie, les volcans se forment lorsque… et voici un village de pêcheurs au Portugal… des Chinois en train de filer de la soie… les Tutsis du Rwanda peuvent mesurer jusqu'à… ours polaires qui habitent le Grand Nord… les dromadaires ont une bosse, les chameaux en ont deux, les bosses sont des réservoirs d'eau, ce qui leur permet… pyramide de Chéops, en Egypte, la seule des Sept Merveilles… un mausolée construit par Shâh Jahân pour son épouse… étranges babouins et baobabs de l'Afrique du Sud… église fondée à Constantinople au IVe siècle de notre ère…

Votre Honneur, connaissez-vous l'exploitation artistique par Cosmo de cet instant d'intimité avec ma sœur ? Savez-vous ce qu'il en a fait ? Un numéro ! Un numéro intitulé *Explication du monde à une enfant.* Je l'ai vu à la télévision et c'est de la pure pornographie, je vous assure...

Il est là sur scène... installé au beau milieu du plateau, seul sous le spot, dans la même position exactement qu'il avait eue ce jour-là avec Fiona, tel un papa feuilletant gentiment l'atlas du monde avec sa fille, et son visage irradie le plaisir du savoir partagé.

Regarde, ma chérie, dit-il, avec la voix chaude et chantonnante de la pédagogie parentale. *Ça ce sont des dromadaires, et ici c'est des chameaux...*

Il passe en revue, comme ça, plusieurs exemples tirés de l'atlas de Fiona. Shâh Jahân, la pyramide de Chéops... Ensuite les exemples changent, ils commencent à s'assombrir, mais la voix de Cosmo demeure la même.

Voyons, ma chérie, dit-il. *Ah oui, ça, ce sont des moutons à qui on a injecté exprès des bactéries pour voir si ça marche pour tuer des êtres humains, tu vois ? En tout cas, ça a l'air de bien marcher sur les moutons, n'est-ce pas ?*

Il joue la petite fille aussi. Comme elle veut impressionner son papa par son intelligence, elle essaie de ne pas montrer son effarement – mais, malgré elle, à mesure que progresse l'explication, elle a la mâchoire qui tremble, les sourcils qui se froncent et, pour finir, les yeux qui s'emplissent de larmes...

Lui, c'est le président d'un pays qui s'appelle le Chili. Oui, oui, on vient de l'assassiner, oui, c'est bien ça...

Et ça, c'est une usine en Indonésie où de petites filles comme toi tissent des tapis du matin au soir. Mais bien sûr qu'elles ont les doigts en sang, ma chérie, toi aussi tu aurais les doigts en sang si...

C'est quoi un camp d'extermination ? Eh bien, c'est un endroit où...

Là, c'est à Nairobi, ces hommes ce sont de jeunes soldats dans la trentaine, tu vois, ils donnent quelques sous aux fillettes, et en échange ils ont le droit de...

Alors pourquoi les Palestiniens habitent là, s'ils n'en ont pas envie ? Eh bien, c'est parce que...

Comme ça, sans jamais se départir de cette voix tendre et chantante – celle qu'emploient tous les parents pour initier leurs enfants aux merveilles du monde –, Cosmo enseignait l'horreur à ma sœur invisible. Tout y passait : les bombes atomiques lâchées sur Hiroshima et Nagasaki... le napalm au Viêtnam... le trafic d'armes et d'héroïne...

Pensait-il déjà à ces tortures et à ces turpitudes chez nous, en parcourant l'atlas avec Fiona ? C'est un grand pervers, Votre Honneur, un très grand pervers. A la limite, j'aurais préféré qu'il viole ma petite sœur plutôt que de l'exploiter de cette façon ignoble.

Autant que le contenu des mots, c'est effectivement la *voix* de Cosmo qui faisait pleurer l'assistance dans *Explication du monde à une enfant*. On pleurait parce que la voix du père était si douce et si aimante ; parce que c'est *aussi gentiment que possible* qu'il révélait à sa fillette le pire de l'espèce humaine.

Mais le mot d'exploitation est pauvre, Votre Honneur. Pauvre et banal. Tous les artistes se servent de leur propre substance pour créer, mais chez Cosmo il n'y avait aucune distance, aucune différence entre vie et œuvre. Il faudrait pouvoir parler dans son cas de *vieœuvre* ou d'*œuvrevie* ; il *était* les deux à la fois. Si on le sommait de justifier son choix égoïste de toujours travailler en solo, il rétorquait qu'au contraire il n'était *pas* seul sur scène, que des milliers d'autres êtres vivaient en lui et à travers lui, alors que la plupart des comédiens sont coincés des mois durant dans un seul personnage et condamnés à ânonner indéfiniment les mêmes répliques. Si on l'accusait, comme le fait Frank en ce moment, de se servir des autres, d'être un cannibale, il rétorquait aussitôt : c'est tout le contraire.

Je vous lis cet extrait d'une interview donnée par Cosmo à la radio : *En règle générale, les gens ne s'écoutent pas. Des phrases qu'ils trouvent assommantes dans la bouche d'un ami ou d'un voisin, dès lors que moi je les prononce sur scène, deviennent poignantes, significatives, mémorables. Loin de dévorer les êtres dont je me sers dans mes spectacles, je leur confère l'immortalité.*

CLÉMENTINE

Il supportait pas que les gens souffrent, le p'tit Charles. Voilà ce qu'il faut savoir, Votre Honneur, pour comprendre un spectacle comme celui-là. C'était pas seulement les gens, c'était les bêtes aussi. Il a toujours été comme ça, même tout petit. Une mouche qui se jetait contre la vitre, il se mettait à la place de la mouche et ça lui donnait mal à la tête. Une fois, je me rappelle, il est venu chez moi en sanglotant parce qu'un commis de son grand-papa Cottereau avait pris un fusil et tiré une pie, comme ça, pour s'amuser. La pie était tombée raide morte, pile aux pieds du p'tit Charles. Alors Charles il ramasse l'oiseau, qui a la tête presque arrachée du corps, et il vient me voir : *Titine, regarde !* qu'il me dit, je le vois encore avec la grosse pie dans les bras, moitié aussi grande que lui : *Titine, regarde !* Eh ben, Votre Honneur, vous me croirez ou non mais, voyant sa peine, j'ai pris du fil et une aiguille, j'ai mis mes lunettes puis un tablier pour pas tacher ma robe, et je lui ai raccommodé le cou, à la pie. Tout juste : comme un docteur. Ah, je peux vous dire qu'il était content, le p'tit Charles ! Tiens, mon p'tit, je lui ai dit, elle a plus mal maintenant, ta pie ! Sa tête est remise sur son corps !

J'étais leur plus proche voisine et Charles passait souvent me dire bonjour. Dans mon garde-manger il y avait une boîte en fer-blanc avec toujours des biscuits dedans et il savait que c'était pas la peine de demander la permission, ça me faisait plaisir qu'il se serve. Moi j'ai pas eu d'enfant à moi, j'ai perdu mon mari à Verdun comme beaucoup d'autres puis c'était fini le mariage et le reste, alors ça me faisait plaisir que le gamin des voisins vienne chez moi. Parfois c'était juste pour passer le temps mais sinon, quand quelque chose allait pas, il se réfugiait dans mon giron parce que sa mère elle s'assoyait jamais et si on s'assoit pas on a pas de giron et votre gamin il peut pas s'y réfugier. La Josette était occupée du matin au soir, toujours à épousseter, à frotter, à astiquer son intérieur, je pense bien que l'écran de la télé a reçu plus de câlins que son fils. Ah, ça ! pour être propre, c'était propre, chez eux ! On aurait dit qu'ils attendaient la visite du bon Dieu en personne mais qu'Il est jamais venu ! Il y avait des housses sur les meubles en permanence, la table brillait tellement qu'on avait peur d'y laisser ses empreintes, puis il fallait glisser partout en patins pour pas salir le carrelage... Moi j'étais moins regardante que la Josette pour la ménagerie, ça me dérangeait pas un grain de poussière par-ci une toile d'araignée par-là, puis derrière la maison il y avait une cage à lapins et une cage à poules et il pouvait jouer avec les lapins quand il voulait, le p'tit Charles, puis il m'aidait à ramasser les œufs. Qu'est-ce qu'on a pu rire, tous les deux ! Je lui ai chanté toutes les chansons de ma jeunesse ! Une fois pour la Saint-Blaise je lui ai appris à chanter *Frou-frou,* je lui ai mis une jolie coiffe et ma vieille culotte à abat-jour, celle que j'avais portée pour mes noces en 1912, avec l'ouverture là où je pense, puis je lui ai montré comment minauder en soulevant juste un peu ses jupons pour laisser voir le bord de la culotte, lancer des œillades aguicheuses à droite à gauche, comme ça il est monté sur l'estrade à la salle des fêtes et il a fait sensation...

La femme porte quelquefois
La culotte dans son ménage.
Le fait est constaté, je crois,
Dans les liens du mariage...
Lorsque l'homme entend ce frou-frou,
C'est étonnant tout ce qu'il ose
Soudain il voit la vie en rose...
Il s'électrise, il devient fou !

Ah ! ah ! ah, c'était quelque chose ! Il chantait faux, le p'tit Charles, mais c'en était que plus drôle et les gens tombaient en bas de leur chaise, surtout les vieilles comme moi qu'avaient porté ce genre de culotte… Ah ! ah ! ah ! Je dis pas qu'il est devenu comédien à cause de ça, mais ça a pas dû y faire du mal !

A l'époque où le p'tit Charles venait chez moi, j'avais déjà la soixantaine bien sonnée. Je suis morte en 1970 à quatre-vingts ans et il a pas pu venir à mes obsèques parce qu'il était en tournée, mais il est venu fleurir ma tombe au moins une fois l'an jusqu'à sa mort à lui, je vous assure – et pas que ma tombe à moi !… C'était un bon garçon, Votre Honneur, le succès lui est pas monté à la tête.

Justement, à propos de fleurir ma tombe… il y a eu une scène terrible au cimetière, à la Toussaint, peu de temps après ma mort. Une dispute entre Charles et son père. Je me suis dit que je devais vous la raconter. C'est important, si ça se trouve… Donc voilà.

C'était pas ce qu'on peut appeler une belle journée. Ça bruinait, ça pleuviotait, et il y avait en plus un bon p'tit vent… un temps de la Toussaint, quoi. Le père et le fils avaient mis un ciré et, embarquant un panier pleins de chrysanthèmes rouges et violets et orange, ils étaient venus saluer leurs morts. Tout en creusant des petits trous dans la terre près des tombes, ils discutaient. Ou plutôt, Charles parlait de sa carrière – il avait vingt-sept ans à l'époque, et il voulait que son papa soit fier de lui. Dédé, lui, écoutait.

Je remplis les salles maintenant, qu'il a dit, le p'tit Charles. Je suis sous contrat avec le meilleur agent théâtral de Paris. D'ici à la Noël, j'ai vingt-cinq spectacles programmés dans douze villes différentes. En septembre, le premier ministre en personne a assisté à un de mes spectacles et je lui ai serré la main après.

André ne disait rien pendant ce temps, mais le silence de son père n'a fait que rendre Charles plus bavard ; il faisait de son mieux pour le distraire, le faire rigoler. Depuis tout petit les silences de Dédé lui faisaient peur, ça je le sais. Et là, ce jour de la Toussaint devant ma tombe, je pense qu'il voulait profiter de ce moment où ils étaient ensemble sans Josette pour remplir la tête de son père avec de belles images de lui sur scène – des images auxquelles André pourrait revenir, plus tard, et qui le réconforteraient.

ELKE

C'est vrai, Votre Honneur… Plus que tout au monde, Cosmo aurait voulu que son père soit heureux, qu'il parvienne à se détendre, à se pardonner, à se traiter avec douceur. Pourquoi ne pouvait-il aimer un peu la vie qu'il avait eue, même si elle ne correspondait en rien à ses rêves de jeunesse ?

CLÉMENTINE

Alors il a continué de parler.

C'est une sensation incroyable, qu'il a dit, quand les gens dans la salle se mettent à rire… Quand ils commencent à te faire confiance et à te laisser entrer dans leur tête. Je te jure, p'pa ! Parfois j'ai l'impression que c'est pas sur le plateau que je me promène mais dans leur cerveau, tripotant leur mémoire et chatouillant leur conscience, les ramenant à l'époque où ils étaient gamins, me moquant des airs qu'ils se donnent, les obligeant à se voir de l'extérieur, à se débarrasser des entraves qu'ils se sont mises… Ah ! p'pa, c'est quelque chose !

Pendant ce temps, ils farfouillaient dans la terre pour y poser leurs mottes de fleurs aux racines fines et enchevêtrées. J'aimais bien les sentir s'affairer comme ça pour moi et mes voisins (c'est cocasse quand on y pense, on a pas les mêmes voisins après la mort, on peut se retrouver face à son pire ennemi pour l'éternité !), mais je commençais à les plaindre aussi. La pluie leur fouettait le visage, et à force de clapoter dans les flaques autour des tombes ils avaient les chaussures détrempées et pleines de boue. Les vieux souliers de Dédé poussaient des sifflements asthmatiques, mais lui-même gardait toujours le silence – et, plus il se taisait, plus Charles parlait, effrayé par l'obscurité qui semblait suinter de son père comme une vase noire – *Oh, viens à ma lumière*, le suppliait-il à part lui, *ne m'engloutis pas dans tes ténèbres, viens à ma lumière*... Le ciel, quant à lui, n'était ni clair ni sombre mais un mélange inquiétant des deux, une espèce de crépuscule malade.

Une fois les fleurs plantées, ils sont restés debout, les mains dans les poches, à observer quelques instants de silence au pied de chaque tombe. Mais la tension entre eux n'a fait que grandir. Charles ne comprenait pas ce qu'il avait pu dire pour aliéner son père à ce point. Il s'est senti pris par la panique.

Puis c'est venu. Se tournant vers son fils, Dédé a commencé à lui cracher des mots à la figure.

Tu, tu... qu'il a dit – et Charles a vu que son père pleurait, que des larmes chaudes se mélangeaient à la pluie froide sur ses joues – tu peux revenir ici et – me faire *ça*, alors que – alors que – alors que *toi*, *toi*, tu devrais savoir... alors que je t'ai dit – je t'ai dit ce que c'était, mes rêves – et comme j'aspirais – à avoir le *droit* – à avoir la *capacité* – de dire quelque chose aux gens, et *toi* – toi, qui sais ce qu'a été ma vie – tu sais pas tout mais tu as quand même vu – tu *vois* – comment je suis traité – par la famille de Josette – par les gens d'ici – comment ils me regardent – avec pitié – avec mépris – comme si j'étais un infirme – un idiot – alors que j'avais tant de choses à donner...

P'pa... a dit Charles, ahuri.

Ne me donne pas du p'pa ! s'est écrié André. Les deux hommes étaient debout face à face dans la matinée crépusculaire, très près l'un de l'autre, dégouttant de pluie, leurs capuchons verts se touchant presque. *Ne me donne pas du p'pa !* a-t-il répété, la voix un nœud de douleur, les yeux de sombres tourbillons de douleur entraînant dans leurs profondeurs les yeux de Charles et les y noyant... Tout d'un coup, Charles est devenu conscient de ce qui l'entourait, il a remarqué que le marron et le gris foncé et le vert mouillé n'étaient pas les seules couleurs de ce paysage d'automne mais qu'il y avait aussi de jolies touffes de bruyère mauve le long des clôtures, des feuilles rouge vif parmi les ronces sous les sorbiers, des feuilles jaunes qui s'accrochaient encore, par deux et par trois, aux branches nues des chênes, et il s'est dit (là c'est à la romancière que j'emprunte des mots pour dire le fond de ma pensée, mais la pensée est bien de moi), il s'est dit que ces choses-là avaient la belle simplicité précise de la nature, dont le déclin contient la promesse d'une renaissance, alors que les yeux de son père étaient un enfer sans fond : l'enfer du temps à sens unique, de la perte sans remède, de l'espoir à jamais éteint.

Et tu peux débarquer comme ça, qu'il a poursuivi, Dédé – mais le regard de Charles était tombé par terre, incapable de soutenir la dose de douleur que lui injectaient les yeux de son père – tu peux débarquer comme ça, chez nous, entre deux spectacles, et te vanter calmement – *P'pa, je suis une putain de célébrité, écoute – j'ai serré la main du premier ministre et, ah, j'ai pas beaucoup de temps à te consacrer, désolé – désolé, mais entre mes engagements avec le roi des connards et la reine des salopes – oui mon pauvre p'tit p'pa, oui ma pauvre p'tite nullité de père – tu peux rester là avec tes migraines et tes cauchemars – désolé mais j'ai un avion à prendre – je m'en vais à Paris – à Montréal – à Genève – à Dieu sait quelle putain de ville encore – je voulais juste vérifier que t'avais encore le visage bien enfoncé dans ton tas de fumier, p'pa – bien enduit de boue et de merde – que tu t'étais pas mis en tête de sortir en rampant de ton cloaque...*

Ne me donne pas du p'pa !

Cette dernière phrase un cri… d'autant plus déchirant, je pense, pour le p'tit Charles, qu'il était presque inaudible.

ELKE

Merci, Clémentine, pour ce témoignage émouvant. Plus d'une fois Cosmo m'a amenée en visite au cimetière ; je savais que vous étiez parmi les plus chers de ses chers disparus, mais j'ignorais tout de cette scène qui s'est déroulée au pied de votre tombe. Elle nous éclairera, j'en suis sûre, dans la suite de l'audition.

QUATRIÈME JOURNÉE

ELKE

Que vous dire ensuite, Votre Honneur ?

Pour raconter une histoire, il faut en écarter presque tous les détails. On se contente de fragments et d'à-peu-près, on n'a pas le choix. Déjà le mot *je* est trompeur : la personne que j'appelle *je* en parlant des événements de ces années-là n'est pas la même que celle qui vous parle aujourd'hui – pas plus que *vous*, Votre Honneur, ne correspondez exactement au *vous* d'alors. Rendre pleinement compte des événements grands et petits qui ont scellé l'amour entre Cosmo et moi serait une tâche impossible : d'abord parce que, comme l'a observé la romancière elle-même dans un mouvement d'humeur, cela prendrait un temps infini, mais aussi parce qu'on oublie. Et heureusement ! Sans cela, sans cette précieuse faculté d'oubli, on nagerait dans une masse inextricable d'impressions anciennes et récentes, dépourvues de hiérarchie et de sens.

Alors, que vous dire… ? Au cours de ces premiers mois, je suis devenue non seulement l'amante de Cosmo mais sa confidente, sa sœur, son autre soi.

Il m'a longuement parlé de son métier. De ses récompenses énormes ; de ses risques énormes aussi. Il lui arrivait, me disait-il, d'être tellement transporté par l'échange avec le public que, l'espace de quelques secondes, il ne savait plus ni où ni qui il était. Trou noir. Silence vertigineux. Malgré tout, dans un spectacle il y a des mots, des phrases, des idées à enchaîner ; on peut entrer en transe mais il faut à tout prix garder un pied au-dehors, dans le réel…

Une autre fois il m'a décrit ce qu'il appelait *la débandade* : la manière dont, en quittant la scène à la fin d'un spectacle, il se sentait rétrécir…

L'EXPERT PSYCHIATRE

Point n'est besoin, je crois, de commenter ce choix de vocabulaire…

ELKE

Sur scène, vous comprenez, il s'était gonflé d'être (littéralement : malgré la sueur abondante, les calories brûlées, il *prenait du poids* entre le début et la fin d'un spectacle) – et là, d'un seul coup, ses personnages le quittaient et il n'était plus que lui-même... Il devait reprendre *sa* voix, *son* allure, *sa* personnalité – et s'en servir, qui plus est, pour serrer les mains en souriant et en répétant des inanités : *Merci, Merci, Bonsoir, Merci, Content que ça vous ait plu*... Comme si c'était *cela*, le vrai lui ! Comme si le vrai lui n'était pas le géant polymorphe, transcendant et auréolé de lumière, qui venait de leur apparaître sur la scène !

Je me rappelle ces conversations-là, j'en oublie d'autres. Mais les autres ne sont pas perdues pour autant : elles ont fondu dans les airs, provoquant un doux remous de molécules qui ont eu un impact infinitésimal sur la vie des vers luisants, des merles ou des taupes... Oui, Votre Honneur, car l'univers frissonne et miroite sans cesse – vous le savez, n'est-ce pas ? – sous l'effet des événements du passé, grands et petits... *Tout est là*, diffus et intangible mais *là*, dans l'air autour de nous, comprenez-vous ? Les enfants morts en l'an mille participent à cette audition, eux aussi.

L'EXPERT PSYCHIATRE

Elle ne va pas bien, cette femme.

D'accord, je reviens aux faits.

A ce qui s'est passé à Noël, cette année-là.

Un Noël très froid et sans neige, je me rappelle.

Là encore, c'était *le premier*. Notre premier Noël sans Michael. J'attendais avec impatience le moment où *les premiers* seraient derrière nous, nous permettant de passer aux *deuxièmes* puis aux *troisièmes*, de prendre de nouvelles habitudes et enfin, un jour, de cesser de compter.

L'année précédente, alors que la séparation d'avec Michael était déjà effective et le divorce imminent, on avait voulu fêter Noël ensemble une dernière fois pour laisser un bon souvenir aux enfants : erreur, évidemment. Farce funeste. Cette année-ci, Frank avait reçu de son père un réveil Batman en plastique bleu et Fiona, une poupée Barbie : cadeaux qui avaient atteint leur double objectif de ravir les enfants tout en agaçant leur mère.

Et puis, de Cosmo, en livraison express, est arrivé de Paris un cadeau fou, sublime, inouï : non seulement un système hi-fi au complet mais plusieurs dizaines de 33 tours et de cassettes. J'ai consacré la journée de Noël à m'initier aux arcanes des amplis, des platines et des consoles, et depuis, plusieurs heures par jour, les musiques de Cosmo me couraient dans les veines telle une drogue – c'était le miracle du partage, comme avec les saynètes qu'il me racontait au téléphone – *ce qui avait été dans sa tête à lui était maintenant dans la mienne...*

Un soir quelques jours après Noël, j'étais au salon avec Frank, on regardait à la télévision un vieux film de Hitchcock – moi sur le canapé, lui assis tout près sur la moquette – Fiona s'était déjà couchée. Dans ce film il y a une scène où l'on voit une horloge en gros plan ; l'aiguille des secondes avance en faisant tic-tac, j'écoutais le tic-tac de l'horloge filmée en me disant : *C'est du temps réel.* L'horloge pourrait être dans cette pièce – et du reste, elle *est* dans cette pièce, elle fait plus de bruit que mon horloge à moi. Un peu plus tard, également en gros plan, on voit la main d'un homme composer un numéro de téléphone. Je regardais ce plan en me disant, là aussi : *du temps réel.* Le geste de cette main qui compose les sept chiffres du numéro occupe sept secondes pleines de ma vraie vie, comme si je téléphonais moi-même. C'est drôle, n'est-ce pas Votre Honneur, comme le monde moderne nous incite à vivre avec des fantômes ? Même si l'acteur de ce film est mort et enterré, il est là dans la pièce avec moi, je le regarde, et le résultat de son coup de téléphone m'importe.

Tout en songeant à ces choses je lissais les cheveux de mon fils, enroulant machinalement les boucles noires autour de mes doigts. Mais soudain, d'un geste rageur de la tête, Frank s'est dégagé de moi ; j'ai retiré ma main aussi précipitamment que si elle venait de toucher un fer brûlant.

Après, j'ai eu du mal à me concentrer sur le film ; l'écran n'était plus qu'un tressautement de taches noir et blanc sur l'écran. Comment pouvais-je si mal connaître cet individu que j'avais non seulement mis au monde, mais côtoyé, chaque jour de sa vie sans exception ? Les gens croient des choses stupides, Votre Honneur. Ils croient qu'on connaît les êtres avec qui l'on vit et inversement, qu'on ne connaît pas ceux avec qui l'on ne vit pas. En l'occurrence, il me semblait mieux comprendre les motivations du héros de Hitchcock que celles de mon propre fils.

L'écran a fini par nous annoncer la fin du film mais Frank n'a pas bronché et j'ai vu qu'il s'était endormi. Je me suis penchée pour le prendre dans mes bras et le porter jusqu'à son lit… mais non. Il était devenu trop lourd, je n'arrivais plus à le soulever. J'ai dû le réveiller et le conduire, grognant, grommelant, me maudissant, jusqu'à sa chambre.

FIONA

Comme ma mère a du mal à se reprendre, on va la laisser pleurer tranquillement dans son coin et c'est moi qui raconterai la suite de ces joyeuses vacances de Noël.

Voici ce qui s'est passé : Frank a massacré la hi-fi.

Moi j'ai pas pris part au carnage. Pas directement. Sauf avec les 33 tours je l'ai aidé parce que c'était fastidieux, il fallait les sortir de leurs pochettes et les casser un à un, il y en avait beaucoup et Frank avait peur de ne pas réussir à les casser tous avant que maman rentre du marché, alors je l'ai aidé. Ensuite on a arraché le ruban magnétique des cassettes, moi j'ai dit Tiens ! c'est comme des tas de spaghettis marron mais Frank a trouvé mieux, les intestins des soldats morts pendant la Première Guerre mondiale, ça on l'avait pas vu à la télé, on l'avait lu quelque part, les jeunes soldats éventrés par l'ennemi, qui gisaient par terre avec leurs intestins dans la neige à côté d'eux, ça nous avait frappé l'imagination.

Pour le reste j'ai seulement participé comme observatrice, mais je sais que mon regard approbateur a aidé mon frère à aller jusqu'au bout de son idée. Et c'était quelque chose ! Quand on fait nos jeux de douleur, l'idée c'est de se traiter comme un objet, moi je le frappe avec le caillou comme si sa tête était un caillou, lui il me tord le bras comme si c'était une branche d'arbre. Là au contraire, il s'en est pris à la hi-fi comme si c'était Cosmo en personne, comme si chaque coup de marteau suscitait un cri, un grognement, un couinement de celui qu'il appelait le clown fornicateur. Personnellement j'avais rien contre Cosmo mais pour moi ce que dit Frank est sacré, ça ne se discute pas, s'il dit viens voir, je viens voir, s'il dit c'est génial, non ? je dis c'est génial.

L'ampli était rapide à faire, les haut-parleurs aussi.

Puis Frank est allé se cacher dans la cave. Il aurait pu aller plus loin, quitter la maison, prendre la clef des champs jusqu'au soir, mais il voulait entendre le cri que pousserait Elke en rentrant du marché et en découvrant le carnage. Moi j'attendais dans ma chambre, la porte entrouverte.

Elle n'a pas crié. Notre mère n'est pas prévisible, Votre Honneur. Par contre, les bras lui en sont tombés et, comme ils étaient remplis de courses, il y a eu pas mal de dégâts côté fruits et légumes et œufs. Il y a eu un silence très long, si long que je me suis demandé si elle était tombée dans les pommes, pour une fois ç'aurait été le cas de le dire ! Mais j'ai pas osé bouger. Enfin, au bout de plusieurs minutes, elle est allée s'asseoir à la cuisine. Nouveau silence, quelque chose de terrible.

J'entendais l'horloge de la cuisine et rien d'autre, rien. Vous vous demandez si elle pleurait, ma maman ? La réponse est non. Là, aujourd'hui, elle pleure mais c'est plutôt rare ; ce jour-là, quand enfin elle est venue me trouver dans ma chambre, elle avait les joues complètement sèches. C'était pas facile pour moi de faire comme si de rien n'était mais c'est ce que j'avais promis à Frank de faire, alors je fredonnais tout en jouant avec ma nouvelle Barbie, je lui faisais des habits avec des Kleenex couleur pastel, et quand maman est entrée, j'ai sursauté comme si je venais juste de remarquer son retour à la maison. D'habitude je suis assez douée comme actrice, mais là je doute que ma mère ait été dupe. D'ailleurs elle faisait pas attention à moi, elle n'avait qu'une chose en tête, retrouver Frank.

J'avais juré de ne pas cafter. J'ai pas trahi mon frère mais ça l'a pas empêchée de le trouver en moins de cinq minutes. Elles ont du flair, les mères, il y a rien à dire. Frank m'a raconté qu'une fois où papa était allé vérifier ses pièges, un bébé renard s'était fait prendre, sa maman s'était mise tout près de lui et elle a refusé de s'en aller. Papa a dû renoncer à photographier le renardeau mourant, parce que avec la mère à côté ç'aurait fait sentimental...

Maman est descendue directement à la cave et elle a trouvé Frank derrière un tas de vieilles boîtes en carton, on aurait dit que c'était la seule cachette au monde. Même quand elle l'a trouvé, elle n'a pas crié, elle l'a pas puni, c'est pas son genre, elle l'a juste obligé à ramasser les ruines du cadeau de Cosmo, à les fourrer dans un énorme sac-poubelle et à passer l'aspirateur dans le salon. Moi pendant ce temps, j'ai dû ramasser les courses qui jonchaient le sol dans l'entrée et les lui apporter à la cuisine.

Ensuite, avec les six œufs cassés dans leur boîte, elle nous a fait une omelette.

Personne n'a pipé mot pendant le repas mais, bizarrement, on était plus heureux que d'habitude. Il planait autour de la table un drôle de calme. On mangeait avec appétit, l'omelette était délicieuse, on se passait le pain et on essuyait chaque trace de beurre et d'œuf dans notre assiette.

A la fin du repas, maman a dit à Frank : Viens, on va à l'étang. Il paraît qu'il est gelé.

L'ÉTANG

J'étais gelé. Cela m'arrive rarement : depuis la fin de la Seconde Guerre, les années de grand froid se comptent sur les doigts d'une main mais, ce jour-là, j'étais gelé jusqu'à six centimètres de profondeur. La couche de glace protégeait mes poissons et, sans vouloir me vanter, j'étais beau à voir. Je suis toujours beau, remarquez, pour ceux qui savent me regarder, mais force m'est de reconnaître que ceux-là sont peu nombreux. Ce n'est pas une région de sports d'hiver, ici : les gens ont tendance à rester enfermés à la maison quand il fait froid. Quand il fait chaud aussi. Je ne suis pas la Méditerranée, mes rivages tentent peu de monde. Trouble, l'été, au point de ne pas refléter les grandes buses qui me survolent avec de lents battements d'ailes, mes bords hérissés d'ajoncs et de roseaux, mes rives piquées de minuscules pâquerettes, ma surface décorée de nénuphars jaunes et sans cesse agitée par des bulles, des araignées d'eau et des poissons acrobatiques, j'étais, ce jour-là, blanc, plane et immobile, d'une pureté à couper le souffle. Comme le plateau d'un théâtre – avec, pour spectateurs, les délicats branchages noirs des bouleaux sans feuilles.

Imaginez alors ma surprise de voir arriver droit sur moi des êtres humains ! La mère, le fils. Et quand je dis *sur moi*, ce n'est pas une façon de parler. A la vérité je les avais déjà vus ces deux-là, longtemps auparavant, sauf qu'ils étaient trois à l'époque, le garçon était tout petit et la femme marchait bras dessus, bras dessous avec un homme, un grand brun aux traits taillés à la serpe, ils étaient tous d'excellente humeur et ils ont couru sur moi en riant comme des fous, glissant à ma surface comme sur des patins à glace, se poussant, se tirant et tombant sur les fesses – puis l'homme a fait mine de se transformer en dragon, il a poussé des grondements et de belles volutes de vapeur lui sont sorties des narines et de la gueule, l'enfant a piaillé de plaisir… Ah oui, la petite famille avait eu l'air bien joyeuse ce jour-là mais aujourd'hui c'était une autre paire de manches : le fils avait grandi ; du père, pas trace ; et avec la mère, au lieu de batifoler, ça discutait sec. Impossible de ne pas entendre leur conversation.

A l'école, disait le garçon, tout le monde dit que tu es sa…

Sa maîtresse ?

Silence.

La maîtresse de Cosmo, c'est ça ?

Mmmouais…

Mais ça ne me dérange pas qu'ils disent ça.

Moi, ça me dérange.

Pourquoi ?

Ça me fait honte. C'est comme s'il était ton… ton… je ne sais pas, moi, ton papa gâteau.

Mon *papa gâteau* ? Où tu es allé chercher un mot pareil ?

C'est ce qu'ils disent, à l'école. Lui est riche et nous on est pauvres et il nous donne des cadeaux qu'on pourrait jamais s'acheter nous-mêmes.

On n'est pas si pauvres que ça…

En tout cas on peut pas s'offrir une hi-fi.

Ça, d'accord. Mais c'était bien d'avoir de la musique à la maison, non ?

Pas si ça vient de lui.

Mais *pourquoi* ? S'il te plaît, dis-moi pourquoi.

Parce que c'est un faux jeton. Il veut pas vivre avec nous. Il veut seulement coucher avec toi puis nous en mettre plein la vue avec ses cadeaux clinquants.

Il *vit avec nous*, Frank. Que ça te plaise ou non. Et de toute façon, Cosmo c'est *mon* problème. Ton problème est le suivant : chaque fois qu'un truc ne te plaît pas dans la vie, tu ne peux pas prendre un marteau et le fracasser.

Il y a eu un nouveau silence. A ma surface, le jeune garçon s'est blotti contre sa mère, il m'a semblé entendre des sanglots étouffés mais je n'en mettrais pas ma main au feu. Au bout d'un long moment, toujours en silence, ils se sont éloignés.

Peu après, la nuit est venue.

JONAS

L'incident de la hi-fi a fait très mal à Cosmo, Votre Honneur, quand Elke le lui a raconté au téléphone. Des années plus tard, il en parlait encore. Pas à cause de l'argent – il en avait, de l'argent ; il aurait pu lui offrir une deuxième hi-fi sans problème – mais à cause de la musique. C'était comme une dénonciation – comme si, en fracassant les disques qu'il avait choisis, Frank avait deviné sa faiblesse secrète – *tu ne peux pas donner la musique, puisque tu ne l'as pas*. C'était absurde, évidemment. Frank n'avait rien pensé de la sorte – il n'était pas capable d'une réflexion aussi subtile – mais c'est ainsi que Cosmo l'a vécu. Dans ses spectacles il faisait preuve d'une diversité de talents époustouflante, il était écrivain, penseur, acteur, danseur, acrobate et clown… mais il n'était pas musicien. Il le savait, Votre Honneur, et ça le rongeait.

Chez moi, en moi, c'est de la musique qu'il est tombé amoureux.

SANDRINE

Pas encore, Jonas, on n'en est pas encore là. Je comprends ton impatience, mais si on ne veut pas que le juge se perde…

A l'époque dont nous parlons, Votre Honneur, Jonas n'avait encore que quatorze ans… Il suivait des leçons de violon au conservatoire de la ville moyenne ; Véra avait pu l'inscrire grâce à ses économies et elle l'y conduisait deux fois par semaine. Elle tirait beaucoup d'orgueil du talent de son fils. Parfois, quand il passait une soirée chez elle, elle l'amenait à *La Fontaine* pour qu'il joue du violon devant les clients. Elke me téléphonait dans ces cas-là et, si je n'avais plus de visites à faire, je courais au bistrot pour l'écouter. Ce n'est pas souvent que la vie vous offre un tel régal ! Au milieu de dix ou quinze paysans plus ou moins éméchés, Jonas était comme une apparition : imaginez, Votre Honneur, un jeune éphèbe imberbe et un peu androgyne, d'une beauté presque choquante – cheveux ondulés, grands yeux noirs, nez aquilin, pommettes hautes, mâchoire finement dessinée – jouant à une vitesse irréelle *L'Alouette* ou *La Danse des sabres*... Le voyant transporté par la musique, le regard des hommes se troublait : avaient-ils, une seule fois dans leur vie, connu pareils transports ?

Profitons maintenant de la musique de Jonas, si vous le voulez bien, pour laisser s'écouler un peu de temps. Dans un placard sans lumière, sur de silencieuses bobines de celluloïd, l'horloge du film de Hitchcock continue d'avancer... *tic... tac...* La glace fond sur l'étang ; pulmonaires et violettes, jonquilles et crocus sortent saluer la fin de l'hiver ; le président meurt ; je mets au monde Eugène, mon premier fils ; sur les branches des pommiers et des cerisiers, des boutons enflent d'humidité puis éclatent en fleurs roses et blanches ; à *La Fontaine* Elke écoute les commentaires bourrus des clients sur la campagne électorale, remplit leurs verres de prune, pense à Cosmo et essuie le comptoir pour la millième fois en souriant ; le candidat que soutenait Véra perd les élections et elle vient au bistrot avec son fils pour noyer son chagrin ; Jonas sort son violon et entame une *Marseillaise* funèbre, suivie d'une improvisation qui zigzague entre bourrée berrichonne et danse tsigane ; au bout de quelques verres, les sangs fouettés par la musique, Véra se met à danser devant la cheminée ; sans quitter leur siège les clients l'encouragent en tapant dans les mains ; Jonas joue avec tant d'abandon que ses cheveux lui tombent devant les yeux mais de toute façon il a les yeux fermés ; il est parti loin, loin, dans les czardas de Monti ou les danses hongroises de Brahms ; il ne voit donc pas les clins d'œil vaguement salaces qu'échangent les hommes en regardant gigoter les fesses et les seins de sa mère plus toute jeune…

JONAS

C'est vrai, Votre Honneur : je ne vois pas. Je ne sais rien du désir des hommes pour les femmes, car je vis avec le seul désir des hommes. C'est ce que j'ai connu, depuis l'âge de six ans quand Armand le frère de mon père m'a violé pour la première fois. A ce moment-là ça ne s'appelait pas violer, il n'y avait pas de mot, ni avant ni pendant ni après l'acte, il n'y avait que l'acte lui-même, inimaginable, pourtant à six ans je n'étais pas un innocent, on ne l'est pas chez nous, depuis tout petit j'avais vu s'accoupler gens et bêtes, mais rien ne m'avait préparé à ça, à la surprise de voir mon jeune oncle moustachu, un jour où par hasard on s'est trouvés seuls dans la roulotte, devenir autre, prendre un air urgent, me parler d'une voix plus forte et plus basse que d'habitude, vibrante comme la corde *sol* de mon violon, et me retourner contre lui, me dénuder les fesses et s'introduire en moi d'un coup sec, déclenchant dans ma tête comme une explosion de lumière. Après, redevenu lui-même, Armand m'a fait jurer de ne rien dire à mon père et, malgré la brûlure douloureuse que je ressentais, j'étais ému et secrètement flatté qu'il m'ait choisi, moi, pour cette chose si puissante et énigmatique qui, l'espace de quelques minutes, l'avait rendu méconnaissable…

Ensuite c'est devenu une habitude. Il venait, il s'arrangeait pour m'entraîner à l'écart et il me violait, c'est maintenant que j'appelle cela violer, ça s'est passé je ne sais combien de fois entre mes six et quatorze ans et tout ce temps j'ai gardé le silence. Il y avait à cela deux raisons, Votre Honneur, des raisons contradictoires mais qui n'avaient aucun mal à coexister dans ma tête : d'une part c'était clairement une chose normale, puisque mon oncle était un adulte, un membre de la famille proche et quelqu'un en qui j'avais confiance ; et d'autre part, vu les précautions qu'il prenait pour qu'on ne nous surprenne pas, c'était clairement une chose anormale, secrète, taboue… et, du même coup, excitante.

Tout a basculé lorsque, arrivé à l'adolescence, j'ai compris qu'Armand faisait la même chose avec Marie, ma petite cousine. Brusquement, j'ai déchanté. J'ai compris que ce n'était pas moi qu'il désirait, qu'il faisait n'importe quoi, et je me suis dit *basta*. Je l'ai menacé : Ne t'avise pas de poser même une main sur ma tête, je lui ai dit, ou je raconte tout à papa. Il savait que mon père l'aurait tué. Les gens du voyage sont de vrais machos, ils roulent les mécaniques, ils ont la haine des pédés plus encore que les citadins. Armand m'a fichu la paix, il n'avait pas le choix.

Ensuite je suis parti loin, oui, comme le dit Sandrine, à la fois dans la musique et dans l'homosexualité. Pour moi, le désir des hommes c'était comme de jouer du violon, on me l'avait inculqué dès mon plus jeune âge et j'aurais eu autant de mal à désirer une fille qu'à me mettre à jouer du piano. Seulement, à la différence d'Armand, je ne voulais pas faire n'importe quoi. Je voulais aimer les hommes *comme* j'aimais mon violon – et faire avec eux, comme avec lui, des choses extraordinaires.

FRANK

Si j'avais su qu'en venant ici aujourd'hui j'aurais à écouter des choses aussi infectes, j'aurais pris soin d'apporter mes boules Quiès.

Et sa mère ? Où était Véra, Votre Honneur, pendant que son petit ange musicien se faisait incestueusement sodomiser par un Gitan lubrique ? Mais à *La Fontaine*, voyons ! En train de faire des mots croisés ! Ah c'est bien beau, la France profonde ! Je comprends que mon père ait préféré une fois pour toutes le silence et la solitude des Alpes…

SANDRINE

Les pétales tombent des arbres fruitiers, les oiseaux femelles pondent leurs œufs, Jonas joue du violon de mieux en mieux, les mois passent, je découvre les splendeurs et les misères de la maternité mais je doute que j'arriverai à vous intéresser avec ça, Votre Honneur, c'est drôle de voir comme le sexe passionne tout le monde alors que ses résultats laissent de glace, bref, alors que mon fils Eugène n'a que deux mois, je me trouve enceinte à nouveau, je continue de travailler comme avant parce que le salaire de mon mari Jean-Baptiste ne suffit pas, il est employé comme videur de poulets à l'usine et ça fait quatre ans qu'on ne l'a pas l'augmenté alors je sillonne le canton dans ma vieille 2 CV, me garant devant les maisons pathologiquement fermées et attendant les ouvertures successives, porte, volets en bois, rideau, trouvant les gens enfermés chez eux comme des prisonniers, même quand il fait un temps radieux dehors, petits garçons raides et maigrichons allongés sur le canapé devant la télévision, arrière-grand-mères séniles ligotées dans leur fauteuil et laissées seules face au mur… Jour après jour je donne piqûres, soins et conseils, je change des pansements et souffle sur des fronts fiévreux, tout en trimbalant partout mes deux bébés, l'un dans le couffin l'autre dans mon ventre, c'est épuisant, mes jambes enflent, j'ai de l'eau autour des chevilles mais naturellement cela n'est pas digne d'être mentionné ici, Votre Honneur, vous avez hâte de revenir à Cosmo et je ne parviens pas à vous intéresser avec mes jambes hydropiques, une infirmière de trente-cinq ans aux chevilles enflées ne suscite ni la curiosité ni la concupiscence, bon d'accord, venons-en aux faits.

Un jour du mois de mai, Fiona était malade et je suis passée la voir en fin de journée, puis j'ai foncé à *La Fontaine* pour faire un rapport à Elke et… Cosmo était là.

Ouf.

Elle a toujours trente-neuf, ai-je dit à mon amie. Elle a pris deux aspirines et je lui ai dit de boire beaucoup d'eau. Bonjour Cosmo.

Je rentre, a dit Elke. Je demande à Berthe de me remplacer et je rentre. Je n'aime pas qu'elle soit seule à la maison avec trente-neuf de fièvre.

Elle n'est pas seule, je lui ai dit. Frank lui tient compagnie en lui lisant des BD.

Oui mais quand même, dit Elke.

ELKE

Et Cosmo a dit, je me rappelle : Je te raccompagne, et j'ai ri. J'ai ri, Votre Honneur, parce que Cosmo ne savait pas conduire ; il n'a jamais pu raccompagner les gens qu'à pied. Lui-même, par contre, adorait se faire conduire et, plus généralement, servir par les autres. N'ayant appris dans l'enfance ni les gestes des femmes (Josette avait toujours tout fait pour lui), ni ceux des hommes (André ne lui avait enseigné que l'angoisse), c'était un handicapé de la vie matérielle. C'est donc avec moi au volant de ma propre voiture qu'il m'a raccompagnée chez moi ce jour-là – et du reste, au moment de monter dans la voiture, il m'a demandé si on pouvait faire un crochet.

J'ai envie de te faire rencontrer des amis, m'a-t-il dit.

Je l'ai regardé pour voir s'il plaisantait. Mais non, il ne plaisantait pas.

Ça ne va pas ? j'ai dit. Tu crois que j'ai la tête à ça ? Tu n'as pas compris ce qu'a dit Sandrine à l'instant, que Fiona a trente-neuf de fièvre ? Je m'excuse, mais ce n'est vraiment pas le moment de me lancer dans les mondanités…

Je ne te parle pas de mondanités, a dit Cosmo. Je te parle de vraies rencontres. Ta fille vient de prendre de l'aspirine, et de toute façon elle ne sait pas que tu as décidé de rentrer tôt, elle ne t'attend pas avant neuf heures. Même là, avec le petit détour que je te propose, tu seras à la maison avant sept heures. D'accord ? Tourne à gauche là – là, tout de suite.

Il avait posé une main sur mon genou.

J'ai obéi, bien sûr.

Suivant ses instructions, j'ai tourné à gauche, puis à droite, puis encore à gauche. J'ai longé une muraille de pierre et là, devant un portail, Cosmo m'a dit de me garer. Nous sommes descendus de la voiture…

Regarde, Elke, a dit alors Cosmo, embrassant le paysage d'un grand geste de ses deux bras. Voilà mes amis.

Je me suis arrêtée net, en proie au vertige.

Certes j'avais déjà vu des cimetières, Votre Honneur, tant à Paris qu'ici, mais jamais un cimetière comme celui-ci. Une ville surpeuplée, à l'abandon. Une forêt drue de croix, des croix à perte de vue, des centaines de croix en pierre ou en fer rouillé – mais en mouvement, aurait-on dit, car la terre gondolait sous elles comme sous l'effet d'une houle, d'une marée, et toutes étaient de guingois, penchées à droite, à gauche, en avant, en arrière, couchées, cassées et comme endolories..

Regarde, Elke !

Pas le moindre brin d'herbe. Mais de poussiéreuses pivoines en céramique, des pensées en plastique, de la mousse noire et des lichens jaunes sur les pierres tombales écroulées, brisées...

Regarde, Elke !

Nombre de croix, marquant les tombes des gens modestes, étaient faites avec de simples tuyaux de gouttière... Ceux-ci avaient été soigneusement enrobés de fils de fines perles dorées, mais les perles étaient tombées et les tuyaux restaient là, gris, dénudés et incongrus, tandis que les christs qui les avaient ornés, agressés par le gel, piquaient du nez : à l'un il manquait un bras, à l'autre une jambe, et le vent était venu éparpiller leurs membres brisés...

Ah, pour ça, il en avait fait du beau travail, le temps, dans ce cimetière ! Partout s'effaçaient et s'effritaient les mots gravés dans la pierre. La plupart des noms des défunts étaient illisibles mais, çà et là, on pouvait encore lire une syllabe de prénom ou de patronyme, ou alors *ja, ouj, rnel, étuel*, pauvres restes des promesses faites aux morts par les vivants : *jamais, toujours, éternel, perpétuel*, avait-on promis, et, décennie après décennie, les éléments s'étaient amusés à pulvériser d'abord les promesses, puis ceux qui les avaient faites, les escamotant eux aussi, de plus en plus nombreux, les mélangeant tranquillement sous les pierres à leurs chers disparus, jusqu'à ce que la terre en gondole.

Oh ! De quoi serions-nous faits, nous autres vivants, si ce n'est des morts ?

C'est ce jour-là qu'il m'a présenté à la Titine. Et raconté le tonnerre d'applaudissements qui, à la salle des fêtes ce fameux jour de la Saint-Blaise 1948, avait accueilli son interprétation de *Froufrou*.

J'ai également fait la connaissance de son cousin Antoine – qui, disait Cosmo, avait eu le plus beau rire du monde, et qui lui avait montré ses premiers magazines pornographiques, et avec qui, maintes après-midi d'été, il était monté dans la grange pour se masturber sur des seins en papier glacé. Les deux garçons s'étaient frottés l'un l'autre et ils avaient comparé en riant la longueur de leurs giclées... Mais à dix-sept ans, travaillant de nuit, Antoine s'était endormi sur la moissonneuse-batteuse ; il en était tombé, et la machine lui avait broyé le bras droit ; le temps que les secours arrivent, son sang abreuvait les sillons depuis des heures...

Regarde, Elke !

Toute une rangée de tombes minuscules ornées de coquillages, de jolis vases en porcelaine, d'assiettes peintes à l'effigie de Marie et de Jésus...

Les enfants manouches, m'a dit Cosmo. Ensemble, en rang, comme à l'école, sauf qu'ils n'ont jamais été à l'école...

Et un peu plus loin : Viens rencontrer ma tante.

Les mots gravés étaient vagues, verdâtres, rongés de lichens, mais j'ai fini par les épeler : Marie-Louise Cottereau, 3 novembre 1917...

C'était la sœur cadette de ma mère, a dit Cosmo. Née pendant la Grande Guerre, à la maison, et morte étranglée par son cordon ombilical. En ce temps de disette, la famille a dû être soulagée – une bouche de moins à nourrir ! Mais moi j'ai toujours regretté la mort de Marie-Louise... Dès la première fois où ma mère m'a amené sur sa tombe – je devais avoir sept, huit ans – j'ai été fasciné par l'idée que cette tante était à la fois beaucoup plus vieille et beaucoup plus jeune que moi… Peu à peu, je lui ai inventé une personnalité, c'est devenu une jeune femme pleine de délicatesse et d'humour désabusé… Je venais souvent là pour lui raconter mes problèmes, et elle m'écoutait – ah, comme elle m'écoutait, Marie-Louise ! Personne au monde ne savait m'écouter comme elle !

Je me rappelle *tous* les amis qu'il m'a présentés ce jour-là.

La Marinette, la pauvre Marinette, jeune et jolie mariée dont l'époux Jean Aleonard est mort d'un infarctus alors qu'elle était enceinte de six mois – à table, comme ça, *plaf !* tête dans la soupe – mon Dieu le choc, pour elle ! Elle n'a pas fait de fausse couche mais l'enfant a cessé de grandir en son sein, et à sa naissance trois mois plus tard c'était un nain, il avait le poids et la conformation d'un fœtus de six mois, les médecins n'avaient jamais vu ça ! Elle l'a nommé Jean comme son mari. P'tit Jean est resté difforme, bizarre, il n'a jamais appris à parler correctement, donc il n'est pas allé à l'école. La Marinette s'est occupée seule de son instruction, elle s'y est jetée avec ardeur et non seulement il a appris à lire et à écrire, il s'est révélé doué pour le dessin, à dix-neuf ans il a commencé à exposer et à vendre, il a pris un nom d'artiste – Aleo, mais oui,

Votre Honneur, le grand Aleo – il a eu du succès, beaucoup, et la Marinette en explosait de fierté, elle le comparait à un autre peintre difforme, Toulouse-Lautrec, nom qu'elle prononçait Toulousse-Latrec, vous voyez que j'ai retenu tous les détails... Puis, à quarante ans, Aleo a annoncé à sa mère son mariage imminent avec une de ses clientes de la ville moyenne, la riche veuve d'un chirurgien, et l'univers de la Marinette s'est effondré. Quelques semaines plus tard, elle a quitté sa maison au milieu de la nuit et est allée se noyer dans le Cher ; ce sont des pêcheurs qui, en s'installant sous le pont le lendemain matin, ont retrouvé son corps...

Et enfin : l'imposant tombeau, offert par la préfecture de la ville moyenne, d'Isidore Ribeaudeau. Héros de la Résistance, abattu par les Allemands en juillet 1944, le même jour que le mari de Véra. Une vraie gloire locale, alors que son fils Gustave, que je connaissais, n'était célèbre que pour ses excès éthyliques. Gustave vivait avec sa femme Valette et une ribambelle d'enfants dans une maison isolée à quelques kilomètres du village, une maison dont la saleté et le désordre étaient légendaires : le jardin était jonché de déchets parmi lesquels aboyaient des chiens à demi sauvages ; dans la basse-cour des bébés humains se mélangeaient aux cochons, aux poules et aux lapins ; les enfants plus grands avaient pour jouets les épaves rouillées de machines agricoles. Au vu de la confusion qui régnait chez les Ribeaudeau, l'on supposait que Gustave était, de certains enfants, tant le grand-père que le père. Tout ce beau monde vivotait sur sa misérable pension militaire – car, hormis un coup de main aux voisins de temps en temps, Gustave était incapable de travailler.

SANDRINE

C'est vrai que les Ribeaudeau étaient dans la misère, Votre Honneur, je peux le confirmer. Ils faisaient appel à moi pour leurs problèmes de santé parce que je leur prenais moins que le docteur. Une fois où j'étais venue m'occuper des vaccins du petit dernier, Valette m'a avoué qu'ils n'avaient rien pour me payer. Elle m'a demandé si j'accepterais de partager leur soupe de pommes de terre, et je ne voyais pas comment dire non. En fait, aux exclamations ravies des enfants, j'ai compris que les pommes de terre avaient été ajoutées à la soupe en mon honneur, pour améliorer l'ordinaire. Elles nageaient, rares et spongieuses, au fond d'une immense soupière remplie à ras bords de pain blanc mouillé au lait tiède. Quand Valette s'est penchée pour me servir, j'ai vu une ecchymose énorme au niveau de sa poitrine ; j'ai compris que Gustave la battait et ça m'a donné froid dans le dos... Si on m'avait dit que, sous peu, mon propre mari... Non, je vous ennuie à nouveau ; bon, d'accord, je me tais.

ELKE

Gustave Ribeaudeau était une brute, une caricature d'ivrogne, la risée du canton. La gendarmerie lui avait retiré son permis de conduire, mais il venait au village en tracteur et s'installait à *La Fontaine* dès la mi-matinée. C'était un des piliers de l'endroit ; un pilier branlant, certes, mais volubile. Dès qu'un inconnu franchissait le seuil, il arrachait son T-shirt crasseux, exhibait fièrement les cicatrices qui lui hachuraient le torse, et proposait d'en raconter l'origine. Presque toujours, les gens se détournaient en levant les sourcils et en hochant la tête.

Pas Cosmo. Là, devant la tombe d'Isidore, il m'a raconté l'origine de ces stigmates.

Adolescent naïf et idéaliste, Gustave avait voulu se montrer digne de son résistant de père et rendre sa maman fière de lui ; il s'était donc engagé dans les paras dès 1954. Mais en Algérie, à sa grande surprise, il avait découvert que le travail qu'on attendait de lui ressemblait davantage à celui de la Gestapo qu'à celui des FFI.

LATIFA

Ça, on peut le dire, Votre Honneur. Ça, il *faut* le dire. Pendant la guerre d'Algérie…

LA ROMANCIÈRE

Je suis navrée, Latifa ; je sais que vous avez déjà attendu longtemps mais il faut encore patienter un peu…

LATIFA

Votre Honneur, c'est la troisième fois qu'on me coupe la parole, c'est agaçant à la fin ! Qu'est-ce qu'elle fait, la romancière ? Elle ne pourrait pas organiser un peu mieux son travail ? *Patiente, mon cœur, ce sera une bonne chose ou une contrainte / La patience est le repos des corps / A chaque créature son destin…*

ELKE

Deux ans durant, d'abord épouvanté, puis sonné, puis stupéfié par l'alcool et l'habitude, le jeune Gustave avait envoyé de l'électricité dans le corps des jeunes musulmans, avant de les abattre. En échange, juste avant son départ, les fellagas lui avaient lacéré au coutelas la poitrine et le dos, et même fait mine de l'égorger…

Voilà, Votre Honneur, c'était ça l'histoire de Gustave… Et maintenant les enfants le suivaient en le singeant dans les rues du village, ils soulevaient leur T-shirt en se contorsionnant et en pissant de rire : *Regarde mes cicatrices, regarde ! Devant derrière, on m'a torturé, Berk ! Berk !*

FIONA

C'est vrai : tous les enfants se payaient la tête du vieux Gustave, moi y compris. Quand les gens se rendent ridicules, on a le droit de s'en moquer, non ?

Pendant ce temps, pendant que Cosmo traînait ma maman dans les allées du cimetière en la présentant à tous les cadavres de sa connaissance, moi je grelottais au fond de mon lit avec la crève.

Frank était venu me lire *Tintin* un moment, mais ensuite il s'est fâché parce que j'ai dit qu'il avait la même voix pour tous les personnages. C'était vrai, quoi ! Quand maman nous lit, même sans regarder les images je sais qui parle, si c'est le capitaine Haddock ou le professeur Tournesol ou Milou, bref, Frank était tellement furax qu'il m'a lancé la BD à la tête et il est parti dans sa chambre en claquant la porte. Alors j'étais là toute seule et malade comme un chien, et je savais même pas s'il allait me faire un bouillon pour le repas du soir comme il avait promis à maman de le faire. Toute façon, même s'il le faisait pas, j'allais pas le lui dire, à maman, parce que la seule fois où j'ai cafté je l'ai regretté après, Frank avait volé des bonbons à la boulangerie et je l'avais dit à maman – comme ça, parce qu'il venait de me le dire à moi, il avait bien dit que c'était un secret mais j'étais toute petite, je savais pas ce que voulait dire le mot *secret*, pour moi c'était comme *surprise*, alors j'ai dit à maman, tout excitée : Frank a volé des bonbons ! Frank a volé des bonbons ! et maman l'a grondé, puis elle lui a donné des sous en lui disant de les apporter à la boulangère et de lui demander pardon. Alors le lendemain, dès que maman est sortie, Frank a tout simplement pris mon canari et il l'a flanqué dans les cabinets et tiré la chasse. Après il a raconté à maman que le canari s'était envolé par la fenêtre et depuis ce jour-là non seulement j'obéis à mon frère mais je veux plus m'attacher à rien pour ne plus sentir ce que j'ai ressenti ce jour-là, quand mon pauvre canari a été emporté par le tourbillon au fond des chiottes.

Alors j'étais contente d'entendre maman revenir à la maison plus tôt que prévu. Tout de suite elle a couru à mon chevet, elle a posé les lèvres sur mon front, puis elle a fait : Dis donc, je pourrais éteindre le chauffage pour la nuit, tu chaufferas la maison à toi toute seule ! Je vais te faire une bonne tisane au miel, Cosmo est là, tu veux qu'il vienne te dire bonjour ?

J'ai dit oui. En partie parce que j'en avais envie, mais aussi pour énerver Frank parce que je lui en voulais de m'avoir lancé une BD à la tête et de m'avoir laissée seule avec ma crève.

Alors Cosmo est entré dans ma chambre, il a refermé doucement la porte et il est venu s'asseoir sur mon lit. Il pesait rien, comme un oiseau, ça faisait même pas un creux dans le matelas. Même si j'étais contente de le voir, je voulais pas trop qu'il le sache. Je voulais qu'il pense le contraire : que j'étais pas contente. C'est comme ça souvent, j'en veux aux gens de me faire plaisir parce que je veux pas m'attacher, je veux pas que mon papa me manque, je veux pas vouloir qu'il revienne, si tu peux comprendre ça, Ton Honneur, ben oui je te tutoie, je vois pas pourquoi je te dirai vous, t'es qui d'abord ? Qu'est-ce qui te rend si supérieur à moi, pour que j'aie à te vouvoyer ? T'as pas fait caca dans ta culotte quand tu étais petit ? T'as pas volé des bonbons à la boulangerie ? T'es tellement parfait que tout le monde doit ôter son chapeau, se mettre à genoux, Votre Honneur par-ci Votre Honneur par-là ? T'as fait quoi pour mériter le nom d'*honneur* ? Je sais même pas ce qu'il veut dire, ce mot. Est-ce que ma mère a perdu son honneur en laissant Cosmo entrer dans ses yeux et dans son lit et dans son cœur ? C'est ce que disent les gens, mais je vois pas pourquoi je respecterais leur opinion. Je respecte personne, voilà, je pense que tout le monde est con, toi y compris, alors à partir de maintenant c'est *tu* pour toi comme pour les autres.

Cosmo me dit : Je peux te rendre visite ?

Et je réponds : T'es déjà là.

Et il dit : Tu te sens pas bien ?

Là, je réponds même pas. Je veux qu'il se sente bête, qu'il fasse un effort pour mériter mon attention.

T'as mal au gros orteil du pied gauche ?

Non.

Ah ben ça, c'est une chance. Et... aux cheveux ?

On peut pas avoir mal aux cheveux, bêta.

Ah ben ça, c'est une chance encore plus grande.

Là, j'étouffe un rire.

Je vois que tu as du monde. (Il parle des nounours dans mon lit.) Tu veux me présenter tes amis ?

Ils savent déjà qui tu es.

Ah bon ? Mais moi je sais pas qui ils sont.

T'as besoin de *tout* savoir ?

Mais oui, Fiona. C'est exactement ça. J'ai besoin de *tout* savoir. Moi aussi je suis malade, tu sais.

C'est pas vrai.

Si, c'est vrai.

Elle s'appelle comment, ta maladie ?

Elle s'appelle besoin-de-tout-savoir-ite.

C'est pas une maladie, ça.

Ah mais si, Fiona. Je t'assure que si.

Tu as mal où ?

A l'âme.

Lame de couteau ?

Très drôle. Et toi, tu as mal où ?

A la gorge. Sandrine dit que j'ai une pharyngite. *Ça*, c'est une vraie maladie. Pas le besoin-de-tout-savoir-ite.

Pharyngite ? Dis donc ! En voilà un grand mot pour un mal de gorge !

J'aime les grands mots.

Tu en connais d'autres ?

Anticonstitutionnellement.

Ouahou ! Il est venu d'où, celui-là ? Il a failli me renverser.

C'est le mot le plus long de la langue, c'est tout.

Où tu l'as rencontré ?

On rencontre pas les mots, bêta.

Bien sûr que si. J'en ai rencontré un très sympa, l'autre jour.

Pause.

Et alors ? C'était lequel ?

Ah non, mais si tu ne crois pas qu'on puisse rencontrer des mots, comment est-ce que je peux te le présenter ?... Ceci dit, c'est un mot formidable, il meurt d'envie de faire ta connaissance.

Ça meurt pas, les mots.

Bien sûr que si. Si tout le monde arrête de s'en servir et que plus personne n'a envie de les rencontrer, ils se fanent et ils finissent par mourir.

Bon d'accord, c'est quoi ton mot ?

Idiosyncrasie.

Un idiot aux seins écrasés ? Ah ! ah !

Pas du tout. D'ailleurs, tu sais ce que c'est, un idiot ?

Bien sûr que je sais. C'est un débile mental, un dingo, comme à Chezal-Benoît...

VÉRA

Chezal-Benoît, Votre Honneur, c'est l'hôpital psychiatrique du coin. L'endroit où, suite au geste impardonnable de Josette, mon André a été tenu prisonnier pendant neuf longs mois. Mais à l'époque de cette conversation avec Fiona, Cosmo ne connaissait pas encore cet épisode dans la vie de son père

JOSETTE

Prisonnier !? *Il était fou, mon mari !* C'est écrit noir sur blanc dans les archives, Votre Honneur, vous n'avez qu'à vérifier. Du reste, le cèdre du Liban l'a dit lui-même : déjà à Paris, André avait dû être hospitalisé pour ses bouffées délirantes...

VÉRA

Il était fou, oui : *de moi* ! Et moi de lui ! Voilà pourquoi vous l'avez fait enfermer comme un criminel ! Voilà pourquoi vous êtes allée *dénoncer votre propre mari au maire du village* ! Vous lui avez dit quoi, d'ailleurs, au maire ? Parce qu'il fallait l'écrire en toutes lettres, la raison de l'internement, et apporter les témoignages de ses proches. Ils étaient huit à venir, à votre instigation, signer ce papier à la mairie. Oui Josette : *vos* parents, et *vos* amis. Quelle énormité vous leur avez racontée ? *Un danger pour lui-même ou pour autrui !* Honte sur vous ! André ! Mon André ! *Un danger !*

JOSETTE

Qu'il ait été un danger pour lui-même, malheureusement, la suite des événements l'a amplement démontré.

VÉRA

Vous étiez jalouse ! Après toutes ces années, vous pourriez au moins l'admettre ! Véra la pute, c'est trop facile. Ça vous a dérangée que ce cul-terreux s'avère un être exceptionnel et que, toute fille de notaire que vous étiez, vous ne lui arriviez pas à la cheville ! Vous ne saviez pas répondre à son attente, à sa demande, à sa supplication d'être pour lui une compagne spirituelle, vous ne saviez ni l'aimer, ni le consoler de ses échecs... et donc, quand il a enfin rencontré l'âme sœur, enfin trouvé l'amie à qui déverser le contenu de son cœur, avec qui célébrer sa présence sur la Terre, avec qui connaître la pleine jouissance du corps et de l'âme, avec qui s'envoyer en l'air – mais oui, je le dis devant tout le monde, sans rougir, au contraire, j'en suis fière, de toute mon existence c'est la chose dont je suis le plus fière, et je le répète, et je le clame, et je le claironne sur les toits, *avec qui s'envoyer en l'air, oui, au ciel, au septième ciel !* –, eh bien, Josette, avouez-le. Vous ne supportiez pas que moi je reconnaisse la grandeur de cet homme que *vous* traitiez en carpette. Voyant votre mari s'épanouir sous mon influence, votre propre médiocrité vous a éclaté à la figure. Et vous l'avez fait interner à Chezal-Benoît.

FIONA

Pour nous en tout cas, Ton Honneur, Chezal-Benoît c'était les dingos, exactement comme Gustave Ribeaudeau était un soûlard. Je reprends le fil de mon dialogue avec Cosmo, j'aime pas qu'on m'interrompe.

Tu sais ce que c'est, un idiot ?

Bien sûr que je sais. C'est un débile mental, un dingo. Comme à Chezal-Benoît !

Qui t'a dit ça ?

Ben, tout le monde à l'école.

Eh bien, tout le monde à l'école se trompe. Un idiot, c'est quelqu'un de très original. Comme moi.

C'est pas bien de se vanter.

Je ne me vante pas. Idiot, ça veut dire unique. Seul de son espèce. En fait, c'est à la portée de n'importe qui de devenir idiot ; il suffit de le vouloir. Mais la plupart des gens en ont peur. Ils préfèrent être comme tout le monde – même si, au fond d'eux-mêmes, ils savent qu'ils sont idiots. Ce n'est pas facile à admettre. On n'a même pas le droit d'adhérer au club des idiots parce que alors on ne serait plus unique. Ceci dit, les idiots ont tendance à se reconnaître entre eux. La première fois que je t'ai vue, Fiona, je me suis dit : Tiens, cette petite fille m'a tout l'air d'une idiote, je me demande si c'est le cas.

Là, je savais plus quoi dire.

Est-ce que j'avais raison, Fiona ? Dis-moi, serais-tu par hasard une idiote ?

... Peut-être. Et... tu penses que Frank, il pourrait être un idiot, lui aussi ?

Frank ? Ah, Frank, c'est une autre paire de manches... Bref, pour revenir à mon mot, une *idiosyncrasie*, c'est un goût ou un choix très personnel. Tellement personnel que ça peut n'appartenir qu'à une seule personne au monde. Comme par exemple… le fait de mettre du sel dans son jus d'orange.

Berk.

Ou de dire *anticonstitutionnellement* à tout bout de champ.

J'ai pouffé de rire.

Ou de jouer du piano avec ses doigts de pied.

Hum. Contente de faire votre connaissance, *idiosyncrasie.*

Comment te sens-tu, maintenant ?

Horrible.

C'est horrible de se sentir malade, mais en même temps c'est génial, non ?

Comment ça pourrait être génial ? On souffre, on est obligé de rester au lit, on s'embête…

Oui je sais, mais c'est amusant aussi… Moi en tout cas, à ton âge, je me rappelle que je détestais ça mais qu'en même temps j'adorais ça.

Comment tu peux adorer être malade ?

C'est comme si on était un prisonnier, tu sais ? dans un conte ! On est enfermé dans la maladie comme dans une haute tour sombre aux épais murs de pierre et aux lourdes portes en fer, et on sent un battement épouvantable dans la tête, comme si une grosse brute de gardien te cognait sur le crâne avec sa massue… Tu vois ce que je veux dire ?

Oui...

Et on se sent tout tremblant et flageolant à l'intérieur, comme un prisonnier qui attend d'être guillotiné à l'aube ?

Oui...

Oui, et alors, quand ta maman t'apporte un bouillon de légumes ou une tisane au miel... c'est *absolument délicieux*, tu ne trouves pas ? Bien meilleur que d'habitude ?

Peut-être...

Ce n'est pas *absolument merveilleux*, la sensation de la soupe chaude quand elle glisse sur les parois de ta gorge tout irritée ?

Oui, peut-être.

Et quand tu t'embêtes, tu fais quoi ?

Ben, rien. C'est pour ça qu'on s'embête, parce qu'il y a rien à faire.

Oui, mais même avec la meilleure volonté du monde, c'est impossible de vraiment ne *rien* faire...

Eh ben je *respire*, si c'est ça que tu veux dire.

Mmm-mmh... Et quoi encore ?

Je regarde les murs de ma chambre.

Et tu y vois quoi ?

Ben, rien.

Voyons, Fiona ! Il n'y a pas *rien* sur les murs de ta chambre ! Je ne te crois pas.

Non, il y a la lumière et l'ombre, puis s'il fait beau dehors je vois de minuscules grains de poussière qui flottent dans les rayons de soleil.

Ah, j'aime mieux ça !

Et parfois…

Oui ?

Parfois, parmi les grains de poussière, il y a comme une petite bulle transparente, et… elle glisse à travers l'air… Je crois pas qu'elle existe pour de vrai, je crois qu'elle est… dans mon œil, tu vois ?

Mais oui, je vois ! Je l'ai déjà rencontrée, cette petite bulle. Est-ce que tu peux la contrôler ?

Oui ! Elle a l'air de bouger toute seule, comme ça, mais en fait si tu lèves les yeux au plafond, tu la retrouves là-haut aussi, et elle recommence à glisser vers le bas. Tu peux regarder n'importe où dans la pièce et la retrouver et la voir glisser.

Eh ben, ça m'a l'air passionnant, tout ça ! Et… tu sais lire ?

Oui… enfin, je sais *lire*… mais quand je suis malade j'arrive pas à me concentrer alors c'est Frank qui me lit. Ou si maman est là, elle vient me raconter une histoire.

C'est une sacrée conteuse, ta maman.

Tu l'aimes ?

Un peu, oui !

Tu vas venir vivre avec nous ?

Non…

Ah. Heureusement, parce que Frank il a dit…

Mais je me suis interrompue à temps. Et Cosmo n'a pas insisté.

Après cette excellente conversation, on s'est tus un moment. Je me sentais bien. C'est rare de pouvoir parler à quelqu'un comme ça.

Puis Cosmo a retiré de sa poche un bout de ficelle et, sans un mot, il m'a appris à jouer au berceau. C'était super, on se passait la ficelle chaque fois dans un motif différent, on allait de plus en plus vite – quand tout d'un coup, sans frapper, Frank a fait irruption dans ma chambre. Avec Cosmo on a sursauté, comme pris en flagrant délit. Tout en braquant vers moi son regard froid et opaque, Frank m'a dit le plus tranquillement du monde : Je peux reprendre le *Tintin* maintenant ? T'as fini de le lire ?

Sans un mot de plus, il a repris la BD qu'il m'avait lancée à la tête une heure plus tôt, il a quitté la chambre et j'ai compris que j'avais commis un crime impardonnable. Non seulement je l'avais trahi, lui, mon frère, non seulement j'avais trahi notre devise *des yeux de pierre un corps de pierre un cœur de pierre*, mais en plus, à m'amuser ainsi avec l'intrus – le clown fornicateur, comme il l'appelait –, j'avais trahi notre père.

Je me suis sentie comme de la merde.

CINQUIÈME JOURNÉE

ELKE

J'ignorais – je l'avoue, Votre Honneur – ce qui se passait ce soir-là entre Frank et Fiona. Et pas seulement ce soir-là, c'est évident… Mais nous ignorons tant de choses… Vous-même, êtes-vous bien certain d'être au fait de tous les dilemmes, obsessions et malheurs intimes de vos proches ?… Seuls les imbéciles croient tout savoir. Devenir intelligent, est-ce autre chose que de reconnaître l'immense étendue de son ignorance ? Puisqu'il s'agit ici de dire la vérité, la vérité c'est qu'en raison de notre visite au cimetière, je n'avais ce soir-là qu'une idée en tête : faire l'amour avec Cosmo.

Pas de ricanements, s'il vous plaît. Je ne suis pas morbide – et Cosmo non plus, quoi qu'en dise Frank. Mais quand on voit la mort de près, on se cramponne de toutes ses forces à la vie, on désire cette plénitude, ce gonflement dont parlait la glycine, voilà pourquoi justement on apporte des fleurs aux obsèques, parce que ce sont des organes reproducteurs, parce que la vie est fugace et la mort éternelle, et qu'on a besoin de couvrir l'éternité de fugacité, de noyer la neutralité incolore et inodore de l'inexistence permanente avec les brillantes couleurs et les fortes odeurs du maintenant – sexe, fleurs, corps, pléthore, mouillure, rouge ! sens, sueur, aisselles, cyprine, sperme et battements, halètements et cris –, oui, nous sommes en vie et nous crions d'être en vie : *regarde, mon amour regarde, nous ne sommes pas encore morts !*

J'ai lu une fois un reportage sur My-Lai, le massacre de tout un village de civils vietnamiens par des troupes américaines qui avaient paniqué et tiré dans le tas, le reportage était écrit par une femme, elle racontait qu'ils étaient allés à plusieurs journalistes faire une enquête à My-Lai quelques mois après le massacre, et qu'ayant vu ce qu'il y avait à voir, ayant rouvert la fosse récente où étaient jetés en vrac plus de cent cadavres d'hommes, de femmes et d'enfants, ils s'étaient livrés au bord de la fosse à une orgie insensée. Et je la crois, cette journaliste, quand elle dit que *leurs corps avaient fait ça tout seuls* : que devant cette preuve flagrante de la mortalité, tous avaient été galvanisés par un élan sexuel sans précédent et s'étaient mis à baiser aveuglément, en vrac, là aussi, répondant simplement au besoin de hurler *vie ! vie ! vie !* face à la mort.

Sans avoir la prétention de comparer mon propre émoi à une chose aussi extrême, Votre Honneur, je désirais Cosmo très fort ce soir-là. Or les enfants étaient présents – encore plus présents que d'habitude, vu la maladie de Fiona et l'humeur empoisonnante de Frank. J'aime mes enfants, Votre Honneur, Dieu sait que je les aime, mais ce soir-là j'aurais bien aimé qu'ils se trouvent avec leur père dans les Hautes-Alpes. Ils me pompaient l'air. Voilà, je l'ai dit. Ils me pompaient l'air.

A dix heures du soir j'avais fait pour eux, avec eux, tout ce que je pouvais faire. Fiona, bourrée de médicaments, somnolait dans sa chambre. Frank avait dîné. Il était tellement hérissé de ressentiment que j'osais à peine aller lui dire bonsoir. Si seulement j'avais pu lui lire une histoire ! Mais il n'en voulait plus, de mes histoires… Si on avait pu se faire un gros câlin… ou alors un *boum-boum*, comme autrefois (on se roulait ensemble sur le tapis dans des pseudo-matchs de catch qui avaient le don d'exaspérer Michael)… mais non. Il n'avait plus quatre ans, ni cinq, ni six ; il en avait onze. Et à onze ans on est trop grand pour se livrer à des jeux physiques avec sa mère.

Comment une mère doit-elle se comporter avec un fils sans père, au bord de l'adolescence ? Comment franchir sa barrière de taciturnité – doucement, doucement – et entrer en contact avec son âme, la prendre par n'importe quel bout ? Comment le rassurer, Votre Honneur, alors qu'on n'a plus le droit de le serrer dans nos bras et que le plus petit baiser de bonsoir lui fait détourner le visage ?

LATIFA

Si je peux parler pour une fois sans être interrompue, ce n'est pas en prenant un amant à la maison qu'une mère peut arranger les choses pour son fils. Je suis choquée, Votre Honneur, par ce que j'entends ici sur la vie des mères françaises, cette Mme Elke et cette Mme Véra, elles bousillent l'essentiel, pour moi et mes amies c'est incompréhensible, nous on porte nos maris à bout de bras, on fait tout pour que la famille tienne debout, et elles, elles font exprès pour la casser, il ne faut pas s'étonner ensuite du résultat ! Nous, le ventre serré, on a vu nos maris se renfermer et s'éteindre, incapables d'être des hommes ici… mais, elles, elles font exprès pour les chasser, leurs maris ! Si Kacim avait eu son père, il ne serait jamais allé en prison, voilà, je dis la simple vérité et quoi qu'il ait pu faire Kacim, je l'aime comme votre mère vous aime, exactement pareil. On aime nos fils, Votre Honneur. Mais un garçon sans père c'est un pétard, on a allumé la mèche et il n'y a rien à faire, qu'à attendre que ça explose.

ELKE

Oui, Latifa. Il est clair que nos fils étaient faits pour s'entendre. Et ils se sont entendus, pour notre plus grand malheur. Mais dans les événements qu'on raconte maintenant, ils ne se connaissent pas encore.

LATIFA

Comment ils ne se connaissent pas ? Pourquoi vous dites ça, madame, alors que vous avez juré de dire la vérité ?! Votre Frank il ne connaît pas mon Kacim ?

ELKE

On raconte l'histoire pour le juge. Vous comprenez ? D'abord ceci, ensuite cela.

LATIFA

Ah d'accord, je comprends. D'abord ceci, ensuite cela. D'accord, je comprends, ils ne se connaissent pas encore, Kacim et Frank, ils ne sont même pas nés. Alors écoutez s'il vous plaît : quand mon mari est venu vivre dans la ville moyenne c'était au milieu des années 1960, avant ce que vous racontez là, donc ça doit être mon tour, je ne sais pas pourquoi personne ne m'a pas prévenue, ce n'est pas gentil.

A l'époque Hassan avait vingt-quatre ans et une belle moustache noire, des yeux noirs et étincelants comme des feux de camp dans le désert la nuit, je le connaissais depuis toujours parce que c'est mon cousin germain et même si je n'avais que quatorze ans j'étais amoureuse de lui, pour moi c'était un dieu, il ne savait pas lire et écrire mais il connaissait des vers par cœur et quand il me les récitait j'avais les joues tout enflammées : *Elle a pris mon cœur aujourd'hui, / Venue d'Arafât, la gazelle. / Ses amies allaient, avec elle, / Aux pierriers d'un pas alangui. / Elle était vêtue de soie pure, / De soie mêlée, de chamarrures. / Comment veut-on que je l'oublie, / Cette gazelle ? Elle est ma vie...* Alors quand un jour mon père m'a prise à part pour me dire Latifa tu vas épouser Hassan, on l'a décidé mon frère et moi, c'est un bon parti, mon cœur a sautillé comme une chèvre dans ma poitrine mais tout de suite après mon père a dit : Tu sais que c'est la misère chez nous, la vie est trop dure, trop dure, pire encore depuis la fin de la guerre, alors dès que vous êtes mariés Hassan va aller là-bas en France pour faire des pneus, parce que tous les Français dans cette ville sont occupés à faire des avions militaires et il n'y a plus assez de gens pour faire des pneus, il ne restera pas longtemps, il mettra l'argent de côté pour entretenir sa famille ici, en attendant tu iras habiter chez ses parents... Ne vous inquiétez pas, Votre Honneur, je ne vais pas raconter tous les détails, mais, à la veille de son départ pour la France, j'étais déjà installée chez sa mère, Hassan est venu me faire ses adieux et il a tiré de sa djellaba un couteau magnifique, long et effilé avec un manche travaillé en corne de chèvre. Regarde ce couteau, il m'a dit, il est dans ma famille depuis plus de cent ans, je l'ai reçu de mon père qui l'a reçu de son père à lui, je te le confie Latifa comme un gage de notre amour, un jour il appartiendra à notre fils.

Et voilà, il est parti.

LE COUTEAU

Ferme et sûre était la main qui me conduisit, ce jour-là, dans les entrailles de Cosmo : on eût dit que mon manche avait été ciselé exprès pour en épouser la courbe. J'étais à l'aise, Votre Honneur, ainsi serré entre la paume et les doigts, dans une prise ni rigide ni relâchée. J'aime bien que l'on me tienne avec fermeté. Rien n'est plus désagréable qu'une main moite, une main parcourue de spasmes et de tremblements, une main qui n'a pas encore décidé ce qu'elle va faire avec vous ni même si elle doit le faire. Là, nulle sueur et donc nul risque de glissement – car la main était gantée d'une fine couche de soie rose, si fine que je sentais à travers elle le moindre frémissement des muscles... Tant de muscles remuent dans une main, Votre Honneur, c'est insensé !

LATIFA

S'il vous plaît, Votre Honneur, vous pouvez dire à ce couteau de se taire ?! Il est loin encore, son tour !

Alors voilà, c'était en 1965, Kacim mon premier fils est né en 1966. Chaque deux ans mon mari revenait au pays et repartait en me laissant avec un enfant dans le ventre, Dieu est le plus grand, alors en 1974 quand il m'a dit de venir le rejoindre j'avais quatre enfants déjà, deux garçons deux filles, on a pris le bateau puis le train et un autre train et on est arrivé à la Chancell'. Quand j'étais encore en Algérie, mon mari me traduisait ce nom comme si c'était la Chance, beaucoup de chance, mais après quand j'ai vu l'endroit j'ai compris le vrai sens du mot, c'est parce que ici tout le monde chancelle Votre Honneur, on ne peut pas se tenir droit dans une situation pareille, regardez, avec mes mains je vous dessine un plan de la ville et c'est facile à voir, le centre-ville est là, voyez, avec la cathédrale, les palais Renaissance et les belles maisons à colombages, puis la Chancell' c'est ici au nord, pour y aller il faut d'abord traverser la voie ferrée et puis passer par le cimetière, la maison d'arrêt, la gare de marchandises, voilà pour la limite sud ; à l'est c'est la grande route de Paris, et derrière c'est une rivière ! Alors on est coincés là, voyez, trente mille personnes dans une espèce de triangle aplati... *Malheur ! Comment suis-je devenue vagabonde et solitaire / Au milieu de ces gens dont je ne connais personne / A chaque créature son destin / Et ton sort est entre les mains du Créateur miséricordieux...* Au début encore ça allait, il y avait de l'ambiance, au marché le mercredi matin on voyait des gens de toutes les couleurs et on entendait parler vingt langues, avec mes amies on trouvait ça intéressant même si on se languissait de notre village... Mais si vous permettez Votre Honneur, c'était une drôle d'idée qu'il a eue le président français – mon mari m'a dit c'est le destin, mais plus tard j'ai compris que c'était le nom du président, Giscard d'Estaing – de faire venir les familles d'Algérie *juste* au moment où l'économie s'est effondrée, j'espère que je n'ai pas besoin de vous faire une leçon d'histoire, crise du pétrole, licenciements, chômage, à la Chancell' ça n'a pas arrêté de se dégrader alors ceux qui pouvaient partir sont partis et pour finir il ne restait plus que les Arabes. *Les contingences du temps sont nombreuses et multiples / il est source à la fois de richesse et de misère...* Hassan a perdu son travail à l'usine de pneus et tout ce qu'il a trouvé pour remplacer c'est éboueur, il n'y a pas de honte à ça mais le salaire était juste pour faire vivre une famille, entretemps la famille avait encore grandi, on avait huit enfants maintenant, c'est beaucoup dans un F4 et un F4 c'est tout ce qu'on pouvait se payer c'était six cents francs par mois, non je ne veux pas vous voir trépigner comme ça Votre Honneur, vous vous demandez où est le rapport avec la mort de Cosmo mais il y a un rapport, tout est lié, et je tiens à vous faire comprendre *pourquoi*, au fil des ans, Hassan est devenu de plus en plus renfermé et silencieux.

En 1979 le destin a frappé pour de vrai, mon mari est tombé du camion d'éboueurs et en tombant il a heurté une borne sur le trottoir, trois vertèbres cassées, là il chancelait, on peut le dire, on l'a mal opéré et il est resté tout tordu, il ne pouvait plus sauter sur le camion alors on l'a fait balayeur dans la vieille ville et ça c'est très dur, il doit prendre deux bus à l'aller et deux au retour, avec son mal de dos et le trajet en plus du travail ça l'épuise alors quand il rentre il n'a pas envie de parler, ni à moi ni aux enfants, il met sa djellaba et il s'assoit – dehors sur un banc s'il fait beau, ou s'il pleut à la fenêtre de la cuisine –, il s'assoit et il regarde mais il n'y a rien à regarder, Votre Honneur, rien que les barres des immeubles et le ciel qui est presque toujours gris ou blanc, il reste là pendant des heures, une jambe croisée sur l'autre, à ne rien faire que fumer et regarder dans le vide, il a quarante ans maintenant, sa moustache est grise et il ne dit rien mais je sais qu'en regardant les barres il pense à Bou Saada et aux vers du poète et aux nuits dans le désert. *Mes yeux pleurent la patrie de mes Ancêtres / L'amour du Pays habite les tréfonds de mes entrailles*... Non je n'essaie pas de vous émouvoir ce n'est pas ça, c'est pour comprendre pourquoi, toutes ces années, Kacim n'a presque pas entendu la voix de son père...

Vite il m'a échappé mon fils aîné, vite il n'était plus à la maison, à dix ans il traînait déjà avec les grands à la soi-disant salle des fêtes, à onze ans il fumait des cigarettes et du haschich et à douze il volait dans les magasins et se faisait attraper par les flics et qu'est-ce que je pouvais faire, dites-moi, Votre Honneur, allez-y, je vous écoute, qu'est-ce que je pouvais faire ?

Bon je m'arrête, j'ai été un peu longue mais c'est parce qu'on m'a si souvent coupé la parole avant, ça s'est accumulé.

ELKE

Avec tout le respect que doit une mère à une autre mère, même si les liens qui nous unissent sont des plus douloureux, j'aimerais reprendre mon récit de la soirée avec Cosmo au point où je l'ai laissé, et où – je me permets de vous le rappeler, Votre Honneur, car vu le caractère dramatique de l'histoire de Latifa il ne serait pas étonnant que vous l'ayez oublié entre-temps – je sortais de la chambre de mon fils sur la pointe des pieds pour retrouver mon amant.

Ah… Silence. Silence enfin.

Je devais maintenant subir une métamorphose, changer de vitesse, construire autour de ma chambre un mur de marbre épais pour empêcher les soucis maternels de s'infiltrer dans l'espace amoureux.

Ayant tourné la clef dans la serrure, je suis restée un instant face à la porte, les yeux fermés, pour me vider la tête. Quand je me suis retournée – ô, enchantement ! – j'ai vu que Cosmo avait allumé des bougies çà et là dans la pièce. Ça m'a rappelé les messes de Noël et de Pâques de mon enfance – et, sans vouloir heurter les sentiments des croyants, Votre Honneur, l'émoi qui s'est emparé de moi dans la chambre d'amour était le *même* que jadis à l'église : on approche d'une chose sacrée et l'on sait qu'au cours de l'heure qui suit, chaque instant, chaque mot et geste sera imprégné de sens…

Restant lui-même habillé, Cosmo a ôté mes habits, un à un, il a posé ses lèvres sur mes épaules, mon ventre, mes cuisses… et je me suis mise à fondre, la neige fondue a ruisselé dans mes veines mais je ne prolongerai pas cette description Votre Honneur parce que je vous sens pressé, au bout d'un moment Cosmo s'est relevé pour se dévêtir à son tour et j'ai écouté, paupières closes, les faibles bruits de ses mouvements, cliquetis de la boucle de sa ceinture, chant bref de la fermeture à glissière du pantalon, froissement à peine audible de la chemise qui chute au sol, le tout accompagné de son souffle rauque et de mes propres plaintes d'impatience, enfin, chaud, nu, il est venu sur moi, il s'est couché sur moi de tout son poids si peu pesant, il m'a embrassée sur la bouche… et, une fois de plus, cela s'est arrêté là.

Je suis désolé, m'a-t-il dit dans un murmure.

Et moi : Mais… c'est quoi ?

Et lui : C'est une chose qui arrive.

Allongés maintenant côte à côte sur le dos, on a regardé le plafond où dansaient les ombres projetées par la flamme des bougies. Ces ombres sont-elles réelles ? me suis-je demandé à part moi. C'était une vraie question, Votre Honneur. Ce n'était pas pour changer intérieurement de sujet que je me la suis posée. Ces ombres sont-elles réelles ? Et la lumière des bougies ? Et les bougies elles-mêmes, avant... pendant... après la flamme qui les consume ? Et l'amour ? L'amour fou que je ressens pour cet acteur ?

Toujours ? lui ai-je demandé après un long silence, sans savoir quelle réponse, de *oui* ou de *non*, j'espérais entendre.

Non, dit Cosmo, toujours de la même voix, sa voix normale, douce, cassée, adorée.

Un nouveau silence a éclos entre nous, grouillant de nouveaux mots, idées, images. (J'aurais bien aimé être ailleurs. Fiona n'avait-elle pas besoin de moi ? Ne devrais-je pas aller vérifer le bon sommeil de Frank ?)

C'est comme le trac, dit-il enfin. Plus on le redoute, plus on est sûr de l'avoir.

Mon corps n'est pas une scène, Cosmo, lui dis-je. Tu n'as besoin d'éblouir personne ici... La performance et l'amour, ça fait deux.

Il n'a pas répondu, et j'ai entendu ma propre phrase en écho dans ma tête, *La performance et l'amour, ça fait deux*, elle sonnait creux.

Et... quand le peux-tu ?

FRANK

Ça vous fait quel effet d'entendre tout ça, je me demande ? Ça vous fait quoi, Votre Honneur, de savoir que le clown fornicateur ne bandait pas pour ma maman ?

Tout compte fait elle a du bon, la philosophie paysanne.

En quoi ça vous regarde, ce qu'on déballe ici, toutes nos salades ? Qui êtes-vous, pour qu'on vous révèle ainsi nos secrets les plus intimes ? Alors que, de vous, nous ne savons rien du tout : ni votre nom, ni votre nationalité, ni même votre sexe. Motus et bouche cousue. Commode, votre silence ! Je vous emmerde !

LA ROMANCIÈRE

Du calme, Frank. Ce sont les règles du jeu. Sans juge, pas d'audition : c'est ainsi.

En même temps, Votre Honneur, je dois dire que je comprends l'émotion de Frank. L'asymétrie entre vous et nous est flagrante : alors qu'on se met à nu, au propre et au figuré, vous restez là, impavide et impassible ; vous nous cachez votre visage, votre état civil, tous les détails de votre passé... Pourtant, vous aussi êtes par définition un individu particulier, avec une histoire faite d'événements particuliers : parents, pipi-caca, baisers, déceptions, coups, humiliations, rencontres, caresses, lectures, repas, couchers de soleil...

Si je ne sais rien de vous, comment vous convaincre de ce qui me tient à cœur ? Comment vous confier ce que je possède de plus cher au monde : la vie de mes personnages ? Serez-vous à même de les comprendre, de les immortaliser en les aimant ? En êtes-vous seulement digne ?

Votre silence, parfois, me terrifie.

ELKE

Et… quand le peux-tu ? lui ai-je demandé.

C'est un interrogatoire ?

Non.

Presque toujours.

Récemment ?

Mais oui, Elke. Récemment, bien sûr.

Nouvel écho dans ma tête, ses mots à lui. *Récemment, bien sûr.*

Etait-ce une phrase cruelle ? Cosmo me traitait-il avec cruauté ? Je ne le pense pas. Je respirais à peine mais mon cœur battait la chamade.

Et… avec qui ? ai-je chuchoté.

Se redressant sur un coude, Cosmo m'a caressé le visage du regard tout comme, le premier soir à *La Fontaine*, il m'avait caressé le corps. Il avait la tête appuyée sur sa main droite, et de la gauche il me lissait les cheveux, les écartant avec douceur de mon front. Je cherchais à lire dans ses yeux, mais son visage était dans l'ombre.

Les ombres sont-elles réelles ? me suis-je demandé. Son visage dans l'ombre est-ce toujours son visage ? L'homme au lit avec moi est-ce toujours Cosmo ?

FRANÇOISE

Je m'excuse d'interrompre, Votre Honneur, mais... avec moi..., à peine trois jours plus tôt, il avait très bien fait l'amour.

ELKE

Françoise, m'a-t-il raconté, était ouvreuse dans le théâtre à Montparnasse où il avait joué ce mois-là. Une femme au milieu de la vingtaine, menue et apparemment insignifiante – mais pour Cosmo ça n'existait pas, les gens insignifiants. Françoise fait de son mieux pour cacher sa beauté derrière une longue frange et des lunettes, m'a-t-il dit. Mais on ne me la fait pas, j'ai réussi à la débusquer...

FRANÇOISE

Il m'a invitée au *Sélect* et on a bavardé...

ELKE

Elle lui a raconté sa vie. Son père était peintre, un des innombrables peintres ratés qui gravitent autour de Montparnasse, et sa mère entretenait petitement la famille avec son salaire de guichetière à la poste. Quand Françoise avait eu quinze ans, son père lui avait demandé de poser pour lui, sous prétexte qu'il ne pouvait pas se payer de modèles. Sa mère avait protesté mais comme la dernière chose que désire une fille de quinze ans c'est faire plaisir à sa mère, Françoise s'était empressée d'accepter.

FRANÇOISE

Oui.

Nue, donc, et seule de longues heures durant avec mon père dans son atelier, tandis que des chansons de variétés passaient à la radio et que la pluie tapotait sur la verrière, j'ai senti... tant de choses. C'était beau, clair, calme. Mon père bandait. Son désir pour moi passait à travers son bras, sa main et son pinceau pour se jeter directement sur la toile. A mesure qu'avançait l'après-midi, il travaillait avec une fébrilité croissante, ses coups de pinceau devenaient plus vifs et son choix de couleurs plus rapide, il plaquait les traits avec fermeté... Ce furent, Votre Honneur, des instants inoubliables.

ELKE

Une décennie s'était écoulée depuis lors. Entre-temps, le père de Françoise était mort et sa mère s'était remariée ; Françoise elle-même faisait une thèse de linguistique et travaillait comme ouvreuse pour payer ses études ; les instants que nous venons d'évoquer étaient déjà de l'histoire ancienne. Mais l'amour est une chose mystérieuse, Votre Honneur. Mystérieuse et contagieuse. Je vous laisse le soin d'imaginer (pas forcément maintenant ! prenez votre temps !) comment j'ai réagi, cette nuit-là, à la description par mon amant de ses ébats récents avec une ouvreuse parisienne – ébats nourris à leur tour par le désir sublimé, vieux de dix ans, d'un peintre raté pour sa fille…

SANDRINE

Mais c'est dégoûtant !

Déjà je trouvais que Cosmo traitait Elke par-dessus la jambe, mais là, Votre Honneur, franchement, je suis choquée. Non content de la tromper, il se *vantait* auprès d'elle de ses autres conquêtes et en plus ça l'excitait. Non, je m'excuse, je suis peut-être une petite-bourgeoise coincée mais… Elke, mon Dieu…

J'en étais au huitième mois de ma deuxième grossesse. Entre deux visites à domicile, je passais souvent la voir à *La Fontaine*, me hissant sur le tabouret avec mon ventre énorme, ballottant, il cognait contre le zinc mais je ne savais pas où le mettre, dans quel sens me tourner, et je lui disais : C'est ta vie, Elke, mais il faut que tu penses aussi à tes enfants, à leur avenir, tu ne peux pas te permettre de vivre comme un oiseau sur la branche ! Tu es encore jeune, quel âge as-tu ? Tu vois, tu es encore assez jeune, et assez jolie, tu devrais te remarier, tu ne vas quand même pas rester serveuse à *La Fontaine* jusqu'à la fin de tes jours ! Tu l'aimes, Cosmo – ça oui, il est difficile de ne pas s'en apercevoir, je doute qu'il y ait trois pelés dans le canton à ne pas être au courant – mais enfin ça veut dire quoi, aimer ? Excuse-moi mais à ton âge tu ne peux plus te permettre d'aimer comme une midinette ! Il est sympa Cosmo, on est bien d'accord, mais il faut être dans le réel aussi, il faut faire des projets, est-ce que vous avez des projets ?

Et à voix basse, avec de grandes mimiques de conspiratrice, elle m'a répondu : Oui. Notre projet, c'est de s'aimer *toujours*.

Et moi : C'est vrai ? Alors si c'est vrai, pourquoi ne pas vous marier ?

Et elle : Pour quoi faire ? On a déjà exactement le nombre d'enfants qu'on veut, moi deux et lui, zéro.

Et moi : Mais vous allez vivre ensemble, au moins ?

Et elle : Pas plus qu'on ne le fait déjà.

Et moi : Elke, excuse-moi d'être prosaïque et terre-à-terre, tu vas me dire que je raisonne avec mes hormones de femme enceinte, mais enfin si j'ai bien compris, cet homme a l'intention de passer avec toi... euh... une petite quinzaine de jours par an, c'est ça ? Je ne me trompe pas ? Allez, arrête avec tes sourires énigmatiques, c'est oui ou non ? Tu veux me faire croire que quinze jours d'amour par an c'est tout ce que tu mérites ? Tout ce dont tu as besoin ?

A partir de là, Votre Honneur, la conversation a dégénéré parce que Elke a dit : Quand Cosmo est là, Sandrine, je ne conçois pas sa présence comme un sablier dont le sable s'écoule, grain par grain, inéluctablement, et qui sera bientôt vide, ah, pauvre de moi, délaissée à nouveau, condamnée à me nourrir de souvenirs et d'espoirs, à soupirer et à languir et à dépérir en comptant les jours jusqu'à ce qu'il revienne.

Et j'ai dit : Tu le conçois comment, alors ?

Et elle, avec un petit haussement d'épaules : Il me rend heureuse.

Et alors moi : Tu vis dans un monde de rêves, Elke.

Et elle : J'aime le monde dans lequel je vis.

Et moi : Ça peut être dangereux, les rêves.

Et alors là, le mot de trop, elle a dit : La réalité aussi, la preuve.

Aussitôt elle a voulu se rattraper : Pardon, pardon, je suis désolée – mais le mal était fait.

La preuve, c'est que je portais des lunettes de soleil ce jour-là pour cacher l'œil au beurre noir que mon mari m'avait donné la veille. Elke savait que depuis quelques mois Jean-Baptiste s'était mis à boire et à me taper en rentrant de l'usine, même devant le petit Eugène parfois, je lui avais raconté ça sous le sceau du secret et elle n'avait pas à me le jeter à la figure, ça ne se fait pas entre amies, j'ai eu du mal à le lui pardonner, c'est quand même trop facile de se sentir supérieure avec un amant imaginaire ! Ah, pour ça, ça ne vous donne pas d'ecchymoses, au moins ! Je suis sortie de *La Fontaine* fâchée contre Elke et je ne lui ai plus adressé la parole jusqu'à mon accouchement, mais quand elle est venue me voir à l'hôpital on a fait comme si de rien n'était.

Une fille cette fois ! elle s'est exclamée.

Et moi : Eh oui ! une fille.

Et elle : Tu vas l'appeler comment ?

Et moi : Léontine.

Et on s'est regardées en se demandant quelle sorte d'avenir la vie lui réservait, à ce nouveau petit être dont le père tapait la mère.

LE COSMOPHILE

Si vous permettez, Votre Honneur, je trouve qu'on consacre un peu trop de temps à décrire par le menu la vie intime de Cosmo, qui n'est, après tout, qu'anecdotique…

LE CHŒUR DES FEMMES

ANECDOTIQUE !!!!!!

LE COSMOPHILE

… et pas assez de temps, objectivement, à ce qui a constitué sa grandeur aux yeux du public, à savoir son génie de comédien.

Si j'ai bien compris, nous sommes arrivés à peu près au milieu des années 1970, quand a éclaté la guerre du Liban, et je tenais à évoquer devant vous le sketch qu'a fait Cosmo à ce sujet : le vieux pêcheur qui, rencontrant un de ses compères dans le port de Byblos, apprend qu'il est en guerre.

Il ne comprend pas.

Je suis en guerre ? Moi, je suis en guerre ?

On le voit scruter ses mains sous tous les angles, s'examiner la plante des pieds et fouiller entre ses orteils, étudier ses dents dans la glace d'un air angoissé, se contorsionner, se tire-bouchonner dans un effort désespéré pour voir son propre dos… Ensuite ses yeux essaient de se regarder l'un l'autre et il se met à loucher de façon inquiétante… A la fin, on dirait que ses globes oculaires ont roulé sur eux-mêmes, de sorte que la pupille se retrouve à l'intérieur de la tête, pour épier ce qui se passe dans le cerveau…

Je suis en guerre.

L'EXPERT PSYCHIATRE

Mais on ne peut qualifier aucun détail d'anecdotique, Votre Honneur, car au fond tout se tient, n'est-ce pas ? Ainsi que le cosmophile l'a dit lui-même tout à l'heure en parlant de *vieœuvre* ou d'*œuvrevie*, le privé et le public étaient, chez cet individu, mêlés ou plutôt en parfaite continuité, telles les deux faces d'un ruban de Möbius. Tout se passe comme si, déchiré entre sa mère et son père, Cosmo avait pris la décision (inconsciemment, s'entend) de *n'être, lui-même, personne*, mais de porter en lui le monde des autres, de tous les autres : femmes, hommes, Français, étrangers, vieillards, enfants… A l'âge de seize ans il a effectué une sorte de renaissance : délaissant tant le nom choisi par sa mère que celui préféré par son père, il s'est engendré lui-même en se dotant du pseudonyme *Cosmo* – qui a au moins le mérite d'annoncer clairement la couleur ! Non content d'être un artiste, un créateur parmi d'autres, il a voulu être *le* Créateur cosmique, capable de s'incarner dans n'importe quel élément de sa création, animé ou inanimé. D'après tous les témoignages, ses dons de métamorphose avaient quelque chose d'effrayant : il vous campait un personnage en une fraction de seconde ; par la voix, l'expression du visage, les mouvements des mains, la posture du corps, il *devenait* ce pêcheur libanais perplexe, cette petite fille terrorisée, ce garde-frontière chinois, ce dromadaire, cette pyramide… Il se projetait sans la moindre difficulté dans des individus qu'il n'avait jamais rencontrés, leur substance devenait sa substance, leur moelle sa moelle. Si je puis recourir à une métaphore (du reste Freud lui-même n'en a-t-il pas souvent usé ?), pour constituer sa personnalité, Cosmo prenait des milliers de fils de couleur et les tissait en une sorte de vaste tapisserie bariolée… En termes classiques, on pourrait dire qu'il aspirait à faire sienne la devise de Térence, *Rien de ce qui est humain ne m'est étranger*. En termes cliniques, cela s'appelle la mégalomanie.

LATIFA

Je parle le français, mais là je suis paumée. Vous y comprenez quelque chose, vous ?

Ceci étant dit, et c'est l'évidence même, il est intéressant de souligner que la dénommée Elke jouissait auprès de Cosmo d'un statut à part, et ceci dans deux domaines, à mon avis liés entre eux : l'impuissance et le village natal. A notre connaissance, c'est la seule femme avec qui il ait connu à l'âge adulte des difficultés d'érection, et la seule à être directement associée à ses origines paysannes et populaires. Partant, elle seule avait le droit de tout connaître, tant de ses exploits virils que de ses projets professionnels. Dans l'échange entre Cosmo et Elke, pourrait-on dire, d'après une équivalence bien répertoriée dans la littérature psychanalytique, la parole avait remplacé le sperme. Ce n'est pas pour rien que, dans le dialogue sur le trac que vient de rapporter Elke, il l'a comparée à une scène : déjà la composante sexuelle de ses spectacles était flagrante : deux, trois, quatre heures durant, dans une espèce de transe érotique, Cosmo répandait sa parole sur les spectateurs, les inondant de ses jactances, de sa semence, de ses sèmes, je n'insiste pas, vous connaissez comme moi les étymologies – et l'assistance, plongée dans le noir, passive, silencieuse et tremblant de désir, électrifiée par l'attente et prête à réagir, prête à se pâmer ou à crier ou à rire, exactement comme une femme sous les caresses de son amant, était comme un gigantesque vagin fécond dans lequel Cosmo plantait ses perles de sagesse.

Au cours des nombreuses années qu'a duré leur liaison, Elke est devenue pour Cosmo, si je puis recourir à un jeu de mots (du reste Freud lui-même n'en était-il pas friand ?), une sorte de *scène primitive*. Il ne pouvait lui faire l'amour parce qu'elle habitait le même village que ses parents, parce qu'elle savait tout de lui – et surtout, comme elle l'a affirmé elle-même à maintes reprises (j'ai pris des notes), parce qu'*il avait auprès d'elle le statut de fils* . elle lui racontait des contes de fées comme à ses enfants ; en dormant il avait l'air à peine plus âgé que Frank ; il ne pesait presque rien, et ainsi de suite. En définitive, du point de vue de Cosmo, consommer l'acte sexuel avec Elke eût été l'équivalent symbolique d'un inceste, et...

ELKE

Excusez-moi Votre Honneur – je sais que nous sommes censés laisser parler chaque témoin jusqu'au bout mais ce que dit l'expert psychiatre *n'a aucun sens*. Aucun.

On a fait l'amour beaucoup de fois, Cosmo et moi. Beaucoup, beaucoup, beaucoup de fois. Jusque-là, il n'a été question que de nos débuts un peu hésitants, je suis sûre que de nombreuses histoires d'amour débutent de cette manière mais on est gêné de le dire ; on préfère passer sous silence les cafouillages, les balbutiements, les tâtonnements... En général les choses finissent par s'arranger. Dans notre cas, dire qu'elles se sont arrangées c'est une litote.

LA GLYCINE

Je ne puis ni confirmer ni infirmer cette version des faits, Votre Honneur. Après la première nuit que je vous ai décrite, les volets de la chambre de Elke sont restés obstinément fermés.

ELKE

Il m'aimait goulument, tendrement, totalement. Aucun détail de ma vie ne le laissait indifférent. Une fois – Frank venait de fêter ses douze ans – il m'a même demandé de lui raconter mes accouchements. Vous imaginez, Votre Honneur ? Vous êtes capable de concevoir une telle chose ? Un homme qui demande à son amante de lui décrire par le menu *comment sont sortis, du sexe par lui adoré, les enfants d'un autre* ?

Oh, oui, il était comme ça, Cosmo !

Chacune de nous aura son tour pour témoigner, n'est-ce pas ? On attend depuis longtemps, les jours passent et ça commence à nous inquiéter parce qu'on a tant de choses à dire ! Il serait inadmissible que, de nous toutes, Françoise seule ait le droit de verser au dossier sa passion pour Cosmo. Toutes nous l'avons aimé, toutes nous avons été aimées de lui et nous mourons d'envie d'en faire état ici !

Nous n'étions pas jalouses les unes des autres. Comment demander à cet homme-là de s'appauvrir, se circonscrire, s'arrêter, s'enfermer, se nier, en n'aimant qu'une seule femme ? Nous n'y songions même pas ! Nous n'étions pas en manque, car Cosmo donnait à chacune de nous plus qu'elle n'en avait jamais reçu. Certes il jonglait avec nous, mais il ne nous jouait pas l'une contre l'autre ; c'était un privilège d'être une balle dans les mains de ce jongleur-là ! Les autres hommes nous transformaient en miroir, en punching-ball, en taille-crayon (non ? vous ne voyez pas ce qu'on veut dire ?), en maman, en putain… alors que lui…

Ah mon Dieu, comment vous dire ? Il savait que l'amour physique, c'est la miraculeuse révélation de l'âme par le corps. Chaque être sexuellement si différent de chaque autre être. Donner *ça*. Offrir *ça*.

La beauté même. Votre corps à vous, Votre Honneur – car vous avez forcément un corps – quelqu'un, homme ou femme, l'a-t-il déjà pleinement fêté ? On vous le souhaite, on en doute, on vous plaint. Cosmo était *présent*, voilà : c'est ça qui est rarissime. La plupart des hommes sont absents au lit et Cosmo, lui, était présent. Il nous regardait, vous comprenez ? Plus étonnant encore, il se regardait lui-même, son propre corps, avec nous, et riait de ses imperfections. Il aimait nos odeurs intimes, chacune les siennes. Il aimait notre chair, qu'elle eût porté ou non des enfants, qu'elle fût flétrie et ridée ou, au contraire, lisse et soyeuse…

DON JUAN

Bon Dieu, ça commence à empester par ici. C'est infect, Votre Honneur, je tourne de l'œil, je vous prie de m'autoriser à me retirer. Adieu !

LE CHŒUR DES FEMMES

Et voilà… Don Juan se retire, toujours !

Don Juan n'a jamais aimé les femmes, Votre Honneur, l'amour n'est pas son affaire, il le sait bien. Don Juan est tendu vers un but métaphysique, et le corps féminin n'est qu'un moyen de l'atteindre. Alors que Cosmo… ah, Cosmo ! Pour chacune de nous il aimait *ce corps-là*, car il recélait et reflétait l'histoire de *cette femme-là* : la couleur de sa peau évoquait ses ancêtres et leurs pérégrinations, les cicatrices rappelaient les maladies, les accouchements, l'aile de la mort… Sous le regard et sous les mains de Cosmo, aucune femme ne pouvait être laide. Toutes, nous étions belles ! Chaque vie – unique, fragile, frémissante – est belle d'être un fragment d'infini posé sur l'arc fini du temps. Auprès de lui, tout ce qui dans notre corps nous faisait honte en temps normal nous rendait fières car nous pouvions en parler. Si quelqu'un est là pour écouter, les histoires sortent et cela vous embellit, l'écoute généreuse de Cosmo nous rendait désirables, désirantes ! On venait à lui, Votre Honneur, on embrassait son pénis qui éclosait sous nos lèvres, entre nos lèvres, entre nos mains, et il nous laissait voir son plaisir, et quand le plaisir montait et que le langage s'effaçait on avait confiance, on savait qu'il ne s'éloignait pas, comme le font presque tous les hommes, mais qu'il se rapprochait au contraire, pénétrant *en nous*, oui ! en notre être même, oui chacune, percée, portée, rejointe là où elle s'aimait, là où elle n'était plus que de l'amour…

Pas flouées. Pas. Aucune.

LA ROMANCIÈRE

Je vous comprends – ah ! que je vous comprends, mes amies… Je sais que vos histoires sont belles, je connais bon nombre d'entre elles, je sais que lorsqu'on a été aimée de Cosmo, c'est devant le ciel même qu'on a envie de porter témoignage… Mais vous écouter toutes, non, c'est malheureusement impossible, ce serait de la folie. Une autre fois, peut-être, au cours d'une autre audition ! Déjà l'histoire centrale nous entraîne dans des digressions affolantes, on croit suivre simplement le cours d'un fleuve et l'on s'aperçoit qu'il se ramifie en mille rivières et ruisseaux… Navrée, mais c'est ainsi : on ne peut prendre que les dépositions ayant un rapport direct avec le cours tragique des événements.

LA BAGUETTE

Ah, mais qu'est-ce qu'un rapport direct ? Voilà la question, Votre Honneur ! Et je me la pose, moi qui ai eu l'honneur de figurer comme figurante dans cette histoire, si j'ose dire. Je ne suis pas aussi douée pour l'expression verbale que certains autres témoins – le cèdre du Liban m'a coupé le souffle tout à l'heure, quel style ! mais enfin il est vieux, le cèdre, et enraciné depuis des siècles dans un quartier scientifique, alors que mon existence à moi est par nature éphémère, je suis fabriquée et consommée en l'espace de vingt-quatre heures, fraîche et croustillante le matin, digérée le soir, bref je suis superficielle, je l'avoue, mais ça ne m'empêche pas d'avoir des choses à dire – alors voici par exemple un petit exemple de comment fonctionnaient les choses dans la tête de Cosmo et, si vous le permettez, ça nous permettra, pardon, par la même occasion, d'entendre l'histoire d'au moins *une* autre femme du chœur des femmes.

Un jour, c'était au beau milieu de l'hiver mais de quelle année, difficile à dire pour une baguette, Cosmo se trouvait chez Elke et ils grillaient des marrons assis devant la cheminée. C'est eux qui étaient assis, pas les marrons, bien sûr. Scène rustique à souhait, n'est-ce pas ? C'est ce que l'on croit, mais il ne faut jamais juger trop vite, voilà une chose que j'ai apprise au cours de ma courte existence. Frank m'avait achetée ce jour-là à la boulangerie – à la demande de Elke, mais de mauvaise grâce – et en rentrant à la maison, au lieu de me poser gentiment sur la table de la cuisine, il m'a lancée à travers le salon en direction de sa mère. Quelle émotion, Votre Honneur ! Ce n'est pas souvent qu'une baguette se fait traiter comme une arme ! Par bonheur, Elke m'a rattrapée, elle a enregistré l'agressivité de son fils mais sans y réagir. Or ce minuscule événement a jeté Cosmo dans une spirale de souvenirs qui a fini par devenir un spectacle.

Voici comment ça s'est passé.

Il y a eu un silence, moi j'étais là sur le canapé à attendre tranquillement qu'on me mange, et soudain, tout en épluchant les marrons, Cosmo s'est mis à raconter à Elke la vie d'une de ses maîtresses.

C'était une de ses plus vieilles amies à Paris, une comédienne juive du nom d'Avital. Sa mère était autrichienne, son père polonais ; lui était un écrivain raté et, elle, une danseuse ratée. En 1939 ils avaient réussi à se réfugier à Londres, où Avital est née, mais en rentrant à Paris après la guerre ils ont appris la mort en déportation d'à peu près tout leur entourage et à partir de là ils ont eu du mal, si j'ai bien compris, à croire en leur propre vie. Ils évoluaient dans un monde irréel, ne prêtant qu'une attention minime aux soi-disant nécessités de l'existence. Ils habitaient un hôtel près du jardin du Luxembourg et mangeaient dans des restaurants bon marché ; tous deux étaient plus ou moins anorexiques et insomniaques ; aucun des deux ne faisait le ménage.

Une fois Avital grandie et partie, ils ont déménagé à Tel-Aviv.

C'est presque l'anagramme du nom de leur fille ! a fait remarquer Elke.

Depuis lors, a poursuivi Cosmo, ils avaient sombré dans une sorte de folie à deux. Comme la mère avait des ennuis de santé, une phlébite et un zona pour ne pas les nommer, c'est le père qui faisait les courses et la cuisine. Alors que lui-même ne mangeait presque rien au repas du soir (deux yaourts lui suffisent), il allait chaque jour au supermarché et achetait un demi-poulet pour sa femme. Etant incapable de manger un demi-poulet, elle en donnait les trois quarts au chien. Ah oui, j'ai oublié de vous dire qu'ils avaient un chien. Les histoires ce n'est pas mon fort, je m'en excuse. Bref, au départ c'était un petit chien tout mignon, mais à force de fréquenter ce couple il était devenu obèse et névrosé ; la mère le gardait en laisse même à l'intérieur de la maison ; elle le traînait à la cuisine et le gavait à la petite cuillère, quand il ne pouvait plus rien avaler elle versait le contenu de sa boîte directement sur le sol, du coup tout l'appartement empestait la nourriture pour chien, et quand le père se levait la nuit pieds nus pour boire de l'eau, il marchait dedans. En plus, la mère avait peur que le chien attrape froid – même en plein été, quand il faisait quarante degrés dehors – alors elle le couvrait avec des montagnes de couvertures jusqu'à ce que seule sa petite truffe dépasse. Elle se faisait tant de souci pour le chien que son mari finissait par exploser : Je vais le tuer ce cabot, hurlait-il, je vais le TUER !... et il faisait mine de lui marcher dessus, de l'écraser sous ses pieds...

LE COSMOPHILE

Cosmo jouait la Mère. Il jouait le Père. Il jouait le Chien.

LA BAGUETTE

Hormis le trajet quotidien du père jusqu'au supermarché, le couple ne sortait pour ainsi dire jamais. Ils n'avaient pas d'amis à Tel-Aviv. Ni ailleurs, d'ailleurs. Pardon, je parle mal, il ne faut pas dire *ni ailleurs d'ailleurs*, il faut dire ou bien *ni autre part d'ailleurs*, ou bien *ni ailleurs du reste*. Mais je me fais comprendre, n'est-ce pas, Votre Honneur ? ils n'avaient pas d'amis. Chacun avait l'autre et c'était tout. La mère faisait des pas de danse toute seule dans sa chambre et le père travaillait à son roman. Il écrivait le même roman depuis trente ans : une vie de Jésus qui était en même temps son autobiographie déguisée. Quand le couple venait à Paris pour passer l'été chez Avital, il trimbalait avec lui des tonnes de livres et de papiers – la Bible, des dictionnaires, les différentes versions du manuscrit – et à la fin de l'été il repartait en jurant d'y mettre les touches finales en Israël. Il arrivait à Tel-Aviv, travaillait d'arrache-pied jusqu'au mois de juin et annonçait à la ronde sa ferme intention de parachever le livre à Paris. Au fil des ans, Avital avait lu le livre de son père par petits bouts. Le plus triste, avait-elle dit à Cosmo, c'est que c'est bon.

Leur hystérie est allée s'aggravant avec le temps et maintenant, d'après ce que j'ai compris, ils se hurlaient dessus du matin au soir, se disputant sur tout et n'importe quoi, par exemple sur la manière de faire cuire les œufs. Le père avait lu quelque part que l'huile de colza était bonne pour la santé, alors il faisait cuire les œufs au plat dans trois centimètres d'huile, et la mère refusait d'en manger. Du reste, des œufs, elle n'aimait que le jaune, pas le blanc, et ne toucherait pas à un œuf dont le jaune avait coulé. Mais le père avait pris l'habitude de secouer vigoureusement les œufs avant de les casser, ensuite il les frappait à plusieurs reprises contre le rebord du bol, laissait tomber le contenu dans le bol et le scrutait attentivement avant de le glisser dans la poêle à frire ; avec ce traitement il était presque inévitable que le jaune coule et, en conséquence ou par conséquent, je ne sais jamais lequel des deux il faut dire, sa femme le vitupérait longuement. Exaspéré, il jetait les œufs par la fenêtre. (J'ai oublié de vous dire qu'ils habitaient un quatrième étage, mais, par chance, la fenêtre de la cuisine donnait sur un terrain vague, pas sur la rue.)

Un jour, comme la mère lui reprochait d'avoir acheté un nouveau pain alors qu'il restait encore du pain de la veille, il a jeté le pain également par la fenêtre. Enfin, ce n'est pas qu'il l'ait jeté également, il l'a jeté violemment, mais il l'a jeté *aussi*, j'espère que vous avez compris. En plus des œufs, quoi.

LE COSMOPHILE

Cosmo jouait les Œufs. Il jouait le Pain.

LA BAGUETTE

Voilà ce que j'avais à vous raconter. Frank m'avait lancée à travers la pièce et, du coup, Cosmo s'était rappelé l'histoire d'Avital – qui, grâce à l'écoute de Elke, est devenue le point de départ d'un nouveau spectacle.

LE COSMOPHILE

Je remercie la baguette de nous avoir révélé l'origine de ce numéro célèbre…

Quand Cosmo se servait d'une situation comme celle-là au théâtre, Votre Honneur, il était bien sûr à mille lieues de se moquer du vieux couple. Plus c'était comique, plus c'était tragique, en quelque sorte. Les spectateurs riaient, mais leur rire était empreint de douleur, de mauvais souvenirs, et d'angoisse pour leur propre avenir.

Idem pour Gustave Ribeaudeau : on peut se moquer d'un ivrogne qui soulève sa chemise pour exhiber ses cicatrices, à condition de ne rien connaître de son histoire. Dès qu'on apprend celle-ci, la moquerie devient impossible.

On commence à entrevoir, je crois, en quoi consistait le génie propre de Cosmo ; c'était un *fou d'histoires.*

ELKE

Tout juste. Et c'est pour cette raison *aussi* que je m'inscris en faux contre ce qu'a dit tout à l'heure l'expert psychiatre. Cosmo n'aspirait pas à devenir Dieu. Ça ne l'intéressait pas… justement parce que du point de vue de Dieu il n'y a *pas* d'histoire, et du reste Dieu n'a *pas* de point de vue, il est aveugle, sourd, muet et omniscient, alors que nous autres êtres humains, étant non seulement mortels (ce qui est à la portée de n'importe quelle limace) mais conscients de l'être, *avons un point de vue* et c'est ce qui nous rend si émouvants, car on se rend compte, sidérés, du moins ceux d'entre nous qui avons le loisir et l'inclination d'y réfléchir, qu'on n'a d'autre choix que d'être dans un lieu et dans un instant précis, et ensuite, un peu plus de temps s'étant écoulé, dans un *autre* lieu et un *autre* instant précis ; du coup on a tous tendance, même ceux d'entre nous qui n'avons ni le loisir ni l'inclination d'y réfléchir, à se raconter notre vie *comme s'il s'agissait d'une histoire*, c'est même la plus belle chose que nous faisons, parce que les histoires n'existent pas en elles-mêmes, c'est nous qui les construisons, et les chérissons, et dépendons d'elles puisque, ne croyant plus que tout ait été décidé d'avance, ni que notre sort soit entre les mains du Très-Haut, *elles seules*, les histoires, sont susceptibles de transformer le chaos de notre vie en destinée. Nous sommes tous des romans ambulants, foisonnant de personnages principaux et secondaires, ponctués par des ellipses, des moments de suspense et de drame, de longues descriptions ennuyeuses, des apogées et des dénouements. Tu me racontes ton histoire et je te raconte la mienne, ton histoire fait désormais partie de la mienne…

FRANK ET FIONA

Arrête maman, pour l'amour de Dieu ! C'est assommant, ton truc !

ELKE

Mes enfants, ce n'est pas ma faute si la romancière m'a choisie comme porte-parole.

Elle est lourde à porter sa parole, croyez-moi, vous n'êtes pas les seuls à la trouver lourde, ça me pèse à moi aussi…

FRANK ET FIONA

Mais on n'est plus au XIXe siècle, c'est pas possible d'embêter le juge avec des idées abstraites et des répétitions, il n'a pas que ça à faire ! Si tu continues comme ça, il va se lasser de cette audition, il risque de balancer le livre et de partir regarder la télé ! Et nous on deviendrait quoi ??

SIXIÈME JOURNÉE

Personnellement, j'ai du mal à suivre les envolées philosophiques de la dame mais s'il y a une chose que je sais, c'est que le temps produit des effets bizarres sur les êtres humains. Moi je suis là depuis la fin du XIXe siècle et j'ai vu passer pas mal de monde, certes je n'ai pas été construite dans un endroit stratégique sur le plan de la géopolitique donc je n'ai pas une connaissance aussi étendue de l'espèce humaine que le héros du *Pont sur la Drina*, je ne sais pas si vous connaissez ce merveilleux roman d'Ivo Andrić, Votre Honneur ? Non ? Cela raconte plusieurs siècles dans la vie d'un pont de pierre situé au carrefour des civilisations, en Bosnie-Herzégovine, si je ne me trompe… Bref, moi je ne fais qu'enjamber modestement la rivière Arnon entre deux prés où paissent des vaches ; sans doute les paysans d'aujourd'hui ne se rappellent-ils même plus pourquoi les paysans d'hier ont éprouvé le besoin de me construire – moi non plus du reste – mais je sais que le temps, en passant sur moi, m'a usée et rongée tout petit à petit, les éléments aussi, pluie, gel, vent, fortes chaleurs, mes marches en ciment s'effritent, mes barreaux se rouillent, différentes herbes ont germé et poussent dans mes fissures, mais cela relève d'une évolution normale et, si vous voulez, scientifiquement prévisible de la matière, alors que ce que fait le temps aux êtres humains est, je vous le répète, bizarre.

Par exemple. A l'endroit où l'on se trouve actuellement dans cette audition, vous êtes sans doute convaincu que l'hostilité de Frank à l'égard de Cosmo est l'un des invariants de l'histoire ; qu'elle est née le jour de leur rencontre et n'a fait que s'aggraver au long des années – pour éclater, ici, en des invectives sur le thème du *clown fornicateur* et autre. Vous vous êtes peut-être même dit, obscurément, à part vous, que Frank devait être mêlé d'une façon ou d'une autre à l'assassinat du comédien, même si ce n'est pas sa main qui a porté le couteau (sans quoi il n'aurait pas dit aussi crânement, d'entrée de jeu, *Je le maudis, Cosmo*...).

Or je peux témoigner formellement qu'il n'en est rien. Le temps agissant sur les humains de façon imprévisible, avec des tours et des détours, des surprises, des contradictions, des tendances qui s'inversent, des crises et des moments de calme plat, il y a eu aussi, entre Cosmo et Frank, une période d'entente et je dirais même, le mot n'est pas trop fort, d'amitié.

Ainsi ce jour de l'été 1976 – un été caractérisé, je ne sais si vous êtes en âge de vous rappeler, Votre Honneur, par une canicule record – où ils sont tous venus pique-niquer à mes côtés…

Je connaissais Cosmo depuis sa plus tendre enfance. J'ai eu le bonheur d'être aimée de lui et je ne peux que joindre ma voix à celle du chœur des femmes : quand Cosmo aimait quelqu'un, il savait le lui faire sentir. Il est donc naturel qu'il ait tenu à me présenter à Elke et aux enfants de celle-ci. Cette année-là, d'après mes calculs, Elke devait frôler la quarantaine, Frank avait treize ans et Fiona, huit.

Elke a garé la voiture dans l'herbe, tout près de moi.

J'adore cette passerelle, a dit Cosmo. Quand j'étais petit, je venais ici pour parler tout seul.

Ça, c'était vrai. J'en garde un souvenir ému, Votre Honneur. C'est moi qui ai eu le privilège de voir naître, sous une forme certes embryonnaire mais déjà impressionnante, les premiers monologues théâtraux du comédien : il se mettait debout sur moi comme sur une estrade et s'égosillait des heures d'affilée, haranguant les charolaises, les poissons et les fleurs des champs... Parfois, ne voyant pas le temps passer, il continuait bien au-delà de la brune, éblouissant même les étoiles de son éloquence.

Ce jour-là, Cosmo et les enfants ont quitté leurs sandales avant de me grimper dessus, mon ciment était frais sous leurs pieds nus, les branches des arbres se rencontraient au-dessus de leur tête. Cosmo a proposé un jeu consistant à laisser tomber des cailloux dans la rivière – de ma hauteur, un mètre environ – sans faire d'éclaboussure, pas la moindre, pas la plus petite giclée d'eau.

Comment tu fais ? a dit Frank, interloqué.

C'est vrai que c'était surprenant. Le caillou était tout simplement avalé par l'eau, comme si l'Arnon avait ouvert et refermé la bouche pour le recevoir. Cosmo a montré sa technique à Frank. Fiona a essayé, encore et encore, mais sans succès. Ensuite, Cosmo a montré à Frank comment s'accrocher à mon rebord par les genoux et se laisser tomber en arrière, la tête en bas, pour regarder couler l'eau à quelques centimètres de son nez. Bien qu'âgé de treize ans seulement, Frank était déjà plus grand que Cosmo ; son nez frôlait presque la surface de l'eau. Fiona était trop petite serait-ce pour *essayer* cet exploit-là ; se sentant exclue, elle s'est mise à bouder. Au lieu d'y prêter attention, les hommes ont entrepris de faire ricocher des cailloux à la surface de l'eau. Cinq fois, six fois, leurs cailloux rebondissaient sur l'Arnon – sept fois, même, un des cailloux de Cosmo. Depuis ma construction, j'ai eu maintes fois le loisir d'observer ce petit jeu des humains et, avec mes excuses aux féministes dont je soutiens la juste lutte, force m'est de constater que le mouvement du poignet requis pour y réussir est plutôt un mouvement viril. Il existe sûrement des exceptions, mais, pour ma part, je n'en connais pas. Fiona, en tout cas, n'en était pas une. Elle a essayé et – *plouf !* –, aussitôt, son caillou a piqué du nez. Les hommes ont éclaté de rire. Fiona est devenue pourpre de rage, elle leur a tourné le dos et a dévalé mes marches en les frappant fortement de ses pieds nus. Se dirigeant vers l'endroit sous les arbres où se tenait Elke, elle s'est emparée de plusieurs nounours dans le panier à pique-nique et est partie faire la moue un peu plus loin.

ELKE

La passerelle l'a dit, il faisait très chaud ce jour-là : de minces rayons de soleil filtraient à travers le feuillage des arbres et venaient frapper l'eau, envoyant dans mes yeux de brefs éclats flottants… C'était Vincennes, c'était les étincellements du lac Daumesnil au bois de Vincennes, un dimanche d'automne il y a longtemps. M. Denain nous y avait amenés en promenade, il m'avait prise par la main et on se tenait côte à côte sur la passerelle à regarder les feuilles flotter à la surface du lac, des taches rouges, jaunes, orange et rouille, aux bords finement ciselées. Yvette nous avait pris en photo, moi toute menue et mon père si grand à mes côtés, si beau avec son costume et son chapeau… Ah ! autant que de ma mère, j'étais amoureuse de mon père, Votre Honneur ! J'adorais qu'il me prenne dans ses bras et m'installe sur sa hanche gauche, je me rappelle encore la sensation de mes petites cuisses lui serrant fortement la taille – je ne pesais rien, rien ! – il pouvait me porter indéfiniment, c'était merveilleux. Ce jour-là à Vincennes, il m'a montré les fleurs en me précisant les noms de chaque espèce, il y avait des massifs d'azalées et de colchiques, une véritable mer de capucines se balançant dans le vent léger, safran sur vert, dansant avec leurs ombres dans la belle lumière rasante du mois d'octobre, et l'air était d'une douceur proche des larmes… Pourquoi les sensations d'alors étaient-elles venues s'entrelacer à celles d'aujourd'hui ? Voyez, Votre Honneur, c'est cela que veut dire la passerelle en parlant des effets bizarres que produit sur nous le temps : le cours inexorable de la chronologie est sans cesse perturbé par de puissantes lames en provenance du passé et de l'avenir ; vivre dans le *hic et nunc* est le paradis des bouddhistes et l'enfer des Alzheimer mais le commun des mortels est tiré et tiraillé à chaque instant par d'autres temps et d'autres lieux… Les fleurs de Vincennes sont-elles toujours là ? me suis-je demandé. Et ces brefs éclats de lumière sur l'Arnon – sont-ils là, eux, *réels* ? Peut-être s'agit-il d'une illusion d'optique mais qu'est-ce, au fond, qu'une illusion d'optique ? *On voit ce que l'on voit* et, en un sens, tout est illusion, n'est-ce pas ? Le ciel n'est pas vraiment bleu et le soleil ne se lève ni ne se couche…

FRANK

Cosmo est mort, maman.

Tu peux noyer le poisson sous un million de mots scintillants, ça ne changera rien.

ELKE

Ne m'interromps pas, chéri, laisse-moi poursuivre, tu crois que je noie le poisson mais en fait les paroles que je prononce en ce moment sont elles-mêmes le poisson, l'essence la plus intime de cette histoire, la sève même de Cosmo vivant, alors je poursuis, Votre Honneur, cela ne prendra qu'une minute, voici la question que je me suis posée ce jour-là : ces lumières *sont-elles réelles* ? Seraient-elles là si aucun œil ne les captait, ou si le ciel était nuageux ? Quel privilège fortuit de me trouver là pour voir étinceler cette eau ! C'est ainsi qu'apparaissent les choses ici et maintenant, un tremblement du temps grâce auquel, âgée de trente-neuf ans près de l'Arnon, je me retrouve aussi âgée de quatre ans à Vincennes, voilà, j'ai terminé, et la passerelle peut reprendre son récit.

LA PASSERELLE

Où en étais-je ?

Ah oui.

Donc. Frank lançait encore des cailloux dans la rivière près de moi, il voulait égaler les sept ricochets de Cosmo mais il n'arrivait pas à dépasser les six ; pendant ce temps, Cosmo est allé rejoindre Fiona qui poursuivait sa bouderie un peu à l'écart. Il s'est allongé sur le dos près d'elle qui était sur le ventre et il a observé, au-dessus d'eux, les feuilles d'un saule argenté qui se tournaient et se retournaient à toute vitesse dans le presque-pas-de-vent.

A ton avis, a-t-il dit au bout d'un moment, quel est le dessus de ces feuilles et quel est le dessous ? Sont-elles comme des reines qui exhibent leur côté argenté, ou comme des avares qui aiment mieux le dissimuler ?

Fiona a gardé le silence.

Je veux dire, a insisté Cosmo… crois-tu qu'elles aiment mieux montrer au monde leur côté vert ordinaire et garder le côté argenté comme un secret rien que pour elles, ou…

Je crois qu'elles s'en foutent, dit Fiona.

Nouveau silence. Puis elle a changé d'avis.

Non, dit-elle. Je parie qu'elles montrent le côté vert aux êtres humains et le côté argenté aux oiseaux, par pure provocation, parce que les humains préfèrent l'argent et les oiseaux, la verdure.

Joli mot, provocation.

Mais le *vrai* secret est à l'intérieur, et il est noir.

Ah oui ?

Ouep. A l'intérieur, *tout* est noir.

Comment le sais-tu ?

C'est pas tes affaires.

C'est vrai, dit Cosmo. Sauf que, comme tu sais, mes affaires consistent à fourrer mon nez dans les affaires des autres. J'adore ça. Ils sont tellement fascinants, les gens.

Je suis pas d'accord. Moi j'aime mieux rester seule.

Voyons, je ne te crois pas. Je parie que tu es curieuse, toi aussi.

Pas du tout.

Mais si. Et tes nounours, ils ne t'intéressent pas ?

Ça compte pas, c'est pas des autres, ça. Eux aussi, c'est moi.

Ah bon ? Alors pourquoi chacun a une voix différente ?

C'est parce que maman leur a donné des voix quand j'étais petite et maintenant moi aussi je sais les faire.

Tu peux m'en faire entendre ?

Flattée, Fiona le présente à Fuchsia la petite dame dinosaure et à Bill le bison, en imitant leur voix respective.

Hé, dit Cosmo, tu es *bonne*, tu sais ? Toi aussi, plus tard, tu pourrais être comédienne.

Pas question.

Ah bon ? Pourquoi ?

Parce que je dois être… spél… spéléologue.

Spéléologue ? Qui a décidé ça ?

Silence.

Tu sais ce que c'est, un spéléologue ?

J'ai trouvé le mot dans un magazine l'autre jour, aux cabinets. Et puis… ajoute Fiona, plus bas… les Commandants m'ont dit que c'était un ordre.

Ah bon, toi aussi tu as des Commandants ?

Imperceptiblement, elle hoche la tête.

On peut parler à voix basse, si tu veux, dit Cosmo. Non, parce que je les connaissais bien, ces types-là, quand j'habitais par ici. J'ai grandi au village, tu sais ?

Bien sûr que je le sais. Maman me l'a dit. C'est pas mes affaires.

Affaires, affaires, tu n'as que ce mot à la bouche ! Je n'ai pas le droit de te parler de Cosmo petit garçon ? Qui sait, peut-être qu'il a laissé ses Commandants ici en partant pour Paris, et quand tu es venue habiter au village ils se sont dit : Tiens, ça faisait longtemps qu'on n'avait pas vu une tête aussi accueillante ! Si on emménageait là-dedans ?

Fiona l'écoute avec attention.

Essayons de voir s'il s'agit bien des mêmes, dit Cosmo. Mes Commandants à moi me disaient de toujours poser la fourchette comme ça.

Il transforme sa main gauche en fourchette, les dents courbées vers le bas.

Non, dit Fiona.

Ils me disaient de ne jamais marcher sur le seuil entre deux pièces. Si j'oubliais, il fallait que je dise tout bas *pardon pardon pardon*, cinq fois de suite.

Fiona rigole. Non, c'est pas les mêmes ! Pour moi, c'est d'autres règles.

Peut-être que les têtes de fille et les têtes de garçon ont des règles inverses ? Voyons… A moi, ils m'interdisaient de dormir sur le côté droit.

Moi, c'est le côté gauche ! lâche Fiona.

Ah, mais c'est peut-être parce que je suis gaucher ? Serais-tu droitière, par hasard ?

Ouep !

Ah ! tu vois ? C'est la même règle ! On n'a pas le droit de dormir sur le côté opposé à la main avec laquelle on écrit… Quoi d'autre ?

Chaque nuit il faut que je fasse le ménage.

Tu te relèves quand les autres sont au lit ?

Non, je veux dire, je reste couchée et mon nez c'est la maison et je dois la nettoyer à fond.

Ah oui, je comprends ! Pour moi c'était pas le nez, c'était le nombril. Et qu'est-ce qu'on fait avec les saletés ?

On les mange ! disent-ils simultanément, avant d'éclater de rire.

On les mange, on les mange ! scande Fiona.

Eh oui ! A la trappe !

A la trappe ! glapit Fiona, tendue, très excitée.

Et quoi encore ?

Euh… fait Fiona, avide de poursuivre maintenant.

La vérité, hein ? la met en garde Cosmo. Pas des choses inventées.

Eh ben… dit Fiona dans un chuchotement, si je fais un rot, il faut que j'épèle *anticonstitutionnellement* à voix haute, et si je fais un pet, je dois l'épeler à l'envers.

Quoi ? Tu sais l'épeler à l'envers ?

Ben bien sûr : t-n-e-m-e-l-l-e-n-n-o-i-t-u-t-i-t-s-n-o-c-i-t-n-a.

Mais tu sais que c'est très étonnant, ça ? Moi j'étais nul en orthographe, alors mes Commandants ont dû abandonner cette piste-là.

C'était quoi ta punition à toi ?

Si je rotais ?

Fiona fait oui de la tête.

Eh bien, puisque j'avais roté accidentellement, il fallait que je rote exprès, et l'exprès annulait l'accidentel.

Pareil pour les pets ?

Pareil pour les pets.

Tu sais toujours le faire ?

Bien sûr.

Il en fait la démonstration et elle pouffe de rire.

En fait c'est pas très difficile. Mais je ne suis pas sûr que ta mère apprécierait que je t'initie à cette science.

Elle aussi, elle pète parfois.

Cosmo rit.

Et le métier de spéléologue, dit-il… c'est pourquoi ?

C'est parce que notre père il parle l'anglais, et le mot orthographe en anglais, c'est *spelling*.

Ah bon ! Alors les Commandants, ils t'ont dit d'être spéléologue parce que tu étais bonne en orthographe ?

Fiona opine lentement du chef.

Et toi ? demande-t-elle. C'est eux qui t'ont dit d'être comédien ?

Pas exactement, non. Mais pour me soustraire à leurs ordres, je passais mon temps à me cacher comme ci, à me déguiser comme ça, à changer de voix toutes les minutes… à faire semblant de ne pas être moi… Et puis un jour je me suis aperçu que leurs voix avaient disparu, et quand je me suis retourné… j'étais sur scène !

Comment on fait semblant de pas être soi ?

Mais tu le sais déjà ! C'est facile… Comme quand on a joué à *Jacques et le haricot magique*… Tu étais qui ?

LE GÉANT !

Exactement ! Et tu m'as fichu une de ces trouilles !

Les yeux écarquillés, les mains serrées en poings, Fiona bouillonne de plaisir.

Je pourrais recommencer…

Non, non, je t'en prie, ne redeviens pas le géant !

Fi…

Oh, arrête à *fi*, je t'en supplie, je suis déjà en train d'avoir une crise cardiaque ! Si tu vas jusqu'à *fa*, je suis mort !

FIONA

Assez ! J'en ai marre, Ton Honneur, je sais pas où on va comme ça. Que veut prouver la passerelle ? Que je m'entendais bien avec Cosmo ? D'accord, je le reconnais, je crois l'avoir dit moi-même… et alors ? On va quand même pas autoriser n'importe quelle baguette, n'importe quelle glycine ou passerelle à jacasser pendant des plombes alors qu'on est tous là à se tourner les pouces ?

En fait je sais de quoi il s'agit, à ce moment précis de l'audition : il s'agit de se prélasser le plus longuement possible dans cette période de bonheur parce qu'on a peur d'avancer, parce qu'on sait qu'à partir de là, dans le récit, à partir de 1980, les choses vont se gâter, et tout le monde a peur d'entendre ça, sauf Frank et moi qui n'avons peur de rien. Mais il faut bien y venir, Ton Honneur, nous sommes là pour ça ; tôt ou tard il faudra cesser de faire semblant que la vie de Cosmo n'est que miel et chocolat, ricochets et rigolades jusqu'à la fin des temps !

LA PASSERELLE

C'est vrai, Votre Honneur, je me suis laissé entraîner par le beau souvenir de ce dialogue… En fait, j'espère qu'on l'aura compris, le but de mon intervention était de montrer que même Frank, un temps, a succombé au charme de mon vieil ami Cosmo.

FRANK

Un jeu de cailloux n'engage pas à grand-chose. De toutes les personnes présentes, c'est moi qui me suis le moins compromis avec ce saltimbanque.

SANDRINE

Fiona a raison, Votre Honneur. Le temps doit continuer de passer.

ELKE

Je n'ai pas peur d'avancer dans le récit. Voici ce qui s'est passé.

Cosmo devait repartir le lendemain et j'avais proposé de le conduire à la gare de la ville moyenne. Mais en venant le prendre chez lui en début d'après-midi, j'ai trouvé les volets de la grange fermés et la porte, verrouillée.

Cela m'a fait un effet... Une chute dans le vide, comme à l'orphelinat les premiers jours – ou dans un de ces cauchemars où tout se dérobe soudain : vos membres battent l'air, vous criez et pas le moindre son ne sort... Savez-vous, Votre Honneur, mon souvenir le plus terrible de l'orphelinat n'est pas de moi mais d'un autre enfant, un garçonnet d'un an et demi, l'âge de mon petit frère Yves – il est arrivé un beau jour, éperdu. Son nez coulait, ses yeux n'osaient se poser sur rien, il pleurait et pleurnichait sans cesse et personne ne venait le consoler, personne ne se penchait pour le prendre dans ses bras, lui ébouriffer les cheveux et lui dire, comme j'aurais tant voulu le faire pour Yves : allons, mon bonhomme, ce n'est pas si grave que ça, ne t'en fais pas, tout va s'arranger... Les dames de l'Assistance n'étaient guère des cœurs tendres, et elles aussi avaient froid et faim, l'orphelinat n'était même pas chauffé cet hiver-là... Alors, la peur a envahi l'enfant. Et comme tout est infini chez les petiots, au bout de deux ou trois jours il n'était plus que de la peur...

Pardon, je me reprends – non non, ça va aller, je vous assure. Je sais très bien où j'en suis : devant la grange fermée de Cosmo.

Je me suis retournée : Josette était encadrée dans la porte ouverte de la maison, le visage dans l'ombre. J'ai fait quelques pas vers elle et elle m'a dit :

Excusez-moi, mademoiselle, j'aurais dû vous téléphoner mais je ne connaissais pas votre nom de famille. Philippe ne pourra pas repartir aujourd'hui, il est souffrant.

Déroutée tant par le *mademoiselle* que par le *Philippe*, j'ai balbutié bêtement : Souffrant ?

Il a sa migraine, a rétorqué Josette d'un air satisfait, presque fier, comme pour dire : *ici les amantes ne sont d'aucune utilité*, *c'est le domaine exclusif des mères*. Je ne puis pas vous laisser entrer, a-t-elle ajouté. Il ne supporte rien, ni bruit ni lumière.

Mais je serai silencieuse, ai-je promis. Je serai sombre.

Josette préparait un sourire pour son dernier refus quand la voix d'André nous est parvenue depuis le salon.

Laisse-la entrer, Josette ! Charles t'a dit de faire entrer la serveuse quand elle viendrait le chercher !

La serveuse ! J'en ai eu le souffle coupé. Aux yeux de ces gens, j'étais donc cela ? *La serveuse ?*

La chambre était plongée dans la pénombre. J'y suis entrée sur la pointe des pieds et j'y suis restée moins de cinq minutes. Cosmo était abattu de tout son long sur un lit étroit, les mains sur le visage. Dès que j'ai eu franchi le seuil, il m'a supplié d'ôter ma montre car son tic-tac lui était insupportable. J'ai glissé la montre dans mon sac, il l'entendait encore, j'ai fourré le sac sous une pile de coussins, enfin cela allait. Je suis venue m'asseoir sur la chaise près de son lit, j'avais peur de le toucher, j'ai tendu une main et il l'a saisie, l'a serrée avec violence en répétant Elke… Elke…

C'est comment ? ai-je demandé dans un chuchotement.

A dire vrai, Votre Honneur, je ne sais plus faire le partage entre ce qu'il m'a raconté ce jour-là et ce que j'ai appris par la suite. Mais voici *grosso modo* ce qui s'est passé : revenu à la grange au milieu de la nuit, Cosmo s'était mis à travailler sur un nouveau numéro… Je crois que c'était *La Tolérance*, vous connaissez ? Non ?

LE COSMOPHILE

Mais si, Votre Honneur, vous le connaissez sûrement ! Genre : *je suis tolérant, j'aime les différences culturelles, je tolère tout, j'en suis très fier, je tolère qu'Israël implante indéfiniment de nouvelles colonies dans la bande de Gaza, je tolère qu'on coupe le clitoris et les petites lèvres des fillettes africaines, je tolère que la Lombardie soit à jamais empoisonnée par la dioxine de Seveso, je tolère que des policiers blancs abattent les écoliers noirs à Soweto, c'est une grande et belle chose que la diversité humaine, on ne voudrait quand même pas que tout le monde se ressemble, quel ennui, vous vous rendez compte ? Je tolère que mon voisin batte sa femme et ma voisine, son mari, ils s'expriment ! Je tolère que le jeune homme au bout du couloir se défonce à l'héroïne, il est libre ! Je tolère que des bandes de jeunes Noirs américains s'entre-déchiquettent, qu'ils vivent dans la crasse dans leurs ghettos de merde, je tolère tout, tout, tout…*

Ce genre de chose.

Exalté, inspiré, il avait travaillé jusqu'à l'aube. Et c'est alors qu'avait commencé la douleur, atroce et familière. Le pépiement des oiseaux semblait l'attaquer personnellement, s'insinuant dans ses oreilles pour réverbérer dans sa moelle épinière ; la lumière du jour était une lame brillante qui se glissait entre ses paupières et s'enfonçait dans son cerveau ; même les fleurs avaient des nuances hargneuses et criardes, des formes d'une netteté intolérable… En entrant dans la maison et en sentant l'odeur du pain que faisait griller Josette pour le petit-déjeuner, il a été submergé par une vague de nausée ; les spasmes de ses vomissements ont encore exacerbé son mal de crâne… et puis les images sont venues : monotones, sinistres, menaçantes.

Qu'est-ce que c'est ? ai-je demandé. Que vois-tu ?

C'est indescriptible, m'a-t-il dit… Dès que je ferme les yeux, des éclairs pourpres me barrent la vue… Tout est nimbé de reflets, ça bouillonne, ça scintille…

C'est comme ton père à Fontainebleau, ai-je murmuré tout bas.

Et là, Votre Honneur, j'ai beau avoir retourné la scène dans tous les sens depuis, je ne sais pas ce qui s'est passé. D'un geste erratique de la main, peut-être involontairement, Cosmo m'a frappée à la bouche, j'ai sauté en arrière, sidérée d'avoir mal, et au même moment Josette a fait irruption dans la chambre. Je suis certaine qu'elle écoutait aux portes.

Navrée, mademoiselle, a-t-elle dit, mais il faut vraiment que vous partiez maintenant, le médecin arrive d'un instant à l'autre.

Sans un mot, Cosmo s'est retourné contre le mur.

Je ne sais pas si vous avez des enfants, Votre Honneur, mais je peux vous dire que c'est une bonne chose, après une scène comme celle-là, d'avoir de petites personnes à la maison qui comptent sur vous pour faire avec eux des choses ordinaires : leur brosser les cheveux, apaiser leurs différends, les aider avec des problèmes de maths. C'est une bonne chose, aussi, de pouvoir apporter un soin infini à la préparation d'un repas, écossant des pois, battant des œufs, remuant une crème anglaise sur une flamme basse jusqu'à ce qu'elle épaississe – et de pouvoir sortir ensuite travailler dans le potager, ce qui exige de vous des mouvements prestes et ordonnés : plié à la taille vous avancez le long d'une rangée de carottes en les éclaircissant, chacune doit avoir la place de s'étendre en largeur et en profondeur dans le sol, afin de bien nourrir votre famille l'hiver suivant. C'est une chose excellente, enfin, d'avoir un emploi, d'être attendue en un lieu précis à une heure précise, et de devoir y effectuer des gestes précis. Je souriais aux clients ce soir-là ; je leur consacrais toute mon attention – et du reste, me disais-je, je vouerai une reconnaissance éternelle à *La Fontaine* car c'est en ce lieu que j'ai vu Cosmo pour la première fois, et je ne laisserai pas le mot *Cosmo* semer la panique dans mon esprit, j'attendrai tranquillement qu'il m'appelle pour me dire que la crise est passée, qu'il est rentré à Paris, que tout va bien.

Il ne m'a pas appelée. Il m'a écrit, de Paris, au milieu de la semaine. C'est la seule lettre que j'aie jamais reçue de lui ; je vous la lis.

Mon Elke, écrit Cosmo, *maintenant tu as vu.*

Maintenant tu l'as rencontrée, ta seule rivale sérieuse, la seule à être plus profondément imprimée en moi que toi. La migraine, c'est mon épouse. Un mariage atroce nous lie, sans divorce possible. Quand elle s'empare de moi, c'est comme si l'on me fendait la tête avec une hache et que je devenais, littéralement, deux personnes différentes…

Je porte en moi un homme sombre, féroce, rempli de haine. Sa haine est celle qui sépare et unit mes deux parents ; la hache est celle de la guerre sourde et sournoise que se livrent André et Josette depuis ma plus tendre enfance. Rejeton de ces êtres si contraires, je ne puis supporter la contradiction qu'en la jouant, en l'exploitant, me déplaçant sans cesse pour n'être pas là où l'on m'attend. Mais, ponctuellement, l'homme sombre me rattrape. Tout ce que j'ai engrangé du monde et de ses misères m'envahit alors et je me retrouve à la merci de tableaux funestes... Ah ! que ne puisses-tu être *dans ma tête à ces moments, Elke, et* filmer *ce qui s'y passe !*

Vous voyez, Votre Honneur... Grâce à ce petit paragraphe, j'ai enfin compris d'où venait la passion dévorante de Cosmo pour le théâtre. La scène n'était, pour lui, ni un passe-temps ni un gagne-pain mais un besoin vital, viscéral. Cosmo était un forcené du travail : pris par une nouvelle idée de spectacle, il pouvait répéter dix-huit ou vingt heures par jour, se passant de sommeil et de nourriture sans même s'en apercevoir, dépensant sa dernière goutte d'énergie et puisant dans la fatigue même des forces nouvelles, décuplées, ahurissantes, craignant de ne pas y arriver, doutant de lui-même toujours, terrorisé, écrasé par l'énormité du fardeau qu'il s'était imposé, mettant à contribution la peur elle-même, la rage elle-même, s'acharnant contre ses limites, se brûlant corps et âme, s'offrant en holocauste pour contrer ce que le réel avait d'intolérable : le manque d'amour, le manque d'amour, le manque d'amour.

La lettre de Cosmo se poursuit mais la deuxième page est d'une écriture heurtée, illisible par endroits car surchargée de ratures, ce ne sont plus que des notes éparses, des images obsessionnelles flottantes…

mots bourdonnent à mes lèvres abeilles électriques s'insinuent par grappes entre mes dents emplissent la grotte rose de ma bouche se posent sur ma langue s'accrochent à mon palais et piquent leur venin fait gonfler ma langue j'étouffe champ de bataille de jeunes soldats morts couchés sur le dos à perte de vue nus plaies à la tête à la poitrine aux membres brume matinale les pâles cadavres se confondent avec le blé de printemps très jeune femme cheveux blond oxygéné minijupe chaussures à talons aiguilles danse chantonne batifole dans la rue donne des coups de pied derrière elle dans quoi pas un ballon la tête d'un homme la tête roule et saigne elle chantonne batifole sait ce qu'elle fait ça l'amuse têtes humaines ou animales sur de longs cous de pierre rigides et côtelés jaillissant d'une arcade de cathédrale chiens-dragons tête penchée sur le côté gueule ouverte hurlement non de douleur d'abandon ? urnes et des amphores vomissant des femmes nues dont la chevelure renversée pend jusqu'à terre déesses grecques coupées aux cuisses et plantées dans des

coupes torses sans tête, collés dans des assiettes et s'y tordant créatures vivantes s'insinuant parmi des volutes décoratives, oies qui se mélangent aux fleurs
bébés aux feuilles fauves aux lianes, oiseaux aux vagues çà et là grimpent de jeunes gens désespérés des motifs géométriques enlacent cette chair mouvante sculptée dans la pierre froide

L'EXPERT PSYCHIATRE

Je pense qu'il faudrait remettre en question l'authenticité, sinon de ce document lui-même, du moins des images qu'il contient. Sachant la culture de Elke limitée, Cosmo pouvait compter sur le fait que ces images lui seraient étrangères ; pour nous, en revanche, leur caractère dérivé saute aux yeux. Comment ne pas y reconnaître, en effet, les *résilles habitées* des chapiteaux romans, que Cosmo a pu étudier çà et là au hasard de ses voyages ? Ou les portails de la cathédrale, joyau gothique de la ville moyenne ? Ou encore les fameux assemblages d'Auguste Rodin, que n'importe quel touriste peut contempler à loisir dans l'atelier du sculpteur à Meudon ?

Grâce à ce texte, on voit donc que non seulement la personnalité publique de Cosmo mais *son imaginaire lui-même était d'emprunt* : une juxtaposition pêle-mêle des fantasmes d'autrui !

En d'autres termes, cet homme ne vivait rien de façon authentique. Il était comme le miroir dans un kaléidoscope : sans couleur propre, installé au centre des récits diaprés des autres, il s'ingéniait à en attraper et à en agencer les reflets.

ELKE

Votre Honneur, à vous de choisir : ou l'expert psychiatre quitte définitivement cette audition, ou c'est moi qui pars.

Merci.

JONAS

Sa souffrance était authentique, Votre Honneur. La douleur des migraines, des visions et le reste, je peux en témoigner : tout cela appartenait à Cosmo et à lui seul.

Pour ma part, je ne le connaissais encore que de loin, mais il avait déjà eu un impact décisif sur ma vie et peut-être est-ce le moment d'en parler : il m'avait donné l'amour des mots.

Dans le campement tsigane où j'ai grandi – c'était la règle dans les années 1960 – les enfants allaient peu à l'école et la plupart des adultes étaient illettrés. Mon père ne faisait pas exception : quand il m'emmenait avec lui en minibus pour vendre des paniers sur les marchés, je voyais qu'il déchiffrait avec difficulté les panneaux indicateurs. Moi-même, petit, j'avais glané auprès de Véra les rudiments de la lecture et de l'écriture ; elle m'autorisait à lire des BD dans son magasin de journaux à condition de bien me laver les mains avant et après, parfois je la dépannais même avec ses mots croisés ; mais c'était pour passer le temps.

Là où j'ai compris l'intérêt des mots, c'est dans un spectacle de Cosmo qui passait à la télévision, et sur lequel je suis tombé par hasard. Je ne l'oublierai jamais : les spectateurs riaient aux larmes et moi je n'y comprenais rien, car plus d'un mot sur deux m'était opaque. Ça m'a tué. Soudain je n'ai plus supporté mon propre béotisme. En douce, j'ai commencé à aller à la bibliothèque tous les jours. Je quittais le campement au petit matin et faisais à pied les six kilomètres jusqu'au village, puis je demandais conseil à la bibliothécaire et lisais tout ce qu'elle m'apportait, cherchant les mots inconnus dans le dictionnaire…

FIONA

Je sais pas où on va, là, comme ça…

JONAS

On va à Rodolphe.

Dernier grand personnage de cette audition, Votre Honneur, Rodolphe était un homme raffiné, mélomane et professeur d'histoire médiévale, mon amant en titre au moment où Cosmo est entré dans ma vie. On l'a d'ailleurs soupçonné, un temps, d'être responsable du meurtre du comédien ; mobile : jalousie. L'ironie, c'est que si je n'avais déjà reçu du même Cosmo, indirectement, le cadeau du langage, Rodolphe ne serait pas tombé amoureux de moi. Un intellectuel peut s'offrir une nuit de baise échevelée avec un jeune Gitan, mais pour se mettre en ménage avec lui il faut pouvoir supporter sa conversation…

J'étais venu vivre à plein temps dans la ville moyenne à l'âge de seize ans, ayant décroché une bourse pour étudier au conservatoire. L'abîme se creusait entre moi et ma famille. Chaque fois que je retournais au campement j'étais mal à l'aise ; des choses que je n'avais même pas remarquées, enfant, me portaient maintenant sur les nerfs : la misère, les mauvaises manières, et la promiscuité surtout, ne jamais pouvoir être seul. J'avais du mal à dissimuler mon malaise, et du coup mes cousins tsiganes m'accusaient de me donner des airs, ils me traitaient de snob et de citadin, je me sentais de plus en plus paumé… Un peu comme Cosmo, j'étais divisé contre moi-même. J'aspirais à l'oubli, à ne plus savoir qui j'étais ni où : j'atteignais parfois à cet état quand je jouais du violon, quand mon archet bougeait tout seul sur les cordes et que, les yeux fermés, je me laissais porter sur le torrent de notes... ou encore, mais beaucoup plus rarement, dans mes étreintes au Val d'Auron.

J'aimais les promesses de cet endroit. J'aimais le galbe des cuisses moulées dans un pantalon blanc, fugitivement aperçues dans l'ombre. J'aimais deviner, autour du lac, la chorégraphie aux mouvements économes et prestes des jeunes corps mâles, un peu comme au début des *Révoltés du Bounty*, quand les marins préparent le navire pour le départ : ils courent sur le bastingage, sautent sur le pont, grimpent tout en haut des mâts... (Dieu ! qu'il est beau dans ce film, Franchot Tone... tellement plus émouvant que ce faux dur de Clark Gable !) Les hommes respirent en mer parce qu'il n'y a pas de femme à l'horizon et qu'ils n'ont pas à se surveiller, à être sur leurs gardes ; la liberté leur gonfle la poitrine, revigorante comme le vent de mer qui vient gonfler les voiles, c'est salé, musclé, pur ; quand on se touche on sent les muscles sous la peau, aussi tendus que les crins de mon archet, on bande à fond, le sexe et tout le corps, on est bandé comme un arc et on respire l'un contre l'autre, on bouge l'un dans l'autre, une fois le contact lié on sait se donner du plaisir et en prendre à cœur joie, sans hypocrisie, sans dentelles vaporeuses, sans politesses...

C'est ainsi, du moins, que je rêvais la drague au bord du lac, mais dans la réalité cela se passait rarement ainsi, dans la réalité j'avais affaire le plus souvent, ou à des homos impatients de s'enfiler un éphèbe, ou à des hétéros curieux de la passivité ; nos échanges étaient furtifs et décevants ; ces amours me laissaient affamé d'amour.

Rodolphe a été mon premier amant amoureux, Votre Honneur, et notre rencontre a ressemblé à un conte de fées. C'était à la Noël 1984. J'étais allé passer la nuit de Noël au campement et j'avais trouvé ça plus glauque encore que d'habitude, un mélange de bondieuseries et de mauvais vin et de scènes de ménage, avec des enfants qui grouillaient partout, geignards et pleurnichards, torves et morveux... Mon père, tout en chantant des cantiques à la gloire de la Vierge Marie, n'arrêtait pas de mettre la main aux fesses des jeunes filles ; au bout d'une heure ou deux je n'en pouvais plus, j'étais au bord de l'implosion, je savais qu'il me serait impossible de rester jusqu'au matin mais je savais aussi que si je partais mon père serait blessé et furieux, qu'il me hurlerait dessus, me disant d'accord, très bien, t'as qu'à ne plus mettre les pieds ici si c'est comme ça, si t'es devenu trop propre et trop blanc pour nous autres, si tu veux renier tes ancêtres et tes traditions, t'en aller du côté de ta putain de rouquine de salope de diablesse de mère (il ne savait toujours pas ce que m'avait fait son frère Armand, encore aujourd'hui il ne se doute de rien)... Bref, ça n'a pas manqué. J'ai dit que j'allais repartir à vélo et mon père m'a hurlé dessus pendant dix minutes, c'était comme de recevoir sur la tête le contenu de la tinette un matin d'hiver, quand douze personnes ont dormi dans la caravane...

Je suis rentré chez moi très déprimé. Incapable de trouver le sommeil, je me suis mis au Minitel pour me changer les idées. Et c'est là, Votre Honneur, que s'est produit le miracle – un vrai miracle de nuit de Noël. Au bout de deux, trois minutes je suis tombé sur quelqu'un qui, par un hasard incroyable, habitait à deux pas de chez moi. Viens, m'a-t-il dit, je te désire. Il m'a donné son adresse et le code de la porte cochère, il m'a dit qu'il laisserait sa porte entrebâillée et qu'il m'attendrait au lit, dans la chambre, je n'avais qu'à venir. Et, en effet, tout ce qu'on avait d'abord vu imprimé comme fantasme sur l'écran est devenu réalité. J'ai trouvé l'adresse, composé le code, pris l'ascenseur et vu, à mi-couloir, une porte entrebâillée... Comme dans un rêve je suis entré, j'ai trouvé la chambre... et, dans le lit, un homme qui bandait comme un cerf, qui m'a fait jouir comme jamais de ma vie, et que j'ai fait jouir, et encore, et dans l'autre sens, et encore, et tout cela dans le noir, sans un mot, rien que des cris et des soufflements de plaisir, et encore, jusqu'à l'épuisement, jusqu'au sommeil, et en ouvrant les yeux le lendemain matin j'ai vu un bel homme d'âge mûr penché sur moi, souriant :

Joyeux Noël ! Comment t'appelles-tu ?

Jonas. Et toi ?

Moi c'est Rodolphe.

YVES

En voilà une histoire ! Eh bien, Votre Honneur, j'aime autant vous dire que dans ma vie à moi le Minitel a joué le rôle contraire. Un rôle néfaste. Un rôle catastrophique.

Ah, Votre Honneur. Ne me dites pas que vous avez oublié qui je suis. Honte sur vous. Vous faites semblant d'écouter mais en réalité vous avez la tête ailleurs : vous pensez à d'autres auditions, ou aux événements de votre propre vie, vos souvenirs, vos projets ; Jonas vous aura rappelé quelqu'un de votre connaissance et vous vous serez mis à rêvasser et là, vous ne savez plus du tout où vous en êtes, vous ne reconnaissez plus personne... Non mais... Yves ? Qui c'est, Yves ? Ah là là c'est pas vrai ! Mais il faut prendre des notes, si vous avez aussi mauvaise mémoire ! C'est une position de responsabilité que vous occupez ; on compte sur vous pour prononcer votre jugement à la fin et si vous nous écoutez d'une oreille distraite, où allons-nous ?

Non ? Vous ne me remettez toujours pas ? Alors je suis bien obligé de me présenter mais franchement vous me décevez, je suis le petit frère perdu de la femme que vous connaissez ici sous le nom de Elke.

Ah oui ! Eh oui ! *Maintenant* vous vous rappelez !

Bon. Alors. Ecoutez bien. Comme je n'ai joué aucun rôle dans la destinée de Cosmo, je n'interviendrai que cette seule fois dans l'audition, mais je vais y apporter un autre son de cloche et je tiens à ce que, ce son de cloche, vous l'enregistriez.

Bon. Alors. Depuis tout ce temps, Elke se faisait du mauvais sang pour moi. Elle avait gardé le contact avec son frère aîné, enfant comme elle de l'Assistance (et qui s'appelait ? et qui s'appelait ? Oh mais vous êtes nul, Votre Honneur, il s'appelait Maxime). De mon côté, j'avais été adopté tout petit, et non seulement mes parents m'avaient donné leur nom mais, en leur grande sagesse, ils m'avaient caché le fait que je n'étais pas leur enfant biologique. Les choses auraient dû en rester là, mais Elke, qui se mêle de tout ce qui ne la regarde pas, n'arrivait pas à oublier mon existence. Ça la travaillait, ça la taraudait de savoir qu'elle avait un petit frère quelque part et de ne pas savoir où. Alors elle a demandé à Cosmo d'aller fouiner dans les archives du troisième arrondissement de Paris, et il l'a fait, de quel droit je ne sais pas, les gens célèbres ont tous les droits, sans doute aura-t-il fait des galanteries à l'employée de la mairie, toujours est-il qu'il a réussi à lui soutirer le nom de mes parents adoptifs – Robert et Anne-Marie Brunet –, il les a même cherchés dans l'annuaire de Paris mais ils n'y étaient pas, pour la bonne raison que nous habitions à Nice.

Entre-temps, comme tout le monde, j'avais grandi. Entre 1959 et 1961 j'étais parti casser du bougnoule en Algérie…

LATIFA

Qu'est-ce qu'il dit, Votre Honneur ? Il dit *casser du bougnoule*, et vous laissez passer ça ? Vous ne réagissez pas ? Vous ne tapez pas avec votre marteau pour dire à ce raciste de se taire ?

YVES

Minute ! J'ai dit que je ne prendrais qu'une fois la parole mais je ne vais pas me la laisser couper par des immigrés illettrés.

Ah, mon mari il n'est pas heureux en France, ah, mon mari il ne parle plus à la maison, ah mon mari il ne récite plus les vers du poète... Eh ben, il n'avait qu'à rester chez lui, votre mari, on n'aurait pas eu tous ces problèmes et on ne serait pas racistes, voilà ! D'abord vous dites *l'Algérie aux Algériens* et ensuite c'est vous qui venez vous installer en France ! Non mais, faut savoir ce qu'on veut ! Je n'ai pas à être poli avec vous, madame : si ça se trouve, c'est votre père qui a laissé cinq de mes copains avec le sourire oranais, vous connaissez ça, Votre Honneur, ce sourire qui va d'une oreille à l'autre mais *sous* le menton, *sous* la mâchoire, avec plein de sang qui dégouline de partout ? A Philippeville j'ai vu cinq de mes copains crever avec ce sourire-là sur le visage, alors je ne vais pas me laisser dicter mes répliques par une Arabe !

Où en étais-je ? Oui. Bon. Alors. Je disais que j'avais fait ma vie. Après mon retour d'Algérie, j'avais été embauché par la ville de Nice comme agent de la circulation, je me suis marié trois fois, j'ai eu quatre enfants, puis deux petits-enfants, mes parents sont décédés, je venais de fêter mes cinquante bougies... Et un jour, coup de tonnerre dans un ciel bleu, le téléphone a sonné.

Allô ? je dis.

Et j'entends une voix de femme, une parfaite inconnue, qui me dit : Excusez-moi, monsieur, mais vous vous appelez bien Yves Brunet ?

Et moi : Ben oui.

Et elle : Excusez-moi, monsieur, mais est-ce que par hasard vous êtes né en 1939 ?

Là j'aurais dû me méfier mais j'étais pris de court : Ben oui, je fais.

Et alors elle : Assieds-toi.

Et là je me fâche et je dis : Qui est à l'appareil ?

Et elle me répond : Je suis ta sœur.

A cinquante ans, Votre Honneur, je n'avais pas besoin d'une sœur. Peut-être que Elke, elle, avait besoin d'un frère, son comédien venait de se faire zigouiller et c'est sans doute pour ça qu'elle s'est mise à taper comme une malade sur son Minitel pour dégoter tous les Yves Brunet de France et de Navarre, il paraît qu'il y en avait trois et que j'étais le troisième, son dernier espoir, elle avait posé les mêmes questions aux deux autres et ils avaient eu la chance de ne pas être nés en 1939. D'accord, elle avait une photocopie de l'acte d'adoption, elle pouvait prouver que j'étais son frangin, ce n'était pas une raison d'en faire tout un fromage.

Ça m'a complètement dérangé, Votre Honneur. C'est un dérangement, vous comprenez, de s'entendre dire, à cinquante ans, sous prétexte qu'on vous a trouvé sur le Minitel, que votre vie n'est qu'un énorme mensonge, que vous n'êtes pas niçois mais parisien, que vos parents n'étaient pas vos parents (alors qu'ils ne sont même plus là pour se défendre), que votre mère était chapelière – *chapelière*, nom de nom ! – et votre père banquier, et que vous êtes un bâtard.

Je ne voulais pas le savoir, vous comprenez ? Ça ne m'intéressait pas ! Pour moi, mes parents, ce sont les gens qui m'ont élevé, les Brunet, des gens bien, mariés, fidèles, catholiques croyants et pratiquants, pas ce salmigondis d'adultère et de chansons de variétés. Tout ce que m'a raconté Elke sur nos parents, quand on s'est vus, les photos qu'elle m'a montrées – *Regarde, c'est toi ! On t'appelait Yvou, si t'avais été une petite fille on t'aurait appelé Yvette comme notre maman. Ah ! qu'est-ce qu'elle te gâtait ! Elle te faisait danser sur la table de la cuisine, tu ne te rappelles pas ?* –, les lettres d'amour de M. Denain, tout ça me fait chier.

D'ailleurs je n'avais même pas envie qu'on se rencontre, je n'en voyais pas l'intérêt. Mais elle est terrible, Elke, quand elle se met à vouloir quelque chose. C'est comme un chien qui attrape ton pantalon entre ses dents et refuse de te lâcher, elle a tellement insisté que j'ai fini par céder, comme un con. Je suis venu avec ma troisième épouse et mes enfants et mes petits-enfants, on n'avait jamais mis les pieds dans ce bled perdu et on n'est pas près d'y revenir, Elke était là avec ses gosses sournois, puis le grand frère Maxime a débarqué avec sa smala à lui, et ensuite Tabrant le reporter hippopotame s'est mis à nous tourner autour, et que je t'interviewe, et que je te prenne en photo avec des flashs, puis il a flanqué tout ça à la une du journal : snif snif, les retrouvailles bouleversantes d'une fratrie après un demi-siècle de séparation, snif snif, grâce au Minitel.

Il n'avait qu'à ne pas se mêler de nos affaires, ce putain de Minitel. Sincèrement, j'aurais préféré ne rien savoir de mes liens avec cette bande de péquenots...

Voilà, Votre Honneur. J'ai dit ce que j'avais à dire et je m'en vais.

SEPTIÈME JOURNÉE

SANDRINE

Je m'excuse, Votre Honneur, mais là on fait vraiment n'importe quoi avec l'ordre des événements ; Yves parle d'une réunion familiale qui a eu lieu en 1989, alors qu'en quittant Cosmo avec sa migraine tout à l'heure nous en étions encore en 1976. Je propose qu'on renoue avec la chronologie et que l'on s'y tienne, dorénavant.

ELKE

On peut essayer, ma Sandrine.

Le temps passait. Qu'est-il censé faire d'autre, le temps ? Que peut-il faire, si ce n'est passer ? Ses effets sont comiques, ils sont tragiques, ils sont ce qu'ils sont.

Dans un sursaut de modernité déjà démodée, M. Picot le patron de *La Fontaine* a décidé de rebaptiser son établissement *Le Zodiac*. Quand j'en ai parlé à

Cosmo au téléphone il a éclaté de rire – et puis, après quelques secondes de réflexion, il a dit : C'est beau, tu sais. C'est grandiose. Souvent, quand je flâne à Montparnasse, je vois tous ces gens en train de boire, de rire et de bavarder à la terrasse des cafés et je me dis que chacun d'eux, bricolant au petit bonheur la chance, construit dans sa tête le récit de sa vie, l'enchaînement particulier de choses, de jours, de lieux et d'êtres grâce auquel il se reconnaît en se réveillant le matin, oui, tous ces milliers de gens intégreront à l'histoire de leur vie cette soirée passée à la terrasse de tel ou tel café et voilà, le bistrot de mon village natal qui s'appelait *La Fontaine* depuis un siècle s'appelle maintenant *Le Zodiac*, c'est subtil, c'est bien trouvé, dis à M. Picot que c'est bien trouvé, et c'est sous ce nom qu'il laissera une trace dans la mémoire des jeunes d'aujourd'hui, ils se diront : Oui je me rappelle, j'ai pris une cuite au *Zodiac*, j'ai baratiné la jolie serveuse du *Zodiac*, j'ai entendu un violoneux dément au *Zodiac*... et ce ne sera pas tout à fait le même souvenir que si le café s'était appelé encore *La Fontaine*...

Je me souviens de ce discours, Votre Honneur ; il m'a frappée.

Le temps passait donc. Je n'essayais pas de le retenir. Je voyais mes enfants grandir, changer d'apparence, de voix, d'opinion, de personnalité… Frank est entré en internat au lycée de la ville moyenne, je ne le voyais plus que le week-end, à partir de Noël il a décidé de rester en ville le week-end aussi, il s'était mis à traîner avec Kacim et d'autres jeunes des quartiers nord de la ville mais il ne me présentait pas ses nouveaux amis, pas plus qu'il ne me racontait leurs distractions : cambriolages de maisons, vols de voitures, soirées cocaïne quand la prise était bonne ; je n'ai fait la connaissance de Kacim que plus tard, quand lui et Frank ont passé leur première nuit au poste et que Latifa est venue chercher son fils en même temps que moi le mien.

Quant à Fiona, elle a été mûre avant l'âge : à dix ans elle était déjà formée, à onze ans elle a eu ses règles et les garçons ont commencé à la peloter dans la cour de récréation, un jour ses maîtresses ont débarqué en grand comité au *Zodiac* pour m'en parler ; j'ai appris à cette occasion que Fiona en classe était tantôt insolente, tantôt somnolente, et je me suis sentie bien seule. Cosmo pendant ce temps faisait une tournée internationale – l'Afrique francophone, le Québec, les Antilles, la Guyane –, c'était un triomphe, j'étais fière de lui mais on a été presque une année sans se voir…

Le temps nous donne tout, Votre Honneur, et il nous prend tout.

J'avais beau savoir que les années passaient ; n'empêche que quand je me regardais dans une glace, j'étais surprise de ne plus voir une jeune femme. J'ai eu quarante et un ans, puis quarante-deux, puis quarante-trois. Je me rappelle une conversation avec Cosmo en janvier 1980, le jour de mes quarante-trois ans, il m'avait appelée tôt le matin pour être le premier à me souhaiter bon anniversaire et je lui ai dit : Tu sais, j'ai des pattes-d'oie autour des yeux maintenant, même quand je ne souris pas. Tu m'aimes encore ?

Et il m'a dit : Je n'ai rien contre les oies.

Et j'ai dit : Et quand il me faudra porter des lunettes pour la presbytie, tu m'aimeras encore ?

FIONA

Votre Honneur, il faut demander à notre mère d'écourter. Ces détails n'intéressent personne.

LATIFA

Moi ils m'intéressent, parce que je me rappelle, vers quarante-trois ans moi aussi, je me suis dit : Ah là là ma Latifa tu te fais vieille ! Mais je ne pouvais pas poser ces questions à Hassan, comme la dame avec son monsieur, là, au téléphone, il ne fallait pas embêter mon mari avec ces choses alors je ne disais rien, mais parfois avec mes amies quand on allait au marché de la Chancell' le mercredi, on achetait des crèmes pour s'éclaircir la peau et enlever les taches de vieillesse, Hassan aurait dit que c'est gaspiller l'argent mais ça nous amusait de comparer les marques et on se trouvait plus jolies comme ça…

LE COSMOPHILE

Moins d'une semaine après cette conversation téléphonique avec Elke, Cosmo a joué en public le numéro qui allait porter le titre *Une adoration*. J'en ai ici une cassette audio et si vous n'y voyez pas d'inconvénient, Votre Honneur, je propose que nous prenions le temps de l'écouter.

Le point de départ, c'est donc la question posée par Elke ce matin-là au sujet des lunettes de presbytie.

Cosmo joue un couple marié ; au début ils ont la quarantaine mais à chaque échange ils vieillissent de quelques années et à la fin ce sont deux voix chevrotantes et affaiblies, à peine audibles. Tour à tour ils énumèrent les atteintes que porte le temps à leur corps et à leur esprit.

Je mets le magnéto en marche, écoutez : c'est la femme qui commence.

M'aimes-tu moins, mon chou, depuis que je porte des lunettes de presbytie ?

Ha ha ha ma chérie, non mais tu plaisantes ? Balivernes ! Ces lunettes te vont très bien, on dirait une jeune prof, ça me donne envie de te culbuter... Et toi... N'es-tu pas fâchée par l'apparition, à mes tempes, de quelques cheveux blancs ?

Au contraire, mon p'tit loup... Ça te donne un air mûr et distingué... Mais toi... maintenant qu'à force de rire de tes blagues, j'ai des pattes-d'oie au coin des yeux... m'aimes-tu toujours autant ?

Oh ! tu me plais, tu me plais, ma beauté. J'adore les rides au coin de tes yeux, elles ressemblent à des soleils, elles illuminent mes journées... Et... ça ne te dérange pas, toi... que je commence à avoir des bourrelets au niveau du ventre ?

Mais non, bêta !... Tu penses bien : plus il y a de toi à embrasser, plus je suis contente !... Mais toi, mon prince, là, avec mon petit problème d'arthrite, mes cartilages abîmés... ça ne te contrarie pas, que je ne puisse plus danser ?

Contrarié, moi ? Que nenni ! Danser n'a jamais été mon fort, de toute façon ; j'aime mieux rester assis et causer avec toi au coin du feu... A propos de causer... Ça ne t'embête pas, quand même, que je sois devenu un peu dur d'oreille ?

Oh, bof, chéri... Tu sais, moi, ce que je dis, la plupart du temps, c'est des papotages sans importance. C'est surtout pour sentir qu'on est ensemble... Et... euh... l'ablation de mon sein droit ne te pose pas de problème ?

Qu'à cela ne tienne ! J'ai toujours préféré le gauche !... Mais pour toi... le fait de me voir ainsi bossu... Ça ne te rend pas un tantinet nostalgique et triste ?

Mais non, mon ange. J'ai simplement l'impression que tu te penches vers moi, toujours plus attentif, pour m'écouter. Et toi, dis-moi... Ça t'agace sûrement par moments, quand même, mes trous de mémoire ? Certains jours, je ne sais même plus qui tu es.

Voyons, ma mie ! Me dire que je suis pour toi un compagnon différent chaque jour... que pourrais-je souhaiter de mieux ? Toi par contre... depuis mon opération de la prostate, tu ne dois pas trouver bien agréable que je sois si souvent incontinent, impuissant et acariâtre ?

Penses-tu, mon pigeon ! Tu fais surgir le meilleur en moi : soins maternels, munificence, tendresse... Mais... dis-moi, mon amour... et la vérité, hein ? sans tricher... Ça ne t'embête pas, tout de même, que... je sois morte ?... Tu m'aimes encore, dis ?

... Je t'aime encore.

FIONA

Ça y est, elle chiale à nouveau, ma maman. Ça la fait chialer, *je suis mort, tu m'aimes encore ? oui*. Elle fait de son mieux pour s'accrocher au passé, mais ce qu'elle refuse de reconnaître c'est que *dans le sol de ce passé étaient déjà plantées les graines de l'avenir.*

Ça c'est vrai ; on ne peut pas faire en sorte que ce ne soit pas vrai.

Le problème de ma mère, Ton Honneur, c'est qu'à force de s'extasier devant les lumières captées cachées reflétées réfractées et miroitantes elle est devenue incapable de regarder les choses en face. Par exemple, à l'époque dont il est question maintenant, elle perdait gravement ses enfants et elle s'en rendait même pas compte.

Avec Frank on avait notre monde à nous depuis tout petits ; mais maintenant qu'on avait franchi comme on dit le cap de l'adolescence, Elke ne savait littéralement plus de qui elle était la mère.

Frank était mon héros. Je ne voulais plus entendre les histoires de maman, ni lire des BD, ni lire tout court ; chaque week-end je trépignais d'impatience, en espérant que Frank rentrerait à la maison et me raconterait ses aventures avec Kacim à la Chancell', comment ils s'amusaient à fumer du shit, à taguer les murs du quartier et à lacérer les pneus des voitures... Un samedi quand maman avait des courses à faire à la ville moyenne, je l'ai convaincue de me laisser quelques heures avec Frank dans son bahut et c'était fantastique, Ton Honneur, t'aurais dû voir le ramdam que faisaient les élèves pendant le déjeuner, ils se servaient de leur cuiller pour envoyer leurs mini-mottes de beurre au plafond en visant les ampoules des lampes à néon, ils ont fait péter la moitié des ampoules, j'avais jamais autant ri… Après le déjeuner Frank a dit à ses copains de venir faire la connaissance de sa petite sœur et on est montés à plusieurs dans sa chambre, il a fermé la porte à clef et mis un disque de Lou Reed avec le volume au maximum, là j'avais les chocottes parce que c'était pour de vrai, pas comme quand on était petits au bord de l'Arnon, là c'était plus des gamins c'était des hommes, ils avaient la voix grave et de la moustache naissante, surtout ils n'avaient plus honte de ce qui se trouvait entre leurs jambes, j'ai senti une boule se former dans ma gorge et j'ai levé les yeux vers Frank parce que je savais pas ce qui allait se passer mais son visage était de pierre, il a dit : Ma sœur fait tout ce que je lui dis de faire, n'est-ce pas Fiona ? et j'ai dit oui, enfin j'ai essayé de dire oui mais aucun son n'est sorti, à peine un souffle, et alors il a dit : Déshabille-toi, Fiona, et mets-toi sur le lit, les jambes ouvertes, et j'ai obéi, je me sentais dans un rêve ou plutôt dans un film, j'étais moi-même mais en même temps j'étais une caméra placée au-dessus de la porte de la chambre et j'ai vu la fillette de onze ans et demi enlever avec des mains tremblantes son débardeur, son short et sa culotte et s'allonger sur le lit, de haut et de loin je voyais comme ses cuisses étaient blanches et potelées, je voyais ses beaux débuts de seins et ses poils rares au pubis, en zoom j'ai même vu qu'elle avait la chair de poule, puis les grands garçons de seize ans se sont mis en cercle autour d'elle, et là j'entendais plus les mots de Frank parce que mon cœur battait aussi vite et fort que la batterie de Lou Reed, mais il a dû dire à ses copains d'y aller sans me toucher alors ils y sont allés en suivant les rythmes du disque et pendant ce temps maman faisait les courses au supermarché sur la route de La Charité où tout est moins cher, et regarde, Ton Honneur, comme elle fait pitié ma maman, elle peut pas s'arrêter de chialer.

LATIFA

Je vous comprends, madame. On pleure, oui. On pleure quand on voit ce que fait la jeunesse aujourd'hui. Moi aussi j'ai pleuré, toutes ces années où il a fallu aller en prison pour voir mon fils Kacim, ça me faisait honte… Et puis le destin a encore frappé : notre plus jeune fils, à quinze ans, est mort d'une overdose… *Contre le jugement de Dieu que peut faire l'homme ? / Lamente-toi, mon œil, avec des larmes abondantes, / Et creuse des sillons gonflés d'eau*… et là, pour mon mari, c'était la fin. On est allés enterrer notre fils à Bou Saada et depuis ce jour Hassan prend tous ses repas dans sa chambre, il ne parle plus du tout, il ne fait plus ses prières, il reste allongé sur son lit à regarder le plafond, on dirait qu'avec son silence il construit une tombe, un mausolée pour le corps de son fils bien-aimé.

SANDRINE

Le siècle entrait dans son avant-dernière décennie. Les troupes soviétiques avançaient à travers l'Afghanistan et les Etats-Unis armaient la résistance islamique. Michael l'ex-mari de Elke a donné enfin signe de vie : sa carrière de photographe était florissante, il s'était remarié avec une jeune et riche Suissesse, et celle-ci venait de mettre au monde une ravissante petite Laetitia.

De mon côté, la vie était nettement moins reluisante. Eugène et Léontine me fatiguaient moins, ils étaient à l'école, mais entre-temps j'avais eu des jumeaux, Kevin et Karine – et après cet accouchement-là, je l'avoue, Votre Honneur, j'ai gardé une surcharge pondérale…

LATIFA

Oh, c'est normal, madame ! Moi aussi j'ai de l'embonpoint, après plusieurs enfants c'est normal.

SANDRINE

Jean-Baptiste ne revenait plus à la maison pour le repas du soir. En général il rentrait ivre vers les dix, onze heures et il ne m'approchait plus pendant la nuit, mon corps le dégoûtait, je me doutais qu'il avait trouvé mieux ailleurs mais je ne lui posais pas de questions, j'avais peur qu'il ne revienne plus du tout et j'aurais fait quoi sans son salaire ? J'aurais tenu le coup comment, avec quatre gamins et mon salaire d'infirmière à domicile ? Vous vous demandez pourquoi je vous raconte tout cela mais en fait c'est pertinent, Votre Honneur, c'est pour expliquer pourquoi j'ai hésité, le 14 février 1980, quand Josette m'a téléphoné au sujet d'André.

Je me rappelle la date exacte parce que c'était la Saint-Valentin. Avant, quand Jean-Baptiste me faisait la cour, il m'avait acheté une rose blanche ce jour-là et c'est ce qui m'avait fait craquer, mais maintenant il n'y pensait plus, c'était un jour comme un autre, sinistre, ma vie était devenue sinistre, je passais mes soirées à pleurer en regardant la télé et en m'empiffrant de chips, bref, ce soir-là, le 14 février, il devait être neuf heures du soir quand le téléphone a sonné, j'ai décroché et c'était Josette.

André n'est pas bien, elle m'a dit, pouvez-vous passer le voir ?

Je ne sais plus si elle a prononcé le mot d'*urgence*, mais sa voix n'était pas la même que d'habitude, elle était moins hystérique, on aurait dit presque une voix normale.

J'ai dit : Vous ne voulez pas appeler le médecin de garde ?

Et elle a dit : Non non, vous saurez très bien vous en occuper, Sandrine.

Et j'ai dit : Je regrette mais je suis seule à la maison avec les enfants...

Et elle a dit : Je vous en supplie.

Josette ne parlait jamais comme ça, Votre Honneur, *Je vous en supplie* ce n'était pas son genre, j'ai senti que la situation était grave – et justement, pendant que j'hésitais, Jean-Baptiste est rentré.

J'ai un appel en urgence, lui ai-je dit et je suis partie sans plus d'explications. Vu son état, c'était à peu près comme si je laissais les enfants seuls mais je n'étais pas inquiète, les jumeaux ne se réveillaient en général que vers minuit et j'étais sûre d'être de retour avant.

J'ai frappé à la porte et Josette m'a fait entrer. Elle était blême. Elle était comme une femme normale qui a très peur et qui sent que sa vie est en train de basculer dans le vide. Elle parlait bas et je ne reconnaissais pas sa voix, c'était la voix d'une femme normale qui a très peur. Elle s'accrochait à moi, physiquement. J'ai senti ses ongles s'enfoncer dans la chair de mon bras gauche.

André est descendu au sous-sol après le repas, m'a-t-elle dit, soi-disant pour faire du rangement... encore que je ne voie pas ce qu'il pouvait avoir à ranger à cette heure-là... Je me suis mise à faire la vaisselle, j'ai entendu un bruit et... il n'est toujours pas remonté. Ça fait presque deux heures, je commence à m'inquiéter.

Vous n'êtes pas allée voir ce qui se passe ? lui ai-je demandé, pour la forme. Nous étions deux maintenant, à savoir avec certitude qu'une tragédie s'était produite.

Non, m'a-t-elle répondu, c'est bête mais il y a des souris dans la cave et j'ai peur des souris. Alors j'ai pensé à vous, Sandrine. Je me suis dit : elle n'a sûrement pas peur des souris, Sandrine, c'est une femme qui n'a peur de rien...

Oui, une femme. C'est pour ça, je crois, qu'elle avait fait appel à moi et non au docteur : parce que j'étais une femme. Une pensée irrationnelle m'a traversé l'esprit en un éclair, je me suis dit : c'est comme un accouchement. Elle va mettre au monde un cadavre et elle a besoin de moi comme sage-femme, seules les femmes sont admises dans les maternités. C'était complètement irrationnel, Votre Honneur, je vous le concède.

Allons voir, alors, ai-je dit très doucement. Et j'ai précédé Josette dans l'escalier.

Quand elle a vu son mari effondré sur le sol, elle a poussé une exclamation de surprise.

Mon Dieu ! elle a dit. C'est le fusil de mon grand-père ! Il a dû vouloir le nettoyer et puis le coup est parti. Mais André, pourquoi nettoyer le fusil de mon grand-père ? Tu as toujours eu horreur de la chasse !

Elle m'a serré le bras, de nouveau j'ai senti ses ongles s'enfoncer dans ma chair, et, tandis que je me penchais sur le corps – machinalement, sans le moindre espoir –, elle s'est mise à me susurrer dans l'oreille : Sauvez-le, Sandrine ! Vous en êtes capable, j'ai confiance en vous. Allez, André, ça va passer, ce n'est pas bien grave. Voyons, Sandrine, on va le ranimer ! Une petite piqûre et… hop !

Quand les gendarmes sont venus enfin, elle refusait toujours de reconnaître la mort de son mari. Elle a voulu à tout prix les convaincre d'emmener André à l'hôpital…

FRANK

J'étais à la maison cette nuit-là, c'était les vacances de février et j'étais trop fauché pour partir ailleurs, j'ai été réveillé par la sonnerie du téléphone. Je me serais rendormi – le clown fornicateur téléphonait souvent au milieu de la nuit – mais là, ma mère a poussé un cri qui a fini de me réveiller. Je suis sorti de ma chambre et j'ai appuyé une oreille contre sa porte. Elle pleurait. Elle posait des questions à Sandrine, et j'ai tout de suite compris de quoi il retournait : le père de Cosmo venait de se brûler la cervelle. Je ne sais plus quels mots j'ai entendus exactement, il devait y avoir au moins les mots de *fusil* et de *bouche*, j'ai vu le petit vieux voûté, ratatiné, en train de glisser entre ses lèvres le canon de chasse…

LE CÈDRE DU LIBAN

… ces mêmes lèvres que, jadis, il avait pressées avec tant d'ardeur contre mon écorce…

ELKE

Il me revenait donc à moi de mettre Cosmo au courant.

J'ai senti très clairement que j'étais le point de jonction entre deux violences : celle de la balle qui venait d'exploser dans la tête d'André et celle de la nouvelle qui, sous peu, exploserait dans la tête de Cosmo. Dans l'entre-deux, tout était calme. Je me suis levée et, malgré le froid, j'ai ouvert les volets de ma fenêtre : dehors, la pleine lune était haute dans le ciel et luisait à travers un brouillard en charpie, j'ai pensé à André et à sa communion ancienne avec le clair de lune, les arbres murmurants.

Voilà sept ans, Cosmo m'avait donné son numéro de téléphone à Paris. Là, très lentement, j'ai composé ce numéro pour la première fois et écouté la sonnerie stridente de l'appareil – cinq fois, dix fois, telle une question réitérée à laquelle le silence répondait non, cinq fois non, dix fois non, Cosmo n'est pas là. Où était-il ? Il pouvait être n'importe où mais, comme le jour où j'avais retrouvé Frank dans la cave, je savais d'instinct où le chercher. Avital... Avital Blum... Avec une facilité déconcertante, j'ai obtenu grâce aux renseignements le numéro de son amie comédienne. Me voilà donc, moi la petite serveuse cambroussarde grelottant dans son lit au milieu de la nuit, en train de manipuler le cadran de mon téléphone de manière que, à trois cents kilomètres de là, dans une agglomération de plusieurs millions d'âmes, résonne l'appareil d'une femme que je n'avais jamais rencontrée mais dont je connaissais l'histoire par le menu : Londres, Tel-Aviv, névrose à deux, chien obèse, œufs au plat, pain volant.

Elle m'a crue, Avital, quand je lui ai dit que c'était une urgence. Elle m'a donné le numéro d'un café place Blanche, près du théâtre où Cosmo venait de se produire. En moins de cinq minutes j'avais la voix aimée au bout du fil et j'ai pu délivrer mon terrible message.

Silence.

Long silence. Si long que je me suis inquiétée : aurait-il eu un malaise ?

Cosmo ?

Je prends le train de six heures, alors, a-t-il dit.

Sa voix était altérée, méconnaissable – *blanche*, comme blanchissent parfois, dit-on, du jour au lendemain, les cheveux des êtres frappés d'un grand chagrin. Personnellement je n'ai jamais vu cela, Votre Honneur, mais sa voix m'y a fait penser.

Il a raccroché avant que je n'aie pu lui dire que je viendrais le chercher à la gare. Mais j'irais le chercher à la gare. Je suis allée le chercher à la gare, je m'excuse de m'exprimer avec maladresse, Votre Honneur, je m'excuse d'être à nouveau émue, mais je ne puis effacer de ma mémoire la vue de Cosmo tel qu'il était ce jour-là en descendant du train – hâve, absent, vieilli, faisant bien plus que ses trente-sept ans. Pendant tout le trajet entre la ville moyenne et le village, il n'a pas desserré les lèvres… à une exception près. Je m'emportais contre Tabrant parce que la mort d'André était déjà dans le journal : un entrefilet seulement, sans détails, mais pour dire quelque chose je traitais le journaliste de salaud, de gros porc – il est gros, disais-je, parce qu'il s'empiffre du malheur des autres, il en raffole, ça le réjouit, je suis sûre qu'il passe ses nuits à la gendarmerie pour avoir la primeur de toutes les catastrophes, je laissais courir ma langue, disant n'importe quoi parce que le son de ma propre voix me faisait du bien... mais, soudain, Cosmo m'a interrompue.

Tu sais, m'a-t-il dit, Tabrant est allé en Australie...

Et c'est tout. Il n'a rien ajouté.

Abasourdie, je me suis tue, ce qui était le but de l'opération.

Et quand je l'ai déposé chez lui, Cosmo m'a à peine jeté un regard.

S'est ensuivi un silence de trois jours.

Entre-temps les journalistes, sur les conseils insistants du notaire et du maire, s'étaient mis d'accord sur une attaque cérébrale.

On pouvait le dire comme ça.

VÉRA

Mon tour est venu enfin.

Il a fait un temps affreux le jour des obsèques d'André : froid, mouillé et venteux à la fois, et le cortège était maigre, lamentable. Arrivé au bord du tombeau, le curé au nez rouge a débité quelques phrases creuses sur les péchés qu'aurait commis le défunt, et j'ai senti monter en moi une colère monstrueuse. Il ne se passait rien, rien ! Nous avions perdu André et personne ne prononçait les mots qu'on aurait eu besoin d'entendre. Jetant un coup d'œil à la ronde, j'ai vu que tout le monde avait le même air vieux, laid, triste, défait... et, à l'idée que les rêves d'André finissent ainsi, tout mon corps s'est transformé en un bloc de haine contre Josette.

Au moment même où l'on glissait des cordes sous le cercueil d'André pour le descendre dans le trou, j'ai glissé quelques mots à Cosmo sur le lien entre son père et moi. Et j'ai ajouté, la langue enfin déliée par la disparition du pauvre homme : Il n'a pas choisi la date de sa mort au hasard : c'est le 14 février 1951 que votre mère l'a fait interner à Chezal-Benoît parce qu'il était amoureux de moi.

Cosmo m'a regardée et j'ai vu qu'il venait de comprendre beaucoup de choses, entre autres la vraie raison pour laquelle, quand il avait huit ans, son père avait disparu pendant près d'un an.

On lui avait menti, bien sûr – *que de mensonges, Votre Honneur, dans cette histoire !* –, Josette et sa famille lui avaient dit qu'André souffrait de tuberculose et était parti se faire soigner dans les Alpes... alors qu'il était *là*, le pauvre ! *Là*, à moins de dix kilomètres de nous... à moisir, à se morfondre... Aujourd'hui encore, cette pensée m'est intolérable.

C'est à cette époque (je suis sûre que vous avez fait vous-même le rapprochement) que le petit Charles a commencé à se rendre sur la tombe de Marie-Louise Cottereau. Il avait compris qu'il serait mieux écouté par la petite sœur morte de sa mère que par n'importe qui de vivant. Quand je le croisais dans la rue, il avait l'air si paumé, si inquiet... Où était-il, son papa ? Pourquoi ne revenait-il pas ? Et je ne pouvais rien lui dire car, pour moi aussi, il y avait dans l'absence d'André un douloureux mystère...

Mystère qui ne devait se dissiper que trente ans plus tard, après sa mort.

JOSETTE

Objection, Votre Honneur ! Tout cela n'a *rien* à voir avec l'audition ! Faites taire cette femme, je vous en conjure !

VÉRA

Je me tairai, Josette, quand j'aurai fini.

Certes, l'épisode que je m'apprête à vous relater maintenant remonte à bien avant les événements dont on a parlé jusqu'ici – avant la guerre d'Algérie, avant l'arrivée en France de Hassan et de Latifa, avant la naissance de Frank et de Fiona, de Kacim et de Jonas, avant même votre naissance à *vous*, Votre Honneur, si ça se trouve… Mais il a violemment infléchi le destin de Cosmo – et du coup, de façon directe ou indirecte, tous les protagonistes en ont subi les retombées.

Au lendemain de l'enterrement, alerté par mes soins, Cosmo est allé consulter le dossier de son père à Chezal-Benoît. Un dossier énorme : D'une épaisseur peu commune ! lui a dit le fringant nouveau directeur de l'hôpital, en le lui remettant en mains propres. Si le directeur s'était douté de ce qu'il y avait dedans, il n'aurait sans doute pas remis le dossier à Cosmo et la perfidie de Josette n'aurait jamais éclaté au grand jour.

Que contenait le dossier d'André ? Certes, il y avait les rapports quotidiens des infirmières, la courbe du poids du patient, le rapport hebdomadaire du chef psychiatre, décrivant *l'état neurasthénique* de l'homme que j'aimais, ses *vertiges* et ses *pertes de connaissance*, son *embarras de la parole*, ses *colères* et sa… *dysmnésie*, connaissez-vous ce mot, Votre Honneur ? Je l'ai cherché dans le dictionnaire, cela veut dire mémoire défectueuse. Figurent également dans le dossier des entrées sur les médicaments qu'absorbait André matin, midi et soir – et leurs effets, essentiellement hébétants.

Mais ce n'étaient pas ces papiers-là qui rendaient le dossier si épais.

C'étaient les lettres.

Une cinquantaine de lettres de moi à André, et plus de cent d'André à moi, toutes écrites en 1951, entre février et août.

Au début André m'écrivait tous les jours, voire plusieurs fois par jour. Je vais vous lire quelques extraits de ses lettres car il m'importe que vous sachiez quel genre d'homme c'était à l'époque. Il n'a pas toujours été celui que nous a montré le récit de Clémentine, étouffant de rage, haletant, bégayant, incapable de s'exprimer – ni celui que nous a dépeint Elke, mélancolique et marmonnant, parcouru de tics... Non, l'homme dont je me suis éprise en 1947 était encore un homme plein d'énergie et de finesse, curieux de tout, avide de déchiffrer le monde ; 1950 a été l'année la plus heureuse de sa vie, en raison non seulement de notre amour mais de l'immense espoir qu'il mettait en son fils...

C'est donc cet homme-là qui m'écrit, au début de son séjour forcé à Chezal-Benoît, en relevant *l'ironie qu'il y a pour moi, fils de paysan ayant réussi à m'arracher aux travaux de la ferme, à me retrouver dans une colonie agricole avec six cents fous furieux de la région parisienne, envoyés là pour le bien que doit leur procurer le travail au grand air...*

Nombre de ces premières lettres sont des rappels passionnés, sensuels, de la joie de nos ébats récents ; celles-là je les garde pour moi.

Une autre encore me parle de l'origine du nom de l'endroit, écoutez bien : *Depuis la nuit des temps,* écrit André, *l'unique bâtisse qu'on avait érigée en ce lieu sauvage et déshérité s'appelait* Casale malanum, *la maison du diable. Un moine italien y ayant fondé au XI*[e] *siècle une abbaye, il l'a nommée, par opposition,* Casale benedictum *ou maison bénie. D'où Chezal-Benoît.*

Je parie que personne ici ne connaissait cette étymologie. Ai-je raison ? Fiona ?

FIONA

Raison.

VÉRA

C'est redevenu la maison du diable, poursuit la lettre. *Les anciennes cellules de moines servent de chambres d'isolement, on y jette les malades agités et ils y vivent dans la paille comme des fauves.*

SANDRINE

Il est vrai qu'au début des années cinquante, l'usage des neuroleptiques ne s'étant pas encore généralisé, l'ambiance des asiles était nettement plus agitée que de nos jours…

VÉRA

J'en entends crier un de ma fenêtre : il crie tous les jours, parfois plusieurs heures d'affilée, un cri monotone, interminable et déchirant, personne n'essaie de l'arrêter ni de le consoler, car toute consolation de ce cri-là serait un mensonge... On dirait qu'il exprime une détresse tapie au fond de chacun de nous, et que reconnaissent même les infirmiers... Oh ! Véra, il me semble que si je ne t'avais rencontrée j'aurais pu finir ainsi, hurlant à longueur de journée dans un asile...

KACIM

Ça – ce cri ? – je connais. Ça, madame Véra, ces cris dont vous avez parlé à l'instant, je les connais bien. En prison je les entendais jour et nuit. Des fois c'était moi qui criais, des fois c'était les autres détenus, je savais même pas, je faisais pas la différence. On est enfermés derrière des barreaux, comme votre ami, là, André, on peut pas sortir... Des corps d'hommes à qui on a enlevé la liberté. Des corps d'hommes jeunes, avec des muscles et un sexe, qu'on a arrêtés et enfermés, à qui on dit comment se tenir et où aller et quand. A qui on dit aussi qu'ils ne valent rien. Qu'ils sont de la merde, excusez l'expression mais il y a pas d'autre mot. Alors on crie. Mon père aussi pourrait crier comme ça. Son silence contient ce cri, vous voyez ce que je veux dire ? Même s'il y a pas de barreaux à nos fenêtres c'est kif-kif, il est en prison. Regardez, il a beau circuler de la Chancell' à la cathédrale et de la cathédrale à la Chancell', il est enfermé pareil, coincé, empêché, arrêté, méprisé comme homme, nié comme personne, ses enfants lui échappent et même sa femme a appris en France à ne pas le respecter, il a tout perdu, tout, tout, à commencer par sa dignité. S'il est pas en prison, mon père, alors je sais pas qui l'est.

VÉRA

Mais, à mesure que s'écoulent les semaines, les lettres se transforment. De passionnées elles se font poignantes... puis angoissées... puis agressives... Enfin, pendant les trois derniers mois de son internement, André a cessé de m'écrire.

Maintenant, Votre Honneur, puisque vous êtes un bon juge, un juge extrêmement malin et averti, vous allez me demander comment il se fait que les cent lettres d'André se trouvaient dans son dossier à l'hôpital plutôt que dans un tiroir secret chez moi. La réponse est simple. Suivant les ordres de Josette, elles n'ont jamais été postées, et les miennes ne lui ont jamais été remises. En 1980, *toutes ces lettres étaient encore cachetées* ; Cosmo en a été le premier lecteur.

Résumons. Vous prenez un homme qui n'a fait de mal à personne. Contre son gré, vous l'enfermez dans un hôpital psychiatrique où il est entouré de gens atteints d'épilepsie et de démence sénile (les deux spécialités de Chezal-Benoît), vous le droguez à tort et à travers, et ensuite, pendant des mois, vous le laissez croire que ses lettres ont été postées et qu'il n'a reçu en réponse ni lettre, ni demande de visite ; vous l'installez dans une solitude affolante… Facile, ensuite, de constater chez lui des moments de *colère*, de *vertige* ou d'*état neurasthénique*, voire de fâcheux symptômes de *dysmnésie* ! Soumis à un tel traitement, Votre Honneur, *qui*, je vous le demande, ne deviendrait pas fou !?

Josette a obtenu ce qu'elle voulait : elle a cassé notre amour. Marinant dans le poison du silence, on s'est mis à douter l'un de l'autre. Au bout de six mois j'étais au désespoir et, plutôt que de me tuer moi-même, je me suis appliquée à tuer ce qu'il y avait de meilleur en moi : ma passion pour André. Vraisemblablement, il a fait la même chose de son côté. Lorsqu'il est sorti de l'asile fin novembre, nous avions tous deux fait le deuil de notre amour. Ensuite, pendant trente ans, on a vécu à moins d'un kilomètre l'un de l'autre sans s'adresser la parole. On se côtoyait dans l'indifférence. On avait tant souffert qu'on ne se connaissait même plus.

Cela aussi, Elke, il faut le dire : autant on peut s'aimer à distance d'amour vrai, autant, dans l'extrême proximité, on peut se perdre.

Comme vous pouvez l'imaginer, Cosmo a été profondément ébranlé par la lecture de ces lettres. Il est venu me les remettre dès le lendemain. Elles sont à vous, Véra, m'a-t-il dit. Pardonnez-moi, je les ai décachetées et lues les unes après les autres, je n'ai pas pu m'arrêter, j'y ai passé toute la nuit, pardonnez-moi, je vous les apporte directement, elles sont à vous.

Et, vous me croirez ou non, Votre Honneur, mais là, au beau milieu de ma *porcherie*, comme Josette a eu la délicatesse de l'appeler, Cosmo a éclaté en sanglots. Me saisissant les deux mains, il les a portées à ses lèvres et les a couvertes de ses larmes.

Au moins comme ça, lui ai-je dit, tu sais de qui tu tiens ta capacité d'aimer.

Nous nous sommes regardés… Votre Honneur, c'était le pire instant de ma vie.

Tout était trop tard.

HUITIÈME JOURNÉE

JOSETTE

Que c'est émouvant. Mon Dieu que c'est émouvant. *Tout était trop tard*. Et par la faute de qui ? Mais de Josette, bien entendu.

Comme c'est commode, comme c'est original, surtout ! Le vrai coupable ce n'est pas le meurtrier du héros, c'est sa mère. Encore et toujours, sa mère. Oh Dieu… je suis si seule… Pendant quarante-quatre ans j'ai fait tout ce que j'ai pu pour mon mari, et ça s'est terminé ainsi, et l'on se moque encore de moi. On s'identifie à tout le monde sauf à moi. On est prêt à s'imaginer en baguette, en glycine, en biche mourante… en tout, sauf en Josette.

Eh bien, Votre Honneur, j'en ai assez. Depuis le début de cette audition, c'est moi le dindon de la farce. La romancière prend soin de donner à tous ses autres personnages un caractère complexe et nuancé ; moi seule suis une pure charge, une caricature. Qu'a-t-elle contre sa mère, la romancière, pour me traiter de la sorte ? La réponse est d'une évidence criante : elle a contre sa mère ce que tout un chacun a contre la sienne, à savoir une rancune grosse comme une maison. Bien sûr que nous sommes pitoyables, nous autres mères, bien sûr qu'on est ridicules ! Tous nos gestes dénotent la stupidité, n'est-ce pas ? Vouloir protéger nos enfants, vouloir leur sauver la vie, quoi de plus stupide ? Ils s'éloignent, nos petits chéris, ils s'élancent dans la vie, ils prennent des risques et nous sommes là à trembler stupidement pour eux, à craindre stupidement de les perdre, et quand on les perd on les pleure – stupidement, là encore !

Excusez-moi… je pleure la mort des miens, et je suis encore coupable. Cela me met en rage.

André était *malade*, ne vous en déplaise. Si la maladie mentale existe, il était malade, mon mari. Tous les spécialistes qui l'ont vu, que ce soit à Chezal ou à la Salpêtrière, l'ont confirmé : il souffrait de crises d'angoisse. Il était angoissé en permanence, il ne savait pas quoi faire de lui-même. C'est certainement très romantique de penser, comme le font Elke ou Véra, que les gens prétendus fous sont en fait des êtres exceptionnels et nobles, et que les fous véritables ce sont les gens dits normaux. Oui c'est romantique, mais, malheureusement, c'est faux.

Vous n'aviez pas – vous l'amante généralisée, ni vous la romancière, ni vous, Votre Honneur – à vivre jour et nuit avec André. Vous n'aviez pas à supporter ses accès de mélancolie, ses explosions, ses silences interminables. Au lieu de me parler à moi, il se parlait tout seul. Il était incapable de fonctionner. Il n'a jamais trouvé sa place dans la société.

Pourtant, Dieu sait que j'ai cru en lui, au début ! Je ne l'aurais pas épousé s'il ne m'avait pas plu, vous pensez bien que ma famille était contre ce mariage, à leurs yeux je me déclassais, mais moi j'étais sûre qu'André ferait quelque chose de lui-même. Après tout, il était monté seul à la capitale ! Il avait trouvé de l'embauche dans l'hôtellerie et la restauration ! Ça me faisait rêver, Votre Honneur... Je me disais qu'on retournerait peut-être ensemble à Paris... ou qu'on ouvrirait un hôtel-restaurant ici, sur la place... J'étais prête à tout, et ses compliments me tournaient la tête.

On s'est donc mariés.

Mes grands-parents paternels venaient de décéder et mon père, alors que rien ne l'y obligeait, nous a donné leur bien : une ancienne maison de ferme avec sa grange, un peu à l'écart du village. Les gens nous regardaient de travers – ce n'est pas normal pour un jeune homme bien portant de vivre aux crochets de sa belle-famille – mais je défendais mon mari, disant qu'il n'avait pas encore choisi sa voie. A André lui-même je ne disais rien, je ne me serais pas permis. J'ai attendu de voir ce qu'il ferait, et en attendant j'ai essayé de rendre notre maison propre et agréable, ce qui m'a valu tout à l'heure les sarcasmes de la Titine…

C'est quand même choquant, vous ne trouvez pas, Votre Honneur, que la romancière soit si peu capable de voir les choses de mon point de vue ?

Ne peut-elle comprendre que lorsqu'une famille à la campagne s'élève à peine, à grand-peine, au-dessus du niveau de la subsistance – quand, à coups d'efforts et de sacrifices, le fils aîné de cette famille, mon père, parvient à décrocher un diplôme en droit et à ouvrir un cabinet de notaire, tous ses proches sont fiers de lui ? Ne peut-elle comprendre la vénération que portent ses proches, alors, aux premiers signes de la richesse – parce que, après des siècles de vie paysanne dure et sale et éreintante et identique à elle-même, *enfin* on ne vit plus comme des bêtes, *enfin* le carrelage a remplacé la terre battue, *enfin* on a un peu de temps libre et un peu d'argent à dépenser, *enfin* on peut gravir la toute première marche sur l'échelle de la civilisation et s'offrir de menus symboles de réussite, argenterie, porcelaine, meubles fabriqués à l'usine…

Et on les couvre d'attentions, ces symboles, mais oui Clémentine, on polit l'argenterie, on frotte le carrelage, on se mire dans les meubles…

LATIFA

Moi je la comprends, la dame. Moi aussi j'aurais aimé avoir de l'argenterie et pouvoir la frotter. Je la comprends.

JOSETTE

C'était *ma vie*, vous m'entendez ? Moi aussi je viens de quelque part, je ne me suis pas inventée toute seule ! Nous aussi, les Josette de ce monde, nous sommes fabriquées par notre expérience, et mon expérience à moi a été celle-là : père fils de paysan, fier comme un coq d'avoir le droit d'accrocher au-dessus de sa porte l'enseigne de notaire ; mère fille de paysan, ravie de ne plus avoir à tordre elle-même le cou du poulet et à le vider de son sang et à le plumer et à passer une flamme sur sa peau blanche et froide et grumeleuse pour y brûler les derniers restes des plumes, mais de l'acheter sous plastique au supermarché – oui c'était ça notre fierté, ne vous en déplaise : le plastique, le Formica, tout ce qu'avec une moue de dédain la romancière appelle *kitsch* et *toc*. Ce n'est pas encore la chapelle Sixtine mais c'est un début ! Elle est drôle la romancière, elle n'aime que la richesse extrême, somptueuse, maximale, dégoulinante ! Mais les premiers minuscules signes timides, ça, non, ça l'agace ; ça suscite ses moqueries sadiques. Pardon de n'être pas encore Tolstoï, pardon de n'être pas encore Beethoven ou Michel-Ange, mais on a fait de notre mieux, on a été notaire, épouse et fille de notaire, et je ne supporterai plus que cette romancière nous crache dessus.

LA ROMANCIÈRE

Pardonnez-moi, Josette. Vous avez raison de me rappeler à l'ordre. En effet, sans cette nuance apportée à votre caractère, la suite de l'histoire serait incompréhensible.

Elke disait tout à l'heure qu'elle n'avait pas peur d'avancer dans le récit mais, paradoxalement Votre Honneur (car toute cette audition résulte d'une mienne initiative), c'est *moi* maintenant qui ai peur d'avancer. Je rechigne à entamer la dernière spirale de l'histoire, celle qui doit conduire à la disparition de Cosmo.

FRANK

Qu'est-ce qu'il y a de si terrible, puisque nous connaissons déjà la fin ?

Allez ! donnons-nous la main, tous autant que nous sommes, et dansons gaiement la mort du clown fornicateur.

ELKE

Je reprends la parole, Votre Honneur, après m'être tue un long moment.

Ce que je vais raconter maintenant en surprendra plus d'un.

S'il est vrai que le suicide de son père et la lecture de sa correspondance avec Véra ont produit sur Cosmo l'effet d'un séisme, ce serait une erreur de voir ce drame comme la cause unique et exclusive de sa dégringolade. Voilà pourquoi, tout à l'heure, j'ai tenu à raconter une crise de migraine datant de bien *avant* la mort d'André.

Ce qui est certain, en revanche, c'est qu'à partir de là les crises sont devenues plus fréquentes et plus spectaculaires.

SANDRINE

Oui – j'ai vérifié dans mes archives et je peux confirmer que la première migraine de Cosmo traitée chez nous à la campagne remonte à la fin de l'année 1970, peu après la scène au cimetière que nous a contée Clémentine. Il n'avait alors que vingt-sept ans.

Cosmo m'avait parlé dans sa lettre de son sentiment d'être partagé, comme par une hache, entre sa mère et son père. Maintenant, André mort, et Josette esseulée, endeuillie et tendre (oui, tendre, car il est indéniable qu'elle aimait son fils à sa manière), cette division s'est encore exacerbée ; Cosmo redoutait d'en devenir fou.

S'il avait pu croire sa mère coupable et son père innocent – ou, à l'inverse, son père coupable et sa mère innocente – il n'aurait peut-être pas dérapé comme il l'a fait. Mais lui-même avait de graves doutes concernant la santé mentale de son père : depuis l'enfance il avait assisté, impuissant, à ses crises de rage et à ses périodes de prostration, et il lui était facile de se mettre à la place de sa mère. Du reste, lui et Josette avaient passé de nombreuses soirées en tête à tête, quand André était trop abattu pour venir à table. Adulte maintenant, et me voyant me débrouiller seule tant bien que mal avec mes deux enfants, Cosmo ne pouvait qu'admirer rétrospectivement le courage de sa mère. La faiblesse d'André l'accablait. L'idée que Josette ait pu le faire interner en partie *pour lui*, Cosmo, l'accablait plus encore.

Alors, pour ne pas sombrer dans le désespoir, il songeait aux lettres de son père à Véra et se mettait en colère contre Josette. Il lui téléphonait de Paris pour l'accabler de reproches, la réduisant en larmes et menaçant de ne plus jamais venir la voir.

Ensuite il changeait d'avis, et, contrit, sautait dans un train, se jetait aux pieds de sa mère et la suppliait de lui pardonner.

Un jour il était André, le jour suivant, Josette ; puis l'alternance s'est accélérée : une heure André, une heure Josette ; une minute André, une minute Josette… C'était à se taper la tête contre les murs – et c'est ce qu'il faisait parfois, Votre Honneur, très littéralement.

On m'arrache le cerveau, gémissait-il, la voix brisée par la douleur. J'ai les sutures crâniennes qui se déchirent !

J'entendais ces phrases comme des métaphores, bien sûr. Comment me seraisje doutée qu'elles correspondaient à la vérité physiologique ?

Cosmo avait des obligations professionnelles ; il ne pouvait se permettre de telles faiblesses. Pour tenir le rythme de ses spectacles, il se bourrait de médicaments et consultait des spécialistes de plus en plus coûteux.

Le paradoxe c'est que, pendant ce temps, sa popularité n'a cessé de croître ; elle devenait même délirante. On eût dit que sa carrière se poursuivait sans lui, qu'il pouvait faire et dire n'importe quoi sur scène et que le public continuerait de l'ovationner et de le porter aux nues. Il se sentait *persécuté*, le mot n'est pas trop fort, par son propre succès. Partout où il allait, les gens le reconnaissaient, l'arrêtaient dans la rue, le remerciaient et le noyaient sous des flots de compliments...

C'est une catastrophe, me disait-il au téléphone. Je suis une marque déposée comme La Vache qui rit ; mon visage est aussi connu que le sien. Sais-tu qu'il y a désormais des clubs de Cosmophiles, non seulement en France mais à l'étranger ? des individus qui enseignent la Cosmologie, qui écrivent sur moi des mémoires, des thèses... L'autre jour j'ai fait la connaissance d'un jeune homme de Toronto, fort sympathique au demeurant, qui m'a récité mot pour mot, tiens-toi bien, un de mes spectacles de *1962* ! J'étais estomaqué, il le jouait mieux que moi...

LE COSMOPHILE

C'était moi, bien sûr.

ELKE

Ils m'analysent ! me disait-il. Ils me mettent en boîte, puis ils collent des étiquettes sur la boîte ! Le pire c'est qu'ils ont l'air de me *comprendre*, alors que moi je n'ai plus la moindre idée de qui je suis ni où je vais ni surtout pourquoi. Elke, que vais-je devenir ? *Je n'arrive plus à être Cosmo !* Quand on m'interviewe, je suis persuadé qu'il y a erreur sur la personne. Je me fais l'effet d'un imposteur, de quelqu'un qui cherche à se faire passer pour Cosmo, c'est épouvantable. Pour l'instant je réussis encore à donner le change, à jouer mon rôle de façon convaincante, mais que se passera-t-il quand je commencerai à oublier mes répliques ? Les gens me parleront d'un de mes spectacles et je leur ferai un sourire vide, comme ça : Ah oui, *Je suis en guerre*, ah oui ça vous a plu, eh bien c'est gentil de me le dire, ça me fait très plaisir, merci, merci beaucoup. Et en me remémorant *Je suis en guerre*, je me dirai oui c'était pas mal, ça, mais c'était *avant*, je n'en suis plus capable, je ne sais plus improviser, les mots ne me viennent plus, je suis fini, *fini* ! Où me réfugier, Elke ? Je n'en peux plus, je voudrais que tout s'arrête…

L'homme sombre gagnait du terrain. L'autre nom de l'homme sombre, Votre Honneur, c'était le doute. Après s'être rongé lui-même jusqu'au trognon, Cosmo s'est attaqué à moi. Tu crois m'aimer, me disait-il, mais tu te racontes des histoires. En fait ce que tu aimes c'est une image, un type que tu as vu à la télé. Ce qui te plaît vraiment en moi c'est ma célébrité, c'est de pouvoir te dire que tu couches avec un homme dont le nom est sur toutes les lèvres, mais tu ne me connais pas, tu ne veux surtout pas me connaître, au fond tu *préfères* que je ne sois pas là, ça te permet de fantasmer sur moi et de prendre ton pied toute seule. Même quand je suis là, le plus souvent, je n'arrive pas à te faire l'amour et ça te donne l'occasion de me consoler, comme ça tu te grandis à tes propres yeux, le reste du temps je prends mon pied avec d'autres femmes, je te trompe et tu le sais, n'importe quelle femme me plaît plus que toi, n'importe quelle femme est plus jeune, plus jolie, plus cultivée que toi, comment as-tu pu croire que je m'intéressais sérieusement à une serveuse nunuche de province, et à sa marmaille perverse et violente ?

Je ne trouvais pas cela drôle, Votre Honneur. Je ne trouvais pas cela agréable.

Mais je suis têtue, comme l'a dit tout à l'heure Yves, mon détestable petit frère. L'amour de Cosmo était un absolu dans mon existence, et je refusais d'en démordre. Je le ramènerais à lui-même et à la vie. Tant d'instants de bonheur, tant de merveilles et de lumières ne pouvaient se défaire de cette façon funeste !

LE COSMOPHILE

Sur scène aussi, à partir de ces années-là, il se comportait de façon erratique et inquiétante. Perdait-il ses moyens, ou les sabotait-il ? C'était indécidable. Il se lançait dans un de ses vieux numéros, improvisant sauvagement dans l'espoir que l'inspiration (ce qu'il appelait *le souffle*) prendrait le relais – et parfois cela marchait, le génie argenté lui coulait des lèvres comme avant, mais il ne pouvait plus compter dessus : au bout de quelques minutes l'éloquence le quittait et il chutait lourdement, tel un alpiniste s'apercevant soudain qu'il n'est pas encordé. C'était affreux, Votre Honneur. Il dévisageait l'assistance alors d'un air éperdu... jouant avec sa propre angoisse comme avec la leur... Parviendrait-il à retomber sur ses pieds, à remettre le spectacle sur les rails, à leur faire croire que tout ceci était prévu et faisait partie intégrante du *show* ?

En août 1985, à la maison de la culture de la ville moyenne, je l'ai vu dans un spectacle affligeant. Il se tenait au beau milieu de la scène, sous le spot, les bras le long du corps. Sur son visage grimé de blanc, on ne lisait que désarroi et désolation. Puis, avec une lenteur exaspérante, il se mettait à égrener des phrases.

J'ai perdu quelque chose, disait-il.

Mon génie.

Ça me tenait à cœur, quand même.

Où ai-je bien pu le mettre ?

Il retournait ses poches, s'essuyait le front.

Je l'avais, pourtant, j'en suis sûr.
Pas plus tard qu'hier.
Du calme, du calme, réfléchissons.
Quand l'ai-je vu pour la dernière fois ?
Non, peut-être pas hier, en fait.

Il se grattait la tête.

Peut-être... avant-hier ?
Il y a deux ans, c'est sûr, j'étais génial.
J'ai fait un numéro, mais un de ces numéros...
Je vous jure !
Puis ce matin en me réveillant, j'appuie sur l'interrupteur dans mon cerveau et...
Rien.
Pas possible.
J'appuie de nouveau...
Noir.
Pas le plus petit scintillement d'une idée...

Silence prolongé. Consternation dans la salle. Un trou ? Et puis :

Un trou ? vous demandez-vous. Cosmo aurait-il eu un trou ? Bravo, vous avez trouvé. Ce n'est pas que j'ai, *c'est que je* suis *un trou. C'est tout ce qu'il reste de moi. Eh oui ! vous m'avez bouffé, voilà le résultat... Non je m'excuse messieurs dames mais – vous comprenez... On fait ça – au fond – on fait ça pour être aimé – et ça marche, le pire c'est que ça marche – les gens vous aiment, ils vous adorent – vous les faites rire – ah ah ! ah ah ! – mais ça n'aide pas – au contraire – on est encore plus affamé d'amour après – alors on continue – on donne encore plus – on se surpasse – et ça marche, le pire c'est que ça marche – les gens vous acclament, vous encensent, vous portent aux nues – mais ça ne suffit pas – au fond ça ne change rien – il y a encore en vous ce manque – plus ils vous aiment, plus ça vous creuse, et pour finir vous n'êtes plus qu'un trou – voilà – je m'excuse messieurs dames de parler pour une fois avec sincérité – tant pis si ça ne vous amuse pas – c'est ça qu'il vous faut entendre ce soir puisque c'est moi qui suis sur scène et que vous avez tous payé pour m'écouter, bande d'imbéciles... D'ailleurs, si vous saviez aimer, vous n'auriez pas besoin de venir au théâtre regarder un pauvre type faire le clown...*

Ainsi de suite, pendant une heure et demie.

Etait-ce drôle ? Cherchait-il encore à faire rire, ou parlait-il sérieusement ? Les spectateurs étaient désarçonnés. Plus de la moitié sont partis avant la fin, et parmi ceux qui sont restés, peu ont osé applaudir.

Après cette débâcle, Cosmo était tellement abattu qu'il est allé, chose rarissime, boire un verre dans une boîte du centre-ville.

Le hasard a voulu que ses pas le conduisent à la boîte où Jonas jouait du violon chaque samedi soir. Les deux hommes se connaissaient de loin en loin depuis toujours, mais la rencontre qui s'est produite entre eux cette nuit-là était d'une autre nature. Dès qu'il a entendu la première note de musique, Cosmo a été saisi… électrisé… tétanisé… non, Votre Honneur, j'ai peur que le mot n'existe pas, capable de décrire l'effet produit par le jeune musicien sur l'acteur vieillissant.

C'était *lui*. Quoi, lui ?

Jonas : l'occasion enfin offerte de suturer l'atroce déchirure.

Jonas : son frère, le fils de la femme qu'avait aimée d'amour son père.

Jonas : solution, clef, réconciliation, plénitude, salut, amour, beauté, jeunesse retrouvée.

Jonas : musique.

Et Rodolphe ? l'élégant professeur d'histoire qui était l'amant en titre de Jonas depuis trois ans, pourtant assis ce soir-là à une table près de la sienne ? Eh bien, Cosmo ne l'a pas vu. Même quand il l'a vu, plus tard, il ne l'a pas vu.

Il n'y avait que Jonas.

Il lui fallait Jonas.

Il le lui fallait à tout prix.

FRANK

Pendant ce temps – juste pour vous distraire un peu, Votre Honneur, de la tournure tragique que prennent les choses – j'avais abandonné le lycée. Histoire d'être près de chez Kacim, j'ai loué une chambre sur l'avenue du Général-Charles-de-Gaulle qui marque la limite est de la Chancell', c'est la route de Paris, ce qui veut dire bagnoles et camions, vacarme et puanteur en veux-tu en voilà, c'était pas exactement le repos mais il faut dire que le repos j'en avais soupé au patelin et je cherchais autre chose : les sensations fortes.

Avec Kacim on était devenus carrément potes. Il avait pris un boulot dans la station-service Total juste à côté, il avait dix-neuf ans, trois de moins que moi, il était super beau et musclé et bien bâti alors que moi mon fort c'était plutôt la tchatche, on se complétait bien et on trouvait des combines de plus en plus délirantes pour arrondir nos fins de mois. Il faut dire que Kacim en avait gros sur la patate, il m'a appris un vers en arabe qui voulait dire *Nous moulons notre repas mais n'en goûtons point* parce que son père se tuait à rendre les rues du centre-ville belles et propres pour les touristes, alors que quand Kacim déambulait dans ces mêmes rues les gens lui lançaient des regards en biais quand c'était pas des insultes du genre Rentrez chez vous. Chez lui c'était à cinq cents mètres de là, et Latifa a raison, Votre Honneur, la Chancell' c'est pas un endroit qui fait rêver, on fait pas mieux dans le genre hideux, et ma mère a raison aussi, une fois n'est pas coutume, quand elle dit que l'homme a besoin de rêves autant que de pain ou d'eau.

Alors rêvons, on s'est dit avec Kacim ! On vit dans une société pourrie, on va quand même pas faire des pieds et des mains pour s'y intégrer ! Tous les jours on voyait à la télévision des politiciens qui s'en mettaient plein les poches et personne ne venait les embêter, alors que Kacim, lui, était régulièrement harcelé par les flics : provocation, intimidation, insultes, coups, voyage au poste, contrôle de papiers, fouille au corps, penche-toi, fais-nous voir ce que t'as dans le trou du cul, les flics c'est tous des pédés, Votre Honneur, j'espère que vous êtes au courant, alors nous on se disait tant qu'à faire, puisqu'on nous traite comme des voleurs, volons !

C'est à cette époque que j'ai enfin compris à quel point la sagesse paysanne se fourrait le doigt dans l'œil. *Un sou est un sou* mais il faut surtout pas en gagner trop, il faut endurer, tenir le coup, se serrer la ceinture, se montrer patient et capable de sacrifices – sans même croire en Dieu ni en une vie meilleure après cette vie de merde, sans croire en rien du tout ! Les neuf dixièmes de l'humanité sont dans la mouise, je disais à Kacim, et il faut pas se leurrer, jamais on n'arrivera à changer ça, alors autant prendre du bon temps. Et il faut se l'arracher, le bon temps, parce que personne va venir nous l'apporter sur un plateau. J'exposais toutes ces idées devant Kacim, il m'écoutait les yeux ronds et je sentais que j'allais avoir plus qu'un acolyte, Votre Honneur, un vrai disciple. On est jeunes et beaux, je lui disais, profitons-en pendant qu'il en est encore temps ! Et je dois dire qu'on en a sacrément profité.

Mais on n'était pas fous. A la Chancell' dans ces années-là, 1984-1985, il y avait de plus en plus de jeunes qui se défonçaient au crack, c'est comme ça que son frangin a clamsé et ça nous a quand même fichu un coup, nous on faisait gaffe, on se défonçait seulement à la cocaïne et au shit. N'empêche qu'il faut du fric pour ces choses-là et, n'étant pas né de la dernière pluie, Votre Honneur, vous savez comment les garçons de notre espèce se procurent du fric.

On appelait ça faire la Charité, je sais pas si vous saisissez l'astuce, c'est parce qu'à l'est de la ville moyenne il y a une petite ville qui s'appelle La Charité et sur la route entre les deux il y a une flopée de magasins qui vendent de tout au rabais, meubles, outils, godasses, n'importe quoi, c'est là que vont les gens en masse tous les week-ends pour faire leurs emplettes. Nous on se pointait près des caisses en fin d'après-midi, jamais deux fois à la même boutique, et vous imaginez la suite.

Non, pas d'arme à feu, on arrivait très bien à nos fins avec l'Ami pointu, celui-là même que Hassan en partant pour la France avait confié à Latifa en lui disant qu'il appartiendrait un jour à leur fils. D'accord, Kacim avait un peu devancé l'héritage en s'emparant du couteau avant la mort de son paternel, mais on en prenait le plus grand soin, on le polissait et l'affûtait avec amour, c'était comme qui dirait notre mascotte.

Qu'est-ce qu'on a pu s'éclater, tous les deux ! Ça ferait sans doute mieux de dire qu'on se sentait minables, mais ce serait faux ; c'est avec un vrai pincement au cœur que je parle de cette époque. Quand la prise était bonne on montait passer le week-end en pachas à Paris : hôtel aux Champs, filles, champagne, boîtes de nuit, le beau n'importe quoi. Moi je serais bien resté plus longtemps à la capitale mais pas seul, pas sans Kacim, or Kacim voulait pas lâcher sa famille, c'était le fils aîné et son père ne ramenait pas de quoi nourrir dix bouches. Et si je lui disais : Tu pourrais au moins lâcher ton boulot de merde chez Total, il me répondait : Non parce que c'est de l'argent propre, je peux le remettre à ma mère.

Pour ma part ça faisait belle lurette que j'avais perdu le contact avec ma mère et ses amis, les gens du village, tout le monde sauf Fiona. A seize ans ma petite sœur en faisait vingt, elle avait un cul et des nichons étonnants, un moment j'ai même songé à la dépuceler moi-même mais je me suis dit que je la possédais déjà de tous les points de vue sauf celui-là et à dire vrai j'avais que moyennement envie de la sauter parce qu'on perd un peu les pédales quand on baise et je voulais qu'elle me voie comme un pur Rambo, *des yeux de pierre un corps de pierre un cœur de pierre* comme on disait gamins, alors j'ai laissé Kacim la dépuceler puis on a fêté ça tous les trois avec un peu de coke, à la suite de quoi j'ai mis une annonce dans le bimensuel de la ville moyenne, à bon entendeur salut, et il y en avait, des bons entendeurs, ça m'a même surpris comme le téléphone s'est mis à sonner, et pendant deux ans Fiona a tapiné pour nous, quand je dis deux ans c'était seulement le week-end parce qu'en semaine elle habitait encore à la maison et allait au lycée, elle recevait ses clients dans ma piaule et Kacim et moi on restait dans les parages avec l'Ami pointu en cas de pépin. C'est vrai que ça nous écœurait un peu d'imaginer ces salauds en train d'ahaner et de baver sur notre Fiona chérie, Kacim surtout parce que je crois qu'il était un peu crok de ma petite sœur pour de vrai, mais Fiona ça n'avait pas l'air de la déranger plus que ça, elle nous remettait les pascals avec un petit rire très chic, comme la jeune fille dans la lettre de Cosmo, qui chantonne et batifole tout en donnant des coups de pied dans la tête qui roule. Et on peut dire qu'on les a bien roulés, ah pour ça, ça marchait à merveille ! Avec les billets de Fiona et les nôtres, c'était Byzance...

LATIFA

Je suis désolée, madame Elke. Je ne sais pas quoi dire, tellement je suis désolée

FIONA

Ne soyez pas désolée, Latifa. Ça m'a pas tuée ! Regardez, je suis là, je vais bien. Je peux vous le dire maintenant : Kacim et moi on s'aimait à la folie, et c'est son amour qui m'a protégée... bien plus que l'Ami pointu ! Là aussi, de façon inattendue, la sagesse de Elke a été d'une grande utilité. Les types avaient beau me passer sur le corps, j'avais appris à être ailleurs dans ma tête. J'étais pas là, tout simplement. Pendant ce temps, je donnais mes lèvres aux lèvres de Kacim, je me pâmais dans ses bras et je l'écoutais me parler en arabe. J'adorais la musique de cette langue, Votre Honneur (allez, je vous redonne du *vous*), c'était mon rêve depuis l'enfance, une langue qui ne veuille rien dire, qui ne soit que musique. Kacim ne parlait pas couramment l'arabe mais il connaissait encore des sourates du Coran que lui avait apprises sa mère et c'est ça qu'il me récitait à voix basse chaque fois qu'on se retrouvait tous les deux. Ça doit pas être fréquent, un texte religieux qui produit des effets aussi aphrodisiaques...

Frank l'a pas su, mais Kacim a été mon amant tout au long de ces deux années. Vous pouvez être fière de votre fils, madame, c'est un garçon merveilleux... C'était drôle de voir comme il faisait peur aux gens rien qu'en marchant dans la rue, alors que c'était l'homme le plus gentil du monde... Une fois j'ai même été enceinte de lui (oui j'en suis sûre, je prenais jamais de risque avec les clients), mais on était d'accord, notre situation n'était pas ce qu'il fallait pour élever un enfant, c'était le moins qu'on puisse dire ! Alors comme j'étais mineure et que j'avais pas envie de mettre ma mère dans le coup, j'ai dû trouver une faiseuse d'anges. Kacim est venu avec moi au rendez-vous et en m'allongeant sur la table j'ai vu qu'il tournait de l'œil. Vous auriez dû le voir, Votre Honneur, c'était drôle, il avait plus peur que moi !

Tout s'est bien passé pour finir, j'ai eu de la chance... mais... ça m'a changée. *J'avais eu une personne en moi*, vous comprenez ? *J'avais eu la vie de quelqu'un d'autre dans mon ventre*. C'était plus grave que je pensais, tout ça. Faire l'amour.

La vie en général. Ça a l'air bête, dit comme ça, mais c'est vrai. On ne regarde pas le monde de la même manière, après. C'est pas que j'aie arrêté le tapin du jour au lendemain – mais dans ma tête j'avais arrêté. Dans ma tête j'avais déjà commencé à faire des projets. J'ai décidé de faire plus attention dans mes cours au lycée. J'ai eu mon bac, ce dont ni Frank ni Kacim ne pouvaient se vanter. Et quand ils ont sablé le champagne pour fêter mon 10,4, je leur ai dit : Finies les frasques de jeunesse, mes amis ! Je monte étudier le théâtre à Paris.

Je pensais à Cosmo. Il incarnait tout ce à quoi j'aspirais à ce moment-là : le talent, la célébrité, le fric… Et je me suis rappelé cette phrase qu'il avait eue, près de la passerelle sur l'Arnon, quand j'étais môme : *Toi aussi, plus tard, tu pourrais être comédienne…* Il me pistonnerait, c'était sûr. Il m'aiderait à prendre mon envol.

Je rougis maintenant, Votre Honneur, d'avoir été si naïve. Mais à dix-huit ans on est égoïste. Les adultes n'existent pas vraiment. Ou s'ils existent, c'est un peu comme les murs de la maison – ils sont vieux, solides, ils sont *là*, quoi, on ne les regarde pas chaque matin en se levant pour vérifier qu'ils se sont pas fissurés pendant la nuit.

Cosmo s'était fissuré et je n'avais rien vu. Au plus, j'avais remarqué – et encore, vaguement – qu'il était moins bavard que dans le temps. Et qu'à partir de la quarantaine des cheveux blancs sont venus se mêler à sa tignasse blonde. Si je me racle la mémoire, je me rappelle *peut-être* avoir entendu, une fois ou deux, au milieu de la nuit, des éclats de voix venant de la chambre de ma mère. Mais j'étais loin de soupçonner, Votre Honneur, mois après mois, l'étendue des dégâts entre elle et Cosmo, et dans la tête de Cosmo.

Vu de loin, c'est assez comique. L'été 1986, dès que j'ai eu mes dix-huit ans et mon bac, j'ai pris mes cliques et mes claques, ainsi que quelques beaux billets que j'avais négligé de remettre à Frank, et je suis montée à Paris pour me rapprocher de Cosmo. Au même moment, Cosmo quittait définitivement la capitale et prenait un appartement dans la ville moyenne… pour être près de Jonas.

NEUVIÈME JOURNÉE

ELKE

Ça, Votre Honneur… Ça…

De Cosmo j'avais tout accepté, depuis le début, je n'avais même pas eu à faire d'effort. Sa mégalomanie, son incompétence dans la vie matérielle, ses absences, ses infidélités, son impuissance… et même, ces derniers temps, sa méchanceté. Oui sa méchanceté aussi je l'acceptais, je l'embrassais parce qu'elle faisait partie de l'homme et que j'aimais l'homme entier, *tout Cosmo*, je m'enorgueillissais d'être la seule à l'aimer intégralement.

Mais qu'il tombe amoureux d'un homme… Ça, non. Ça, c'était… ah, que voulez-vous que je vous dise ?

Au *Zodiac* les langues allaient bon train. Un homme à femmes, ça va un moment comme ragot mais on s'en lasse assez vite. Un homme à hommes, non seulement c'est plus croustillant mais en plus, ces deux-là, on les connaissait au village depuis leur naissance… et chacun était célèbre dans son domaine… A ma place derrière le zinc, j'étais aux premières loges pour les spéculations et les commentaires, et je l'ai mal vécu.

Je n'ai jamais su, en revanche, comment Véra avait pris la chose. A-t-elle seulement enregistré le fait que son fils et celui d'André filaient le parfait amour ensemble ? Je n'en suis pas sûre. Elle se faisait vieille, la Véra, elle n'avait pas loin de soixante-dix ans ; depuis l'histoire des lettres de l'asile, elle avait cessé de mettre du henné sur ses cheveux et de s'habiller avec soin, elle avait fermé son magasin de journaux et ne venait plus au *Zodiac* ; quand je la croisais sur la place elle avançait à grands pas désordonnés, les cheveux blancs épars flottant au vent, le regard bleu ailleurs. Les enfants du village (et pas seulement eux) la traitaient de sorcière.

De ma vie, Votre Honneur, je n'avais été aussi seule : privée de parents et d'enfants, privée de mari et d'amant… et pour la première fois, ce qui était infiniment plus grave, *privée de rêves*.

Je ne m'étais pas attendue à ça.

Je me disais : ça va lui passer. Mais je ne le croyais pas. Cosmo n'était rien sinon loyal. C'est sa plus grande différence d'avec don Juan : il ne jetait pas les gens comme des Kleenex après s'en être servi. Quand il aimait, il aimait.

Il passait me voir parfois, et me téléphonait, mais on avait du mal à se parler. Jonas avait changé la donne entre nous comme ne l'avait fait aucun membre du chœur des femmes, pour la simple raison que Cosmo ne me racontait rien sur lui, sur eux. Il était *dans* leur histoire : *dedans*, sans la moindre distance.

Sur un seul domaine dans la vie de Cosmo je régnais encore en maîtresse : sa santé. Début 1986, un des spécialistes qu'il avait consultés pour la migraine a fini par lui prescrire une ponction lombaire. Or cet examen, qui consiste comme vous le savez à prélever chez le patient une petite quantité de liquide céphalorachidien, a soulagé sa douleur.

SANDRINE

C'est la première fois que j'entends parler de ça !

Si c'est vrai, Votre Honneur, cela aurait voulu dire qu'il y avait pression intracrânienne, que la libre circulation du fluide rachidien dans le cerveau était entravée par l'augmentation de la masse contenue par le crâne. En termes clairs, à partir de là, on aurait supputé l'existence d'une tumeur.

ELKE

Tout juste. Suite à la ponction lombaire, on a pratiqué une biopsie, et c'est à moi seule que Cosmo a montré les résultats : une tumeur, oui.

SANDRINE

Mais...

ELKE

Ensuite il a subi un examen de résonance magnétique nucléaire. L'ironie a voulu que cela se passe à l'hôpital de la Salpêtrière à Paris, là même où son père avait été interné en 1932 pour extase à la pleine lune... Derechef, il m'a apporté les rapports médicaux et on les a étudiés ensemble. La tumeur était visible, logée au cœur de l'hypothalamus, inenlevable.

Après le départ de Cosmo, j'ai continué un long moment à compulser seule son dossier, couvrant de baisers les images de son cerveau. Chéri. Chéri. Chéri. C'était ce qu'il me restait. Son amour pour moi se lovait-il encore quelque part là-dedans ? Où était Cosmo ?

JONAS

Cosmo était là où il avait toujours rêvé être : dans la musique. J'ai du mal, Votre

Honneur, sincèrement, à croire en cette histoire de tumeur. Je voyais Cosmo tous les jours à cette époque ; s'il avait été malade à ce point je m'en serais aperçu ! On peut cacher certaines maladies, mais un cancer du cerveau… !

Certes, il avait changé, ça c'est indéniable, mais à mon avis c'était une bonne chose. Il avait cessé de courir dans tous les sens et de s'insupporter au point d'avoir à se transformer chaque soir en vingt personnes différentes. Il était en crise, Votre Honneur. Il voulait apprendre à être lui-même. Enfin. Avec moi…

J'avais toujours mes affaires chez Rodolphe et je continuais d'y dormir, mais dans la journée je passais le plus clair de mon temps chez Cosmo. Rodolphe serrait les dents et acceptait, comme il le pouvait, cette nouvelle présence dans ma vie. A aucun moment il n'a menacé de casser la gueule au comédien ni de me jeter dehors, et je lui en sais gré. C'est vrai que la monogamie ne faisait pas partie de notre donne de départ : les rencontres occasionnelles de l'un ou de l'autre n'avaient jamais posé de problème. Mais là il s'agissait d'une chose plus grave, et susceptible de mettre en cause notre couple en tant que tel ; Rodolphe le sentait mais il a choisi d'attendre. Est-ce parce qu'il avait lu beaucoup de livres qu'il a réussi à maîtriser sa jalousie ? ou parce qu'on a le sang moins chaud dans la quarantaine ? Je ne sais pas. Plus tard, il m'a avoué avoir littéralement *prié* pour que ma passion ne dure pas trop longtemps.

Cosmo avait acheté un grand appartement cossu au centre-ville. J'allais chez lui presque tous les jours et je jouais pour lui. Mon répertoire s'était élargi et diversifié grâce au conservatoire, j'étais à l'aise dans tous les styles depuis le baroque jusqu'aux czardas tsiganes. Cosmo m'écoutait avec une intensité brûlante, on aurait dit qu'il mourait de soif depuis des années et que ma musique était cette rivière de lait et de miel dont parle la Bible ; il la *recevait*, Votre Honneur. Assis dans son fauteuil, calme et sans mouvement, il fermait les yeux et m'écoutait de toutes ses forces. Une fois, alors que je venais d'interpréter le largo de la *Sonate n° 3 en fa* de Bach, j'ai vu en me retournant qu'il avait les joues baignées de larmes… Quand j'avais fini de jouer, je posais l'instrument et prenais Cosmo par la main. Et, alors que j'étais tellement plus jeune que lui, c'est moi qui le guidais dans la rencontre de nos corps. Je lui montrais le chemin. Il était comme un enfant qui fait ses premiers pas, tout étonné de se découvrir capable… mais oui… capable de marcher !

Il m'était si reconnaissant, Votre Honneur… Le fait d'en parler me bouleverse à nouveau… je n'en dirai pas plus.

FIONA

Moi aussi j'ignorais que Cosmo était malade. Je suis sciée. C'est fou qu'on ait pu s'aveugler à ce point...

Pour ce qui me concerne, débarquant à Paris après ma fugue pleine d'espoir, j'ai appris dans la même journée, et d'un, que l'abonnement téléphonique de Cosmo venait d'être résilié, et de deux, qu'il n'habitait même plus la capitale. Je ne vous cache pas, Votre Honneur, que ça m'a un peu ébranlée. Mais je ne suis pas femme à se laisser abattre...

Toute une année j'ai ramé : coups de téléphone, visites de théâtres, interviews, auditions... J'ai dû apprendre à repousser les mains baladeuses tout en continuant de sourire pour ne pas perdre mes chances de décrocher un rôle. J'avais le même problème que Marilyn Monroe, mes nichons attiraient tellement l'attention que j'avais du mal à être prise au sérieux ; c'était galère mais je refusais d'en démordre. La phrase de Cosmo me revenait constamment en tête, *Toi aussi, tu pourrais être comédienne.* Eh bien, j'allais le prouver. A lui, à moi, au monde.

Au bout de cette première année, j'ai enfin commencé à jouer, surtout dans les dramatiques radio, un comble pour une femme avec mes atouts, mais bon. Tout ça pour vous dire que je n'étais plus du tout au fait de ce qui se passait au pays.

J'avais coupé les ponts avec ma mère de façon radicale et volontariste, comme on le fait à dix-huit ans. (Entre nous, Votre Honneur, je crois que je lui en voulais d'avoir divorcé d'avec mon père. C'est marrant : maintenant que je suis divorcée moi-même, je lui en veux moins.) J'ai tout fait pour oublier ma vie d'avant. Mais un jour dans le troisième arrondissement, pas loin de la rue au Maire où Elke petite avait vécu avec sa chapelière de mère, j'ai croisé par hasard un de mes anciens clients de la ville moyenne. Jacques, il s'appelait. Un monsieur très comme il faut, bien sapé et tout et tout. C'est lui qui m'a reconnue, au beau milieu de la rue Quincampoix, et il m'a dit – ou plutôt susurré, comme ça : Alors Gina, ça marche mieux à Paris, le travail ?

Gina c'était mon nom de tapineuse. J'ai sursauté, prise au dépourvu, et puis j'ai senti la moutarde me monter au nez : depuis un an je me tuais pour devenir quelqu'un, et voilà qu'il me parlait comme si j'étais toujours dans le caniveau. Mais il s'est confondu en excuses et pour se faire pardonner il m'a invitée à souper aux Halles. Là j'ai pas dit non ; ça faisait un moment que j'avais pas eu de vrai repas et la perspective d'une choucroute arrosée de gewurtz me souriait drôlement. On a descendu deux bouteilles à nous deux et quand Jacques a glissé une main entre mes cuisses à la fin du repas je l'ai laissé faire, j'étais si contente d'avoir bien mangé et d'être dans un endroit chic et chaud. Alors il m'a invitée à prendre un digestif dans sa chambre d'hôtel, et vous allez me dire que je suis cruche de chez cruche mais même là je me suis pas méfiée. Naturellement, les choses ont vite dégénéré.

Voyons, m'a dit Jacques au bout de dix minutes de pugilat poli, t'es sûrement une très grande comédienne, mais s'il y a un rôle que tu peux pas jouer c'est les vierges effarouchées ! Me fais pas rire ! Allez, ma petite chérie, mets-toi à poil, je te paierai.

Là il m'a tapé sur les fesses, et, voyant que je lui résistais encore, il est devenu carrément violent. Il m'a jetée sur le lit. Eh bien, Votre Honneur, vous me croirez ou non, c'est encore Cosmo qui est venu à la rescousse.

Ce doit être à cause de ce nom de Jacques. Tout à coup je me suis rappelé notre jeu de *Jacques et le haricot magique*, et comme j'avais bien réussi à me mettre en colère ce jour-là. J'avais été le géant le plus effrayant du monde ! Et voilà que, quinze ans plus tard, dans cette chambre d'hôtel luxueuse où un salopard s'apprêtait à me violer, je suis redevenue le géant. *Fi, fa, fo, foum*… mon corps s'est mis à enfler et à gonfler, mes muscles se sont inondés d'adrénaline, j'étais comme

Popeye quand il mange les épinards ou comme Astérix quand il boit la potion magique… et le Jacques en question n'a rien compris à ce qui se passait, Votre Honneur, je vous assure. En trois secondes il s'est retrouvé par terre contre le mur, sans souffle, et j'avais refermé la porte derrière moi.

Merci, Cosmo.

Bon.

Ensuite, re-galère. Petits rôles pendant encore un an – après quoi, avec je dois dire un soupir de soulagement, j'ai décidé de me marier avec Jean-Claude. Il était réalisateur à la radio, il me poursuivait de ses attentions depuis des mois et je me suis dit bon, au moins il est sympa, il a un salaire régulier et ça me permettra de souffler. Mais en matière de souffle j'allais encore devoir attendre : trois semaines après notre mariage, je me suis retrouvée enceinte et cette fois-ci j'avais pas la moindre envie de le faire passer, l'enfant.

J'ai appelé ma mère pour lui annoncer la nouvelle. Elle était folle de joie, et on s'est réconciliées.

Mon fils Xavier est né en juin 1988 ; j'avais tout juste vingt ans.

FRANK

Ça me faisait chier, Votre Honneur, d'avoir perdu le contact avec ma petite sœur.

J'avais toujours cru qu'elle dépendait de moi – mais là, depuis qu'elle était partie pour Paris, je me rendais compte que moi aussi je dépendais d'elle. Sans elle, mes aventures étaient moins poilantes et moins lucratives.

Heureusement qu'il y avait Kacim. On était devenus inséparables tous les deux, ou plutôt tous les trois, avec l'Ami pointu. Celui-là on le planquait toujours au même endroit, derrière un vieux garage à mi-chemin entre nos deux domiciles, au cas où il y aurait eu une descente de flics chez l'un ou chez l'autre. Et il y en a eu – ah ça ! pour ça, on a souvent eu les flics aux fesses, on a passé pas mal de nuits au poste mais ils arrivaient pas à nous coincer et nos maisons étaient clean.

FIONA

Je suis revenue au village avec Jean-Claude et Xavier pour les fêtes de Noël. Entre maman et ma petite famille tout s'est bien passé, mais avec Frank c'était bancal. J'étais gênée parce qu'il regardait mon mari de travers, comme si c'était une espèce de cave, et quant à mon fils il aurait été invisible que Frank lui aurait manifesté exactement le même intérêt. Je savais pas comment faire pour ranimer la vieille complicité entre nous. Même quand il a suggéré qu'on fasse une virée dans la ville moyenne, rien que nous deux, j'ai accepté à contrecœur. Je savais qu'il avait la même vie merdique qu'avant : ce qu'on appelait les quatre C : Chancell', Charité, Cash, Coke. La seule chose nouvelle qu'il avait à me montrer, c'était la fameuse cachette de l'Ami pointu. La belle affaire ! ai-je dit en haussant les épaules ; le visage de Frank est devenu sombre et renfermé et j'ai compris que je l'avais blessé. Mais j'allais quand même pas me mettre en extase pour un truc pareil. Les couteaux c'est moins excitant, je crois, quand on a un bébé.

Par contre j'étais émue de revoir Kacim. Je le trouvais trop trop beau, c'était vraiment un homme maintenant, et beau comme un dieu. Mais je gardais les yeux baissés, on était intimidés tous les deux, et même au moment de me faire la bise il m'a pas serrée dans ses bras, il devait avoir peur de me frôler les seins parce que j'étais devenue maman entre-temps ; mes seins avaient changé de sens…

Kacim n'aurait pas fait de mal à une mouche, Votre Honneur. C'était un garçon poli, bien élevé, jamais un mot plus haut que l'autre… Tous ceux qui l'ont rencontré vous diront la même chose. Le problème c'est qu'il y a un certain nombre de personnes qui ne l'ont *pas* rencontré. Ses avocats, par exemple. Pour des raisons évidentes il n'a eu que des avocats commis d'office et je les connais, ces types-là, je suis pas près d'oublier leurs manières, ce sont des incompétents prétentieux, ils ont le temps d'aller voir les putes et de bouffer dans des restaurants quatre étoiles, mais pas de rencontrer leurs clients. Ils prennent connaissance de l'affaire au début de l'audience – je vous jure ! –, ils jettent un coup d'œil paresseux sur le dossier, voyons voyons, le couteau appartenait à son père, que vous faut-il d'autre comme preuve ?... Un autre coup d'œil paresseux sur le prévenu, non mais vous avez vu comme il louvoie, ils savent pas vous regarder en face ces gens-là, c'est louche, il y a pas de fumée sans feu... Allez, suffit, mettons les Kacim de ce monde derrière des barreaux bien français, quinze ans et on en parle plus.

Quinze années de détention, mon Kacim ! C'est pas possible ! Mon premier amant, mon chéri qui me faisait pâmer en me chuchotant le Coran, alors qu'*eux*, pendant ce temps, ces connards d'avocats et cet enculé de juge, sont en liberté ? Eux qui n'ont jamais récité un vers de poésie de leur vie, ils ont le droit de roter et de péter dans leur lit la nuit ?

Si vous voulez connaître mon intime conviction, Votre Honneur, je pense que c'est Frank qui a tué Cosmo. Sincèrement, je vois pas qui d'autre a pu le faire.

Jonas ? Impossible. Il avait déjeuné ce jour-là, entre treize et quatorze heures, dans un bistrot de la rue Moyenne ; il y est revenu trois minutes plus tard en état de choc, le visage défiguré par l'horreur de sa découverte. C'est lui qui a appelé la police – et d'après le médecin légiste, le décès remontait à au moins deux heures plus tôt, vu que la rigidité cadavérique s'était déjà installée.

Rodolphe, alors ? Vous pensez bien qu'on l'a cuisiné, c'était le suspect idéal… Mais il avait passé toute la matinée auprès de sa vieille mère à l'hospice, les infirmières l'avaient vu repartir vers treize heures.

Et de toute façon, ni Jonas ni Rodolphe n'auraient pu connaître la cachette de l'Ami pointu.

KACIM

Merci de me croire, Fiona. J'ai pas tué Cosmo, je te le promets, jamais j'aurais fait une chose pareille.

Je vous assure, Votre Honneur, c'est pas parce que Frank était mon meilleur ami que j'aurais tué son pire ennemi ! Je suis loin d'en être capable, je ne supporte pas la vue du sang. Je serais plutôt comme Cosmo petit garçon, qui a ramassé l'oiseau mort pour le faire réparer…

Le couteau, c'était pour la frime. Les gens étaient impressionnés quand on le sortait, ils vidaient fissa les tiroirs-caisses et ça faisait plaisir à voir… puis le butin aussi, après, je le nie pas… mais tuer quelqu'un, non. J'ai même jamais blessé quelqu'un avec l'Ami pointu, pas une seule fois, il servait à faire peur et c'est tout… Je ne sais pas si vous êtes au courant, Votre Honneur, mais un couteau comme ça, normalement on a pas le droit de le sortir sans faire couler le sang, c'est la tradition, mon père me l'a dit il y a longtemps, en Algérie, quand j'ai eu sept ans et qu'il m'a montré le couteau pour la première fois. C'est une lâcheté de menacer sans agir, il m'a dit, c'est une offense faite au couteau. Avec Frank on était fiers de notre arme, on en prenait grand soin et on le cachait bien, je pourrais même vous montrer le garage en question, c'est sur Charles-de-Gaulle entre Apollinaire et Stendhal – oui, je peux vous dire ça sans broncher parce que c'est justement pas moi qui l'ai pris ce jour-là, *c'est pas moi, c'est pas moi, c'est pas moi* !

DIXIÈME JOURNÉE

LATIFA

Vous voyez, Votre Honneur ? Il ne l'a pas fait, mon fils ! Ce n'est pas lui qui l'a tué, le comédien, les autres sont d'accord, ils disent tous la même chose, il est innocent mon Kacim. Je ne dis pas que c'est un ange, il a fait des bêtises, des petites, des grandes, d'accord, oui je sais, mais ça, non. C'est impossible. Il a payé pour quelqu'un d'autre je le dis devant Dieu que c'est vrai

ELKE

C'est dur pour une mère de se dire qu'elle a perdu son fils, qu'elle a raté l'éducation de son fils. Toute proportion gardée, j'étais dans la même impuissance terrible vis-à-vis de Frank. Quand je réfléchissais à son parcours de destruction, depuis le massacre de la hi-fi jusqu'à sa délinquance actuelle, je ne savais plus quoi faire pour me rapprocher de lui. Je l'aimais, cela va de soi, on ne peut pas ne pas aimer le fruit de ses entrailles, mais il évoluait désormais dans un univers qui m'était opaque… et profondément hostile. Avec Fiona ça allait mieux, j'étais heureuse de la voir réconciliée avec la vie – mais pour tout vous dire, Votre Honneur, je pensais peu à mes enfants à cette époque ; l'angoisse pour Cosmo dévorait mes jours et mes nuits.

Sa santé se détériorait à vue d'œil. Comme j'avais les résultats des examens de mois en mois, des changements imperceptibles pour autrui étaient pour moi dramatiques. Il marchait avec maladresse, en claudiquant légèrement. Il n'arrivait plus à replier son journal. Il avait perdu le sens de l'odorat. Son sourire était asymétrique : depuis la biopsie, la moitié droite de sa bouche était engourdie, de même qu'une partie de sa main droite. Comme il était gaucher, cela ne se voyait pas trop - à table il manipulait encore correctement ses couverts – mais un peu de bave ou de nourriture restait parfois au coin de sa bouche, à droite, parce qu'il ne le sentait pas.

Pire, sa personnalité se dégradait. Lui toujours si drôle et si attentif, devenait irascible. Il entendait de la critique dans le commentaire le plus innocent, et réagissait avec fureur.

JONAS

J'ai le vertige, Votre Honneur. Elke nous a annoncé des surprises, et je dois dire qu'elle tient sa promesse… Il est possible que Cosmo ne repliât pas son journal, mais est-ce là l'indice certain d'une tumeur au cerveau ?… Quant aux autres symptômes, moi qui fréquentais son corps de plus près que n'importe qui d'autre, je les aurais remarqués, j'en suis certain…

SANDRINE

Moi aussi, je tombe des nues, Votre Honneur. Même s'il ne consultait plus les médecins du village, nous aurions été au courant d'une pathologie aussi grave…

ELKE

Sa parole, quand elle n'était pas franchement délirante, était souvent confuse. D'autres pouvaient encore attribuer ses problèmes verbaux au dérapage de son talent artistique, mais pour moi le doute n'était pas permis : il perdait le langage. *Cosmo perdait le langage.* C'est là, Votre Honneur, qu'a commencé la vraie dégringolade, car il s'est rendu compte que bientôt il ne pourrait plus monter sur scène.

Jusque-là, j'en suis persuadée, Cosmo concevait son idylle avec Jonas comme une parenthèse. Ou pour mieux dire, comme des vacances. Il n'avait jamais pris de vacances. Depuis les quinze ans que nous nous connaissions, il ne s'était guère passé *une semaine* sans qu'il se soit produit sur scène au moins une fois, souvent plusieurs.

Maintenant, incapable de canaliser ses terreurs par le jeu, il les subissait de plein fouet.

LA PASSERELLE

Cosmo a tout de même fait une dernière tentative de spectacle, Votre Honneur. Tentative dont j'ai été l'unique témoin, et dont, tant c'était triste, je me souviendrai pendant des siècles.

Il est venu me rendre visite en mai 1989. Physiquement, pour ce que j'ai pu en juger, c'était le même. Il m'a saluée avec douceur, il est monté sur moi et il s'est mis à improviser. Ah ! me suis-je dit. Comme dans le bon vieux temps ! Mais non. Ce n'était pas comme dans le bon vieux temps, Votre Honneur. C'était épouvantable.

Le spectacle s'appelait *Questionnaire au Jugement dernier.* Cosmo essayait d'imaginer ce qui se passe après la mort. Les gens arrivent comme ça, ils se retrouvent dans un amphithéâtre immense et intimidant – *la fac infernale* il appelait ça – et un jury d'anges les attend, les bras croisés, les traits figés dans une mine de sévérité implacable. Puis une espèce de dieu cinglé commence à leur poser des questions sur ce qu'ils ont appris pendant leur séjour sur la Terre. C'est l'examen définitif, vous comprenez, une sorte de *Triviale poursuite* paroxystique. *Quel est le sens de la vie ?* demande le dieu d'une voix tonnante ; *Pourquoi le Mal existe-t-il ?* – et les pauvres gens, terrorisés, oublient tout ce qu'ils savent ; ils chient dans leur froc, balbutient des réponses au hasard et subissent des punitions atroces…

Oh ! Votre Honneur, ça m'a bouleversée d'entendre Cosmo parler comme ça…

Après, je ne l'ai plus revu.

FRANK

Eh ben, on en apprend des choses !

Je sais pas qui a tué Cosmo, Votre Honneur. Mais, visiblement, il n'attendait que ça.

C'était peut-être Kacim, j'en sais rien.

C'est sûr qu'il aurait pu le faire, Kacim, par amitié pour moi. A mon avis c'est même plausible, et je vais vous expliquer pourquoi.

On en avait marre de faire la Charité. Même la délinquance finit par devenir de la routine. Je me sentais frustré, mal dans ma peau, toujours impatient sans savoir ce que j'attendais au juste. Je n'étais plus tout jeune, j'avais vingt-cinq piges, je savais pas où j'allais et ça me donnait le bourdon. Mon père disait toujours, traduisant en français un proverbe de sa langue, *la variété c'est l'épice de la vie*. Eh bien notre vie commençait à manquer d'épice, voilà. Mais juste à ce moment, on a trouvé une nouvelle combine et, côté épice, les choses se sont drôlement arrangées.

Un jour de juillet 1989, il faisait une chaleur accablante et Kacim a suggéré qu'on aille se rafraîchir au Val d'Auron en fin de journée, après son travail à la station Total. Mais ensuite il y a eu une embrouille, le patron l'a accusé de se servir dans la caisse et Kacim a disjoncté parce que pour lui, comme il disait, son salaire était pour sa mère et ça devait rester clean, jamais il n'aurait piqué dans la caisse, bref il a disjoncté et, là, la rengaine habituelle : flics, voyage au poste, harcèlement, fouille au corps, etc., de sorte que quand on s'est enfin retrouvés, il était déjà minuit passé. Mais comme la chaleur de la journée restait dans l'air, et comme Kacim était hyper énervé par son séjour au poste, on a décidé d'aller au lac quand même pour prendre un bain de minuit.

Ce qu'on ne savait pas encore, c'est que les hommes normaux n'étaient pas les bienvenus à cette heure-là : le lieu appartenait aux pédés ; ils rôdaient autour du lac dans cette espèce de danse chaloupée que Jonas nous a décrite. D'abord ça m'a sérieusement débecté mais ensuite, comme on avait amené l'Ami pointu avec nous à tout hasard, j'ai eu une idée géniale. Je l'ai dite à Kacim et il a opiné du chef, elle était objectivement géniale, alors voilà, on s'est mis à chasser les tantes.

Ah, ça valait le coup d'œil, Votre Honneur ! Les pauvres messieurs ne savaient pas où se mettre. Bon nombre d'entre eux étaient des maris en vadrouille (j'ai même reconnu un notable de la ville), leur position était délicate pour ne pas dire compromettante et la dernière chose qu'ils souhaitaient, c'était de voir débarquer la police. Alors, tout en pestant et en fulminant, ils nous donnaient ce qu'ils avaient, chaînes et montres en or, cartes de crédit, c'était fantastique.

En rentrant chez moi, j'étais tellement emballé que j'ai appelé Fiona pour lui raconter, mais, comme le jour où on lui avait montré la cachette, elle a fait la fine bouche. Bon, je veux bien, elle était enceinte à nouveau, elle n'avait pas que ça à faire à trois heures du matin, mais elle aurait pu rigoler, au moins ! C'est fou ce qu'elle s'est embourgeoisée depuis son mariage, je la reconnais plus. C'est plus ma petite Fiona à moi, qui aimait vivre dangereusement. Là au téléphone, elle a voulu à tout prix me raconter les premiers pas de Xavier. Qu'est-ce que j'en ai à foutre, moi, des premiers pas d'un morpion ? J'ai raccroché, excédé. Fiona me décevait. Au moins Kacim et moi on était restés fidèles à nos choix de jeunesse, et là, on s'amusait comme des petits fous.

On s'est amusés, très précisément, jusqu'au 3 août.

Cette nuit-là, on est allés au lac comme d'habitude et le premier couple de pédales qu'on a vu, assis là, sur la plage, c'était Cosmo et Jonas.

J'aurais du mal, Votre Honneur, à vous décrire le choc que j'ai eu. Ça faisait des années que j'avais perdu de vue le clown fornicateur – et là, le fait de le voir comme ça au bord du lac, tranquille et épanoui, homo parmi les siens... Car aucun doute n'était possible, Cosmo avait la tête sur les cuisses de Jonas qui lui caressait les cheveux, ils étaient pas là pour regarder les canards... J'ai vu rouge. Au sens propre. Il y a comme un rideau rouge qui est descendu devant mes yeux. J'avais la tête en feu et je respirais par à-coups ; ce jour-là j'ai compris pourquoi on montre toujours les dragons avec la gueule en flammes et les narines qui crachent de la fumée. Saisissant le bras de Kacim, je l'ai traîné jusqu'à l'Abribus.

Qu'est-ce qu'il y a ? il m'a dit. Tu les connais, ces fiotes ?

Oui je les connais...

Et en quelques mots je lui ai raconté l'histoire.

KACIM

C'est sûr que Frank était en pétard ce soir-là, je l'avais jamais vu dans un état pareil et ça m'a affecté, Votre Honneur, c'est normal, c'est mon ami, il crachait sur ce monsieur là-bas au lac qui avait humilié sa mère, d'abord en la sautant et ensuite, si j'ai bien compris, en ne la sautant plus. Sans suivre toute l'histoire dans le détail, je pouvais me mettre à sa place. Sans doute que vous aussi, Votre Honneur, tous les hommes sont sensibles au sujet de la chasteté de leur mère, c'est normal, je pense que Fiona ferait bien de ne pas trop raconter à son fils ce qu'elle a fait entre seize et dix-huit ans. C'est pas pour rien que votre christianisme a inventé pour son sauveur une maman vierge… Quelle trouvaille, quand même !

LATIFA

Qu'est-ce que tu dis, mon fils ? Tu crois à la Vierge Marie maintenant ? Oh mon Dieu qu'est-ce qu'on t'a fait en prison ? *La vieille pleurait et son foie était sur la braise / Pour son pauvre fils, dommage, perdu…*

KACIM

Donc je comprenais Frank, Votre Honneur, c'est vrai, mais en même temps mon opinion c'est que si les gens s'aiment, peu importe qu'ils soient hommes ou femmes, c'est leur affaire. Même si Frank était mon pote, je me sentais obligé de lui dire ça.

FRANK

A mesure que je lui racontais l'histoire, Kacim prenait un air de plus en plus ahuri et ça ne faisait qu'attiser ma rage. J'en écumais. Il fallait absolument que quelqu'un entende ma haine et une seule personne au monde pouvait l'entendre, c'était Fiona. Alors en arrivant chez moi je me suis précipité pour l'appeler…

Non mais mais je le tuerai, je le tuerai je le tuerai ! J'ai dû le hurler cent cinquante fois dans le combiné. Kacim était impressionné – autant, je crois, par cette colère sans précédent que par ce qui l'avait provoquée.

Calme-toi, Frank, il m'a dit quand j'ai raccroché. Calme-toi, on s'en occupe.

Il m'aimait, ce garçon. Il supportait pas de me voir comme ça, hors de moi. C'est pourquoi je pense, Votre Honneur, que pour finir c'est Kacim qui a tué Cosmo, le matin du 4 août. J'en sais rien. J'en sais rien. De toute façon, on était les seuls à connaître la cachette de l'Ami pointu. A part Fiona, bien sûr. Mais Fiona avait un alibi en béton, Votre Honneur : au moment des faits, elle était dans un hôpital du quinzième arrondissement de Paris, en train de mettre au monde une petite fille.

FIONA

Le coup de téléphone de Frank m'a terrifiée, Votre Honneur. Il était hystérique, et je me disais qu'il allait tuer Cosmo pour de vrai. J'arrivais pas à me sortir cette idée de la tête, j'en ai pas dormi de la nuit, j'étais si bouleversée que mes contractions ont commencé alors à six heures du matin j'ai appelé maman et je lui ai tout raconté.

Pour Jonas, elle n'a pas eu l'air surprise, et j'ai compris qu'elle était déjà au courant.

Je lui ai dit que Frank était dans un état proche de la démence et que Kacim savait pas comment lui faire entendre raison, je lui ai décrit l'endroit où ils cachaient le couteau dans la journée en la suppliant d'y aller sur-le-champ… C'est sur Charles-de-Gaulle entre Apollinaire et Stendhal, je lui ai dit, tu verras, un vieux garage désaffecté, le couteau est glissé entre deux planches au coin arrière droit. Vas-y, maman, va le récupérer ! Tout de suite si tu peux, je t'en supplie, c'est urgent ! Frank est fou de rage, complètement fou, il faut l'empêcher de faire une bêtise !

Mais elle n'a rien pu empêcher…

ELKE

Ne pleure pas, mon bébé, ma toute petite fille, ma Fiona… Tu ne dois pas t'en vouloir, ma chérie, au contraire, tu as fait exactement ce qu'il fallait faire… Je t'assure, je t'en sais gré…

Le pauvre Cosmo était si malade, si malade, Votre Honneur, sa tumeur était inenlevable, il fallait intervenir d'urgence et à ce stade de la maladie, seul l'amour pouvait le sauver, j'ai préparé l'opération avec des soins infinis, grâce à Fiona j'ai trouvé le scalpel de l'amour et puis j'ai revêtu les gants chirurgicaux, ces gants de l'amour en soie rose, offerts par mon père à ma mère, et que j'avais toujours précieusement gardés

JOSETTE

Aaaaaarrrrgghh !

SANDRINE

A l'aide, Votre Honneur ! Une ambulance – mon Dieu ! Josette est en pleine crise d'apoplexie et Latifa vient de s'évanouir…

LA ROMANCIÈRE

Je suis surprise. Ah ! pour être surprise, je suis surprise.

LA BICHE

Et… dites, Elke… A ce moment-là… au moment où la vie l'a quitté… il vous a regardée comment, Cosmo ?

ONZIÈME JOURNÉE

ELKE

Cosmo vit, il est ressuscité !

C'est lui, Votre Honneur, qui a fait libérer mon Frank.

Dès qu'on a reconnu le couteau, on a arrêté les deux garçons : ils étaient légion les témoins susceptibles de confirmer qu'ils avaient vu l'arme du crime dans la main de l'un ou de l'autre.

Au cours des semaines qui ont suivi, j'ai réussi à entrer en contact avec presque tous les membres du chœur des femmes Deux d'entre elles avaient un mari avocat, une troisième, un mari ministre, une quatrième, un mari journaliste jouissant d'un grand prestige à l'Elysée, une cinquième enfin, un mari qui, par le plus grand des hasards, se trouvait être le frère de la maîtresse du magistrat qui allait présider au procès. Ah ! ce fut une grande et belle chose, je vous assure : en tirant des ficelles et en graissant des pattes et en brandissant de subtiles menaces politiques et financières, il a suffi de six semaines à ces hommes par Cosmo cocufiés pour faire relaxer celui qu'ils croyaient, dans leur for intérieur, en être le meurtrier. A Kacim, en revanche, on n'a pas accordé la relaxe. Il n'y avait pas l'ombre d'une preuve réelle contre lui, mais il fallait à la justice un meurtrier, surtout pour une victime si célèbre, et… par élimination… La sentence a été lourde : quinze ans.

Aurais-je dû me dénoncer, Votre Honneur ? Mais non. J'étais investie d'une mission sacrée : répandre autour de moi l'amour de Cosmo ; c'eût été y faillir que de m'enfermer volontairement derrière des barreaux. Certes, il m'était douloureux de savoir un autre puni pour un geste qu'il n'avait pas commis, même s'il s'agissait en fait d'un geste de miséricorde suprême. Mais pour être franche, Votre Honneur, et au risque de faire s'évanouir à nouveau la pauvre Latifa, je me disais qu'un peu de prison ne ferait pas de mal à Kacim. D'abord, ça le séparerait radicalement de Frank, mais, de plus, ça lui permettrait de découvrir cette chose qui lui faisait si cruellement défaut depuis sa naissance : la solitude. En cellule, il aurait le temps de réfléchir, de lire, de rêver et – qui sait ? – peut-être de se reprendre en main.

Mieux encore que je ne l'avais espéré, Kacim a su profiter de ses années de détention. Sa conduite en prison a été impeccable, je dirais même exemplaire, et au bout de huit ans on l'a laissé sortir en liberté conditionnelle. Il a tenu le coup grâce à l'amour de sa mère et aux visites régulières d'un ancien prof de la Chancellerie. Mois après mois, il lui apportait des livres, et en discutait avec lui ; à sa sortie Kacim citait *verbatim* des pages entières de Verlaine, de Hermann Hesse ou de Kateb Yacine… Il s'est mis à animer des ateliers d'écriture, à la Chancell' puis dans d'autres quartiers de l'immigration, un peu partout en France… Recherché pour ses connaissances et adulé pour son charisme, il est devenu une *personnalité*… Destinée autrement édifiante, il faut bien l'admettre, que celle de Frank, qui n'a fait à partir de là qu'enchaîner des affaires foireuses… Malheureusement, Hassan n'a pas pu se réjouir de ce revirement du sort : à cinquante-cinq ans, quelques jours à peine avant l'élargissement de son fils, il a succombé à une crise cardiaque.

Mais ce que je voulais dire, Votre Honneur, c'est que je suis heureuse.

Cosmo vit ! Il vit de tant et tant de manières… je n'en reviens pas.

Regardez ce portrait de lui adolescent, j'en ai hérité à la mort de sa mère, c'est un dessin au fusain réalisé vers 1960 par Aleo, vous vous rappelez ? – le fils difforme de la Marinette... N'est-ce pas que c'est magnifique ?

Voici une cassette audio avec le premier message laissé sur mon répondeur par Cosmo en 1987 (le répondeur lui-même était un cadeau de Cosmo pour mon cinquantième anniversaire). Un miracle, là encore : je reviens du *Zodiac* au milieu de la nuit, j'appuie sur un bouton et... mon amant est là, avec moi, dans ma chambre ! Ecoutez : *Elke, où es-tu... Je suis à Aix. Qu'est-ce que je fais à Aix, je me le demande. Cet après-midi, tandis que je descendais le cours Mirabeau, je me suis mis à frotter le coin intérieur de mon œil droit du bout de l'index, et j'ai eu l'impression de ne pas reconnaître mon visage... Poussant mes explorations plus loin, j'ai découvert à cet endroit, entre le coin de l'œil et la racine du nez, un creux – non, pire qu'un creux, un trou profond... Mon doigt s'y est enfoncé et, en moins de temps qu'il n'en faut pour le dire, il s'est mis à extraire de ce trou de gros paquets de cervelle... Maintenant je n'ai plus rien dans la tête.*

Voulez-vous l'entendre à nouveau ? *Elke, où es-tu... Je suis à Aix. Qu'est-ce que je fais à Aix, je me le demande. Cet après-midi, tandis que je descendais le cours Mirabeau, je me suis mis à frotter le coin intérieur de mon œil droit du bout de l'index, et j'ai eu l'impression de ne pas reconnaître mon visage... Poussant mes explorations plus loin, j'ai découvert à cet endroit, entre le coin de l'œil et la racine du nez, un creux – non, pire qu'un creux, un trou profond... Mon doigt s'y est enfoncé et, en moins de temps qu'il n'en faut pour le dire, il s'est mis à extraire de ce trou de gros paquets de cervelle... Maintenant je n'ai plus rien dans la tête.*

Sa voix seulement, me direz-vous.

Certes. Mais quand, de son vivant, je lui parlais au téléphone, ou que j'étais allongée près de lui dans le noir : sa voix, aussi. J'adorais, Votre Honneur... *j'adore* sa voix.

Et quand je m'installe au salon pour regarder la cassette vidéo d'un de ses spectacles, il n'y a pas que sa voix ! Il y a son visage aussi, son corps, ses mouvements ! Manque, me direz-vous, la chaleur de la chair. Certes. Mais même avec un corps chaud, battant et transpirant, on ne peut vraiment *s'unir*. Il demeure autre, irrémédiablement opaque. Seul l'amour peut effacer les frontières entre les êtres ; or l'amour qui me lie à Cosmo est indestructible.

Je peux louer un film dont il m'a parlé, *Les Désaxés* de Huston par exemple, et le regarder avec lui, et, à mesure que les images défilent, sentir monter en ma poitrine *son émoi à lui* devant cette Marilyn brisée…

Très souvent, il me rend visite pendant la nuit.

Dans un rêve récent, je suis entrée dans la pièce où gisait son corps, je le savais mort mais je me disais qu'il consentirait peut-être à apparaître devant moi et à me parler. Et en effet : tout en restant étendu sur son lit de mort, il est venu vers moi en souriant et il m'a dit : Tu sais Elke, ça ne ressemble pas du tout à ce qu'on raconte, la mort, ce n'est pas si effrayant que ça, c'est même assez agréable… Et il a ajouté en partant d'un grand éclat de rire, éternel séducteur devant l'Eternel : Figure-toi que depuis mon arrivée ici, les anges se disputent mon âme !

Cosmo vit, Votre Honneur, il est ressuscité ! Parfois, dans la rue ou au bistrot, je l'aperçois fugitivement en d'autres personnes. Tel homme possède sa chevelure fauve et broussailleuse, tel autre, ses oreilles décollées, tel autre encore, son nez ou son menton… De loin, je vois son port de tête, sa minceur, son allure… Il m'est même arrivé, ô bonheur, d'entendre son rire ! Loin d'en vouloir à tous ces individus de n'être pas Cosmo, je leur sais gré de le *porter*, chacun un peu, de faire frémir dans l'espace une parcelle de son être.

L'autre jour au *Zodiac*, Cosmo m'a même fait jouir au beau milieu de ma journée de travail. Un des clients avait ses yeux, couleur noisette aux paillettes d'or ; au moment où je remplissais son verre il les a levés vers moi et j'ai rougi en détournant la tête. Mais quelques instants plus tard, comprenant l'occasion exceptionnelle qui m'était offerte, j'ai plongé mes yeux dans les siens et, l'espace de dix secondes, l'amour a moussé entre nous – plein, beau, entier, crémeux ai-je envie de dire ; instant parfait, sans frustration aucune. Grâce à Cosmo, nous avions réussi, cet inconnu et moi, à nous arracher une bribe de paradis.

Il est partout !

L'autre jour j'ai eu une nouvelle preuve de sa présence. Le vieux Tabrant est venu boire une chope au *Zodiac*. Comme le bistrot était vide et qu'il ne peut plus s'installer au comptoir en raison de son embonpoint, j'ai eu pitié de lui et suis allée lui tenir compagnie à sa table. Mais, dès que je me suis assise, il s'est mis à déblatérer contre le maire et à me resservir de vieux potins, tournant en dérision des gens qu'il savait pertinemment être mes amis... Crispée et furieuse, pestant intérieurement contre ce goujat joufflu et rubicond, je cherchais un prétexte pour m'en aller quand, brusquement, m'est revenue en mémoire la phrase insolite qu'avait eue Cosmo à son sujet, ce jour lointain en rentrant de la gare : *Il est allé en Australie, Tabrant.*

Il paraît, ai-je dit en le coupant… que vous êtes allé en Australie ?

Instantanément, le visage du journaliste s'est transformé.

Ah, l'Australie ! m'a-t-il dit en soupirant. Oui. A vingt-deux ans, j'ai gagné un séjour de trois semaines là-bas, et j'y ai découvert la passion de ma vie : les cétacés.

FIONA

C'est assez !
Pardon.

ELKE

Les dauphins et les baleines.

Au cours d'un périple sur la côte est, a dit Tabrant, je suis passé devant un centre d'élevage de cétacés à Wollongong. C'était le soir, pas loin de l'heure de la fermeture… bref… j'ai rencontré Sally, l'entraîneuse de dauphins, et entre nous ça a été le coup de foudre. Total et réciproque – comme dans les romans, quoi. Elle a fermé le centre au public mais nous y avons passé toute la nuit et je peux vous dire qu'au cours de cette nuit j'ai appris pas mal de choses… Pas seulement sur les cétacés !

Je n'ai même pas eu envie de rire, Votre Honneur, à l'idée qu'il y avait eu une femme au monde pour trouver cet homme beau. Du reste, il ressemblait lui-même à une baleine – comment n'y avais-je pas pensé ? – et, vu sous cet angle, il n'était pas si monstrueux. Je l'écoutais maintenant de toutes mes forces car je savais avec certitude qu'*il avait prononcé ces mêmes phrases devant Cosmo*... le jour où Cosmo avait su lui poser, comme à chacun, les questions essentielles.

Pendant les trois semaines qu'a duré mon séjour, a poursuivi Tabrant, j'ai vécu avec Sally une histoire d'amour extraordinaire. Un jour, elle m'a amené à un endroit qu'elle connaissait, au large de la côte, et nous nous sommes baignés parmi les dauphins. C'est une expérience inouïe, Elke, indescriptible. Ils étaient plusieurs centaines et, je vous assure, notre présence parmi eux les enchantait ! Ils gambadaient autour de nous, plongeaient entre nos jambes, nous frôlaient et nous bousculaient gentiment... Quant à la sensation de leurs ondes sonores qui vous traversent le corps, je ne vous dis pas... ! A la fin de l'après-midi j'avais l'impression d'avoir vécu un orgasme de six heures !

A mesure qu'il parlait, le gros journaliste se métamorphosait devant mes yeux, il était comme illuminé de l'intérieur par la beauté de ce qu'il avait vécu quatre décennies plus tôt à l'autre bout du monde, et à la fin du récit j'en avais les larmes aux yeux.

Merci, Cosmo, me suis-je dit, tout bas.

Vous comprenez, Votre Honneur ?

La différence, depuis sa mort, ce n'est pas que je ne puisse plus rien recevoir de lui, c'est que lui ne puisse plus rien recevoir de moi ; les *merci* que je lui adresse ne viendront pas s'ajouter aux instants de vie en lui accumulés.

Il est un autre lieu où Cosmo ne vit plus : dans l'actualité. Et c'est tant mieux. Mort pendant l'été 1989, il n'aura pas vu la chute du mur de Berlin, ni la fin de la guerre froide, ni le démantèlement de l'Union soviétique. Il n'aura pas eu à digérer, à jouer, à intégrer à son *Explication du monde à une enfant*, le génocide au Rwanda, ni la deuxième intifada, ni la pulvérisation des tours jumelles de Manhattan... Il n'aura même pas connu Internet, alors que son nom clignote, de nos jours, sur des milliers de sites !

Les années glissent, énormes et floues, tel le navire *Amarcord* de Fellini, je ne sais combien d'années ont glissé ainsi pour se fondre dans la brume, M. Picot a fini par rendre l'âme et je suis devenue la patronne du *Zodiac,* j'ai racheté le fonds de commerce, il faut dire qu'il n'y avait pas beaucoup de concurrents... La campagne se dépeuple, les paysans disgracieux à la casquette sale et au nez couperosé se font rares et du coup ma clientèle est plus variée : il y a des Parisiens qui aiment à se rêver en campagnards pendant les vacances... des touristes belges, hollandais ou allemands qui, en route vers le Midi, s'offrent un petit crochet par le pays de George Sand... et des femmes, Votre Honneur ! Oui les femmes n'hésitent plus à entrer au bistrot, on y voit même de toutes jeunes filles, des adolescentes filiformes comme Milena la fille de Fiona, elles s'installent à la terrasse et sirotent des jus d'abricot en fumant des cigarettes mentholées...

Tout change, Votre Honneur !

DOUZIÈME JOURNÉE

FRANK

Quand Fiona m'a appelé en septembre 2020 pour me dire que maman était mourante, je me suis précipité à son chevet et je l'ai veillée. Elle avait quatre-vingt-trois ans. Une nuit, un jour, et une nuit durant, presque sans la quitter des yeux, j'ai observé la flamme fragile, celle que chérissait et photographiait jadis notre père… Enfin, à l'aube du deuxième jour, s'est produite la chose que j'appelais de mes vœux depuis si longtemps : l'extinction de la dernière étincelle de vie dans les yeux de ma mère.

Non, Votre Honneur, ce n'est pas elle que je voulais voir mourir, c'est *lui*.

Et ça y était, enfin. J'ai poussé un immense soupir de soulagement.

Exit le clown fornicateur.

Mais, dès que j'ai eu quitté la maison de ma mère pour aller fêter ça avec un petit whisky au *Zodiac*, je me suis aperçu de mon erreur.

D'abord j'ai vu que le bistrot lui-même avait de nouveau changé de nom : il s'appelait maintenant *Le Cosmo*.

J'ai pris place au zinc, à côté d'Asimon le vieux maréchal-ferrant. Il devait être centenaire, il n'était plus qu'un minuscule vieillard, tout tordu par les ans et ravagé par l'alcool, mais quand il a levé son verre pour porter un toast à Elke, j'ai vu qu'il se rappelait encore cette fameuse soirée d'anniversaire, près d'un demi-siècle plus tôt, où Cosmo l'avait prié de glisser un mot dans la main de la jolie serveuse.

Une semaine plus tard, à Paris pour des affaires, j'ai surpris une conversation entre deux femmes dans le métro. L'une disait en louchant : *Je suis en guerre, moi ? Moi, je suis en guerre ?* et l'autre riait comme une dératée.

Ensuite je suis passé dire bonjour à Fiona – elle habite maintenant la même banlieue cossue que feu notre grand-père banquier – et je l'ai trouvée assise sur le perron de sa maison avec sa petite-fille Giulia ; je les ai saluées de loin, mais elles n'ont même pas levé la tête. En m'approchant j'ai vu qu'elles jouaient au berceau, ce jeu de ficelle débile que Cosmo avait appris à Fiona au lit, le jour où elle avait la crève…

Il était partout, Cosmo ! comme un feu de brousse… on piétine les flammes ici, elles renaissent là – et là – et là – et encore ailleurs… On a beau se précipiter, piétiner furieusement, étouffer les flammes, on lève la tête… le feu est encore reparti en dix endroits… Ça me rend dingue !

ELKE

Mais oui je suis morte, Votre Honneur, cela vous surprend ? Ah… mais c'est que ces choses se sont passées il y a très longtemps…

Tous, nous sommes morts maintenant…

Tous, oui… Cosmo… André… Jonas… Josette… Sandrine… Véra… Fiona… Frank… Latifa… Kacim…

Ah bon ? pas vous ? Pas vous encore ?

TREIZIÈME JOURNÉE

L'ÉTANG

Il fait un temps délicieux, ensoleillé, pas trop chaud…

C'est la mi-août seulement, mais déjà l'automne commence…

Voyez – au pied du peuplier – cette pluie d'or !

TABLE

Frou-frou, paroles de Montréal et Blondeau, musique d'Henri Chatau ; copyright 1950 by Jullien-Granval, Paris ; copyright assigned 1954 to Société d'éditions musicales internationales, 5, rue Lincoln, 75008 Paris.

Le poème *Elle a pris mon cœur aujourd'hui* p. 212 est de 'Umar ibn abû Rabî'a (644-711 a.d.), trad. André Miquel in *Du désert d'Arabie aux jardins d'Espagne*, Sindbad, 1992.

Les autres vers cités par Latifa proviennent de *La Geste hilalienne*, version de Bou Thadi (Tunisie), recueillie, établie et traduite de l'arabe par Lucienne Saada ; Gallimard, 1985.

BABEL

Extrait du catalogue

546. REZVANI
L'Origine du monde

547. CLAUDE PUJADE-RENAUD
Platon était malade

548. NANCY HUSTON
Dolce agonia

549. GÉRARD DE CORTANZE
Cyclone

550. ANNE BRAGANCE
Le Lit

551. RAYMOND JEAN
Un portrait de Sade

552. ZOÉ VALDÉS
Cher premier amour

553. PER OLOV ENQUIST
Le Médecin personnel du roi

554. SONALLAH IBRAHIM
Les Années de Zeth

555. MAHMOUD DARWICH
La Palestine comme métaphore

556. PAUL AUSTER
Je pensais que mon père était Dieu

557. ANNE-MARIE GARAT
Les Mal Famées

558. PRUNE BERGE
T'es pas ma mère

559. ANTON DONTCHEV
Les Cent Frères de Manol

560. ELIAS SANBAR
Le Bien des absents

561. REINALDO ARENAS
La Colline de l'Ange

562. LIEVE JORIS
Mali blues

563. DON DELILLO
Joueurs

564. *
Contes populaires de Palestine

565. WILHELM HAUFF
Contes

566. SELMA LAGERLÖF
Le Cocher

567. ALICE FERNEY
La Conversation amoureuse

568. DENIS LACHAUD
La Forme profonde

569. PHILIPPE DE LA GENARDIÈRE
Morbidezza

570. WILLIAM SHAKESPEARE
Comme il vous plaira

571. DAVITT MORONEY
Bach, une vie

572. MICHAËL VESCOLI
Le Signe de l'arbre

573. VASSILI AXIONOV
Les Oranges du Maroc

574. DAVID HOMEL
Un singe à Moscou

575. RAYMOND JEAN
La Lectrice

576. ISABELLE EBERHARDT
Lettres et journaliers

577. VÉRONIQUE OLMI
Bord de mer

578. ANNA ENQUIST
Le Secret

579. KEN SARO-WIWA
Sozaboy

580. DON DELILLO
Outremonde

581. MARTHA GRAHAM
Mémoire de la danse

582. JEAN PÉLÉGRI
Ma mère, l'Algérie

583. PIERRETTE FLEUTIAUX
Des phrases courtes, ma chérie

584. ASSIA DJEBAR
Les Nuits de Strasbourg

585. HUBERT NYSSEN
Le Bonheur de l'imposture

586. ELIAS KHOURY
La Porte du soleil

587. ARTHUR MILLER
Mort d'un commis voyageur

588. HENRY BAUCHAU
Jour après jour. Journal (1983-1989)

589. WILLIAM SHAKESPEARE
Beaucoup de bruit pour rien

590. JEAN-PAUL GOUX
Mémoires de l'Enclave

591. PAUL AUSTER
Le Livre des illusions

592. REZVANI
L'Enigme

593. BARBARA GOWDY
Anges déchus

594. ZOÉ VALDÉS
Trafiquants de beauté

595. CATHERINE DE SAINT PHALLE
Après la nuit

596. JOSIANE BALASKO
Nuit d'ivresse / L'Ex-Femme de ma vie / Un grand cri d'amour

597. PIERRETTE FLEUTIAUX
Histoire du gouffre et de la lunette

598. ANNE BRAGANCE
Casus belli

599. ARNO BERTINA
Le Dehors ou la Migration des truites

600. CLAUDE PUJADE-RENAUD
Au lecteur précoce

601. LAURENT SAGALOVITSCH
La Canne de Virginia

602. JULIEN BURGONDE
Icare et la flûte enchantée

603. DON DELILLO
Body Art

604. JOSÉ CARLOS SOMOZA
La Caverne des idées

605. HELLA S. HAASSE
Locataires et sous-locataires

606. HODA BARAKAT
Le Laboureur des eaux

607. INTERNATIONALE DE L'IMAGINAIRE N° 16
Politique culturelle internationale

608. TORGNY LINDGREN
Paula ou l'Eloge de la vérité

609. IMRE KERTÉSZ
Kaddish pour l'enfant qui ne naîtra pas

610. ALBERTO MANGUEL
Dans la forêt du miroir

611. NAGUIB MAHFOUZ
Les Fils de la médina

612. SALVAT ETCHART
Le monde tel qu'il est

613. LAURENT GAUDÉ
Cris

614. FLORA TRISTAN
Pérégrinations d'une paria

615. ANTON TCHEKHOV
Platonov

616. MADISON SMARTT BELL
Le Soulèvement des âmes

617. GUILLERMO ROSALES
Mon ange

618. VÉRONIQUE OLMI
Privée

619. CÉDRIC PRÉVOST
Sain et sauf

620. INTERNATIONALE DE L'IMAGINAIRE N° 17
Le Patrimoine culturel immatériel

621. JAVIER CERCAS
Les Soldats de Salamine

622. JAMAL MAHJOUB
Le Train des sables

623. AKIRA YOSHIMURA
Naufrages

624. DALTON TRUMBO
Johnny s'en va-t-en guerre

625. COLLECTIF
Israël autrement

626. CHI LI
Trouée dans les nuages

627. ZHANG XINXIN
Une folie d'orchidées

628. JEAN-MICHEL RIBES
Théâtre sans animaux
suivi de Sans m'en apercevoir

629. REBECCA SOLNIT
L'Art de marcher

630. PAUL AUSTER
Constat d'accident

631. ILAN DURAN COHEN
Mon cas personnel

632. THÉODORE MONOD
L'Hippopotame et le Philosophe

633. KHAYYÂM ET HÂFEZ
Quatrains / Ballades

634. RAINER MARIA RILKE
Elégies de Duino

635. FRIEDRICH HÖLDERLIN
La Mort d'Empédocle

636. V. KHOURY-GHATA
Le Moine, l'Ottoman et la Femme du grand argentier

637. NANCY HUSTON
Nord perdu *suivi de* Douze France

638. MAJA LUNDGREN
Pompéi